탱
크

탱크

제28회 한겨레문학상 수상작
ⓒ 김희재 2023

초판 1쇄 발행 2023년 7월 25일
초판 3쇄 발행 2023년 10월 13일

지은이 김희재
펴낸이 이상훈
문학팀 김다인 최해경 하상민
마케팅 김한성 조재성 박신영 김효진 김애린 오민정

펴낸곳 (주)한겨레엔 www.hanibook.co.kr
등록 2006년 1월 4일 제313-2006-00003호
주소 서울시 마포구 창전로 70(신수동) 화수목빌딩 5층
전화 02)6383-1602~3 **팩스** 02)6383-1610
대표메일 munhak@hanien.co.kr

ISBN 979-11-6040-542-2 03810

제28회 한겨레문학상 수상작

탱크

김희재 장편소설

한겨레출판

차례

1부

2부

1부

도선

산불은 9시 13분에 시작되었다.

최초의 불씨가 타오른 곳은 '그곳'과는 조금 거리가 있는, 정확히 말하자면 산 반대쪽 동네의 임도 입구에 위치한 논두렁이었다. 쓰레기 더미에 불을 붙인 건 산 반대편 동네 주민이었는데 그는 늘 그랬듯이 타오르는 불꽃을 얼마간 보다가 뒤돌아서 화장실로 향했다. 그날따라 바람이 조금 세고 태우는 쓰레기의 양이 많았을 뿐, 그것이 그의 아침 루틴을 막을 정도는 아니었다. 쓰레기를 태우는 논두렁의 불을 아무도 신경 쓰지 않는 사이 초속 15미터의 건조한 남서풍은 불씨의 파편들을 널리 퍼트렸다. 그것이 논두렁을 가르는 불길이 된 건 그야말로 순식간이었다. 화장실에 다녀와 뒤늦게 자신이 저지른 끔찍한 실수를 목격한 주민은 헐레벌떡 양동이로 물을 퍼다 나르며 소리를 질렀다. 하지만 이미 손쓸 수 없을 정도가 된 불길은 탁하고 검은 연기를 산 위로 피워올리기 시작했다. 머지않아 산 이쪽 동네 사람들의 눈에도 선명하게 보일 만한 연기였다.

그보다 한 시간 정도 이른 시각, 도선은 막 기차에 올라타 자신의 좌석 번호를 열심히 찾고 있었다. 그녀는 일부러 사람들이 잘 앉지 않는 맨 뒤쪽 구석진 창가 자리를 예약해두었지만 자신의 옆 좌석에 어떤 사람이 앉아 있는 것, 그것도 종이봉투를 쫙 펼쳐놓고 햄버거와 감자튀김을 먹고 있는 것을 보고 조금 실망했다. 그뿐이었다.

기차는 빠르게 도시를 빠져나갔고 기차가 '그곳'이 있는 도시에 가까워지는 동안 불길도 빠르게 번졌다. 그 위를 지나가는 비행기의 시점으로는 기차와 산불이 서로를 마주 보는 것 같았을 테다. 물론 기차에 탄 사람들이나 산불이 일어난 곳 주변에 사는 사람들 중에서 비행기의 시점을 생각하는 (혹은 상상하는) 사람은 아무도 없었고, 그래서 마을에 산불 경보가 발령되었을 때도 누군가는 씻던 쌀을 계속 씻었고 누군가는 여전히 마을버스를 기다렸으며 누군가는 애초에 계획한 대로 산불이 일어난 곳과 같은 행정지구의 기차역에 내렸다. 그중에 도선도 있었다. 막 플랫폼에 내린 도선은 맑은 가을 공기를 힘껏 들이마셨다. 그리고 기차에서 내릴 때마다 그랬듯이 습관처럼 엽서 속 기도문을 읊기 시작했다.

모든 것은 안에서 시작되었다.
최초의 감정, 최초의 자아, 최초의 세계.
그중 오직 최초의 꿈만이 우리 세계의 바깥에 미래를 펼쳐놓았다.
이제 이곳에서 우리는 꿈의 미래를 안으로 끌어온다.
믿고 기도하여 결국 가장 좋은 것이 내게 온다.

도선은 아직도 엽서를 받아 든 순간을 기억한다. 엽서에 적힌 기도문을 읽자마자 온몸에 전율이 일던 순간도. 그것은 도선이 가장 간절할 때, 가장 믿고 싶은 형태로 찾아왔다. 기도문은 도선의 바람을 응축한 한 편의 시이자 예언이었다. 그걸 운명이 아닌 다른 말로 설명할 수 있을까. 자신을 이성적이고 논리적인 사람이라고 생각해온 도선도 그 순간만큼은 믿고 싶었다. 이것은 하늘이 보낸 격려, 우주가 보낸 신호라고. 어쩌면 미래의 자신이 보낸 메시지일 수도 있다고. 도선은 엽서를 가방 가장 안쪽에 부적처럼 넣어놓고 그것이 항상 자신의 몸에 맞닿아 있음을 잊지 않았다. 그 결과 상상하지 못한 방식으로 기도에 응답까지 받게 되었다. 그것만 보더라도 지금 도선이 또 '그곳'으로 향하고 있는 것은 당연한 일이었다.

버스에서 내린 도선은 마을로 걸어 들어오는 길에 사람들을 만났다. 그들은 모두 하늘을 보면서 술렁이고 있었다. 그중 하나가 큰 소리로 말했다. "저건 우리 옆집에서 아침마다 태우는 쓰레기 연기에 비하면 암것도 아녀." 도선은 그의 시선이 향한 곳을 쳐다보았다. 산 뒤쪽에서 검은 연기가 피어오르고 있었다. 그리 위협적인 모습은 아니었다. 도선은 계속 걸어갔다. 혹시라도 누군가 길을 막을까 봐 전투적인 속도로 산을 향했다. 그러나 임도로 접어드는 입구까지 가기도 전에 마을 이장을 마주쳤다. 그는 도선을 막아서며 오늘은 좀 힘들겠다고 말했다. 저래 봬도 불이 이미 꽤 번졌다고, 머지않아 큰 산불이 될 수도 있다고 했다. 도선은 고개를 들었다. 하늘은 파랗고 높고 맑았다. 산이 시야를 가린 탓에 연기는 보이지도 않았다. 도선은 금방 볼일만 보고 나오겠다고 했다. 달리 할 수 있는 말이 없었다. 여기까지 와서 돌아갈 수는 없다거나 오늘 할 기도는 그 어느 때보다 중요하다고는 말할 수 없었다. 굳이 그렇게 말할 필요도 없었다. 이장은 이미 다 알고 있었다. 이 별 볼 일 없는 마을에 왜 이렇게 많은 이방인이 드나드는지, 그들이 향하는 '그곳'이 어떤 곳인지. 이장은 계속 말했다. 저것이 아까는 안 저랬는데 점점 커진다고, 보나 마나 큰불이 될 거라고, 내가 불에 대해 아는데……. 도선은 이장의 말이 귀에 들어오지 않았다. 예약 시간이 얼마 남지 않아 마음이 조급했다. 도선은 이장의 이야기를 끊고 금방 내려오겠노라 거짓말을 했다.

한 시간도 걸리지 않는다고. 이장은 고개를 저었다. 한 시간이면은……. 그는 괜히 산을 한 번 더 쳐다보며 시간을 끌었다. 그때, 도선은 잽싸게 이장을 지나쳤다. 놀란 이장이 도선의 옷자락을 잡으려 했지만 도선의 걸음이 조금 더 빨랐다. 도선은 산으로 뛰어들어갔다. 뒤에서 금방 내려와야 한다고 외치는 이장의 목소리가 들렸지만 돌아보지 않았다.

다행히 도선은 다른 때보다 훨씬 빠르게 '신성한 구역'에 들어섰다. '신성한 구역'은 큰 바위 세 개가 있는 공터인데 옛날엔 서낭당 터로 쓰였던 곳이었다. 마을 사람들은 그 공터를 보존하기 위해 '신성한 구역'이라는 표지판을 달아놓았고 그것이 공터의 이름이 되었다. 신성한 구역은 이 산을 드나드는 커뮤니티 사람들 사이에서도 금방 유명해졌다. '신성한 구역에 들어서면서부터는 천천히 마음을 다림질해야 한다'라는 규칙 아닌 규칙도 있었다. 누군가 멋대로 전파한 기도의 방법론 중 하나였지만 의외로 많은 사람이 효과를 봤다고 입증한 규칙이었다. 도선 역시 그 규칙을 준수했다. 무엇이든 기도의 효과를, 소위 기도발을 높이기만 한다면 따르지 않을 이유가 없었다. 실제로 도선은 기도발을 꽤 잘 받는 케이스였다. 세 번째 방문 만에 기도의 효과를 느꼈으니 더 말할 것도 없었다.

8월의 어느 날. 기도를 막 끝내고 탱크에서 나왔는데 쏟아지는 눈물 때문에 제대로 걸을 수도 없던 그때, 도선은 마침 '그곳'을 방문한 사람과 마주쳤고 그와 대화를 나누면서 새로운 힘을 얻을 수 있었다. 그건 일종의 터닝 포인트였다. 그날 이후, 도선은 슬럼 프라고 말하기에도 민망한 긴 침체기, 자력으로는 절대 빠져나갈 수 없을 것 같았던 터널에서 빠져나올 수 있었고 덕분에 다시 삶에 대한 의지로 불타오르게 되었다. 도선은 확신했다. 그 만남은 우연이 아니었다고. 그건 분명 기도에 대한 화답이었다고. 그게 아니라면 어떻게 바로 그날, 그곳에서, 정확히 그 사람을 만나 새로운 아이디어를 떠올리게 되었단 말인가.

도선은 신성한 구역 앞에 잠시 멈춰 섰다. 그날 두 사람이 대화를 나눴던 바위가 보였다. 오전의 햇빛이 은은하게 떨어지는 바위를 보는 것만으로도 그날의 이야기가 귓가에 들리는 듯했다. 기도의 화답. 8월의 기적. '그곳'이 준 선물. 도선은 그것을 곱씹으며 또 한 번 엽서의 기도문을 외웠다. 그러자 강한 힘이 온몸을 휘감는 것이 느껴졌다. 도선은 확신했다. '그곳'에서 기도한 모든 것은 이루어진다. 바깥의 꿈과 미래를 믿는다면 그것들은 절대 도선을 배신하지 않을 것이다. 언젠가 그것은 반드시 올 것이다. 가장 좋은 때에, 가장 좋은 것의 모습을 하고 도선의 '안'으로 올 것이다. 도선은 그것을 믿어 의심치 않았다.

*

생각해보면 도선에게도 가장 좋은 것이 오던 때가 있었다.

대학에 합격하여 기숙사로 향하던 때가 그랬다. 집을 떠나던 날, 도선은 엉엉 울었다. 너무 좋아서 터진 눈물이었다. 입버릇처럼 이혼을 말하고 술만 마시면 죽어라 싸워대던 부모를 드디어 떠날 수 있다는 사실이 믿기지 않을 정도로 좋았다. 그러나 탈출이 능사는 아니었다. 열성을 다하지 않으면 살기 힘든 현실과 열성을 다해도 살기 힘든 현실이 동시에 눈앞을 막아섰고 도선은 그 앞에서 또다시 막막해졌다. 그런 도선이 스스로도 몰랐던 재능을 발견한 일은 그녀에게 두 번째로 찾아온 가장 좋은 것이었다.

시작은 생애 처음으로 쓴 짧은 단편 시나리오였다. 아르바이트만으로는 쪼들리던 생활에 작은 상금이나마 받아보려 응모한 시나리오 공모전에 덜컥 당선이 된 것이다. 도선은 자신의 재능을 깨달았다. 성급한 판단이나 착각은 아니었다. 뭔가를 썼다 하면 그럴듯한 이야기가 절로 만들어졌고 아이디어는 쉴 새 없이 떠올랐다. 게다가 운이라고 치부하기엔 결과가 너무 빨리 눈에 보였다. 첫 당선을 시작으로 도선은 크고 작은 공모전에서 연이어 입상했다. 그리고 마침내 세 개의 단편을 이어 붙인 장편 시나리오로 큰 상을 받게 되었을 때, 세 번째 가장 좋은 것이 찾아왔다. 바로 이 장편 시나리오가 상업영화 제작으로 이어지는 기적이 일어

15

난 것이다. 첫 장편 시나리오가 상업 영화로 만들어지다니, 모두가 있을 수 없는 일이라고 했다. 누군가는 천운이라고도 했다. 도선의 나이 스물둘에 일어난 일이었다.

영화 제작부터 개봉까지 모든 일이 일사천리로 진행됐다. 스코어가 좋진 않았지만 도선의 데뷔는 화려했다. 혜성처럼 나타난 신인 작가의 앞길이 창창대로 펼쳐지는 모습을 모두가 실시간으로 지켜보았다. 실제로 많은 기회가 있었다. 몇몇 제작사로부터 각색 제의를 받거나 공동 작업 제안이 들어오기도 했다. 그중 몇 개는 좋은 기회가 될 것 같아 휴학까지 하고 나서보기도 했다. 하지만 도선은 결국 자신이 혼자 이야기를 써야 하는 사람이란 것을 깨달았다. 그래서 꼬리를 물고 들어오는 일과 수많은 제안을 뒤로하고 다시 혼자 쓰기 시작했다. 도선은 많은 영화를 보았다. 수많은 아이디어를 트리트먼트로 발전시켰고 그러다가 마음에 들지 않으면 버렸다. 그래도 아깝지 않았다. 시행착오를 견뎌낼 각오는 충분히 되어 있었다. 도선은 마음을 느긋하게 먹었다. 조바심이 모든 것을 그르친다는 걸 알았다. 그래서 글이 잘 써지지 않던 어느 날, 당장 눈앞에 걸리적거리는 것들부터 차근히 처리하기로 마음먹었다. 그중 가장 급한 것은 졸업이었다. 일단 졸업을 빨리해야 일거리를 늘리면서 글을 쓸 시간도 확보할 수 있었다. 그러나 졸업은 쉬운 일이 아니었다. 당시 도선의 학교는 토익 점수를 기준치 이상 받아야만 졸업을 시켜주었는데 안타깝게도 도선은 계속 그 기준을 넘지 못하고 있었다. 결국 도선은 없는 돈과 시간을 쪼개 토익 학원까지 다니게 되었고 거기에서 제임스를 만났다.

도선은 제임스를 만난 것이 그녀에게 온 가장 좋은 것 중에서도 특히 좋은 것이라고 믿었다. 제임스는 한국에 산 지 5년이 넘어 한국어를 꽤 잘하는 편이었다. 그러나 그가 학생들이나 다른 한국인 선생님들과 대화를 나누는 모습이 눈에 띈 적은 없었는데 그건 그가 유독 수줍음을 많이 탔기 때문이었다. 그는 학생들의 눈을 제대로 쳐다보는 것도 힘들어했고 수업이 끝나면 후다닥 교실을 빠져나가기 바빴다. 한번은 다른 원어민 강사들처럼 수업 중에 농담을 시도해보았지만 본인이 던진 말에 본인 얼굴만 빨개지는 악몽 같은 상황을 겪고 난 후 더 이상 그런 시도는 하지 않았다. 이상하게도 도선은 그런 제임스가 좋았다. 뭘 하든 심하게 수줍어하고 어색해하는 모습을 볼 때마다 마음이 흔들렸다. 자신도 모르게 사랑에 빠져버린 도선은 모든 수업 시간표를 제임스에게 맞췄다. 학원 규정상 그건 말도 안 되는 일이었지만 기를 쓰고 제임스의 수업에'만' 들어갔다. 그리고 결국 그와 가까워졌다.

살면서 이와 같은 경험을 해본 적이 없던 도선은 자신이 사랑에 빠진 줄도 몰랐다. 제임스 역시 인간관계에 서툴러서 두 사람은 가까워지고 나서도 한참 동안 서먹했다. 그러나 제임스는 도선보다 나이도 훨씬 많았고 경험도(도선보다는) 많았기에 도선의 감정을 아예 모르지는 않았고 결국 자신에게 빠진 도선에게 푹 빠져버렸다. 제임스는 타국의 땅에서 발견한 이 순진한 아가씨가 자신에게 찾아온 마지막 기회일 수도 있겠다는 생각을 했다. 그리하여 어느 날, 그는 도선에게 자신의 나라로 함께 가자고 제안했다. "도선도 거기에 가면 좋아할 거야. 내 옆에서 마음 편히 시나리오를 써. 여기와는 완전히 다른 삶을 살 수 있어." 제임스의 말에 도선은 완전히 얼어붙었다. 온몸이 마비되는 기분이었다. 그 말이 너무 많은 변화를 요구했기 때문이었다. 그리고 그 변화야말로 도선이 가장 원했던 것이기 때문이었다.

사실 도선은 많이 지쳐 있었다. 멋진 성과들을 내었지만 여전히 노동의 굴레에선 벗어날 수 없었고 새로 쓰는 시나리오들도 이렇다 할 진척이 없었다. 아무리 마음을 단단히 먹고 마인드 컨트롤을 해도, 도선은 자신의 상황을 잘 알았다. 말이 좋아 마인드 컨트롤이지 하루하루 정신 승리를 하는 것이나 다름없었다. 그러다 보니 현실을 똑바로 보라는 말을 들을 때면(영화를 하려는 학생이라면 하루에 열 번도 넘게 듣는 말임에도 불구하고) 곧장 눈물이 쏟아졌다. 도선의 부모는 도선이 다시 본가로 내려오길 바랐다. 계속 이런 식이면 본가로 돌아가는 것 말고는 다른 대안이 없기도 했다. 하지만 도선은 그러고 싶지 않았다. 본가로 내려가는 일은 과거로 돌아가는 것을 의미했다. 진일보는 못할망정 후퇴를 할 수는 없었다.

아직 대학 졸업증도 가지고 오지 않은 딸이 외국인 남자친구를 먼저 데려오자 부모님은 적잖게 당황했다. 친구들 역시 우려를 숨기지 않았다. 도선은 신경 쓰지 않았다. 이것은 도선에게 기회였다. 더 나아갈 기회. 주저앉지 않을 기회. 무엇보다 도선은 제임스를 사랑했다. 그와 함께라면 모든 게 가능할 것 같았다. 도선은 스스로도 놀랄 만한 속도로 삶의 터전을 옮겼다. 그래서인지 한국을 떠나던 날에도 아쉽거나 서운하지 않았다. 도선은 비행 내내 발밑에 깔린 구름을 보며 자신의 미래가 그처럼 아름답게 펼쳐지리라 의심치 않았다.

제임스가 나고 자란 도시는 아름답고 쾌적했다. 제임스의 부모님과 친구들은 도선을 환대했고 이웃들도 친절했다. 모든 게 완벽했다. 도선은 자신감이 솟았다. 이런 곳에서라면 완전히 새로운 이야기, 이전과는 다른 밀도 높은 이야기를 쓸 수 있을 것 같았다. 그러나 인생에는 항상 변수가 있는 법이고 어떤 변수는 인생의 방향을 완전히 바꿔놓기도 한다. 충만한 신혼을 얼마 즐기지도 못하고 도선에게 그런 변수가 찾아왔다. 아이를 가진 것이다.

아이를 가지고 나서야 도선은 새로운 사실을 깨달았다. 만약 신이 있다면, 그리고 그에게 도선에 대한 계획이 있다면, 그 계획은 처음부터 모두 아이를 향하고 있었다는 사실이었다. 도선은 당황했다. 하지만 신의 계획을 받아들이지 않을 도리가 없었다. 게다가 모두들 도선의 임신을 너무나 기뻐했기에 도선도 주변 분위기에 휩쓸려 자신이 기쁨을 느낀다고 생각했다. 물론 그것은 도선의 감정이 아니었다. 도선은 기쁘기보다 두려웠다. 그리고 불안했다. 하지만 누구에게도 그런 감정을 보일 수 없었고 속으로 곪아간 감정들은 점점 도선을 오염시켰다. 출산 후 상황은 더 심각해졌다. 도선은 종종 양발을 잃어버린 기분을 느꼈다. 딱히 살아 있는 것 같지도 않았고 자의와 상관없이 세계 속에 떠밀리는 불능의 무생물이 된 것 같았다. 물론 아이는 사랑스러웠다. 아이가 웃을 때, 아이가 재잘재잘 노래를 부를 때, 그리고 아이를 안을 때마다 도선은 가슴이 벅찼다. 감히 내가 이런 순간을 가져도 될까 하는 생각도 했다. 하지만 그런 순간에도 도선은 불현듯 무서워졌고 죽을 것처럼 숨이 막혔다. 제임스는 어떻게든 도선을 도우려 했다. 일하는 시간을 제외한 대부분을 가족과 함께 보냈고 여행도 자주 다녔다. 그러나 그런 걸로는 부족했다. 그런 걸로는 도선을 일으킬 수 없었다.

　도선은 방법을 알고 있었다. 삶이 작동하는 방법. 그건 다시 쓰는 것이었다. 새로운 세계를 도선의 손으로 만들어내는 것이었다. 그것만이 도선을 구원해줄 수 있었다. 그러나 도선은 한 글자도 쓸 수 없었다. 이유는 알 수 없었다. 그냥 써지지 않았다. 처음엔 뭐라도 써보려고 노력했다. 꾸준히 일기를 쓰고 억지로라도 짧은 이야기들을 만들었다. 그러나 전부 마음에 들지 않았다. 그 어떤 소재도, 그 어떤 인물도 와닿지 않았고 전부 가짜 같았다. 이야기는 진부했고 놀라울 것 없는 결말이 시작부터 뻔히 보였다.

그래서 도선은 잠깐, 아주 잠깐만 쓰는 것을 멈춰보기로 했다. 한 달 정도가 지나면 적절한 아이디어가 떠오르리라는 생각에서였다. 하지만 한 달이 지나도 도선의 머릿속은 캄캄했다. 1년이 지나도 마찬가지였다. 도선은 몇 년 동안 글을 놓았다. 그 시간이 괴로웠느냐 묻는다면, 도선은 망설임 없이 아니라고 말할 수 있었다. 쓰지 않는 시간은 생각보다 견딜 만했다. 적어도 쓰지 못해 전전긍긍하던 시간보다는 훨씬 나았다. 어쩌면 쭉 쓰지 않고도 살 수 있을 것 같았다. 도선은 쓴다는 것에 대해서 거의 잊었다. 아니, 다시 뭔가를 쓴다는 것 자체가 쓸모없고 부담스러운 일로 느껴지기 시작했다. 그렇다고 도선이 마냥 괜찮았던 것은 아니었다. 아무렇지 않게 살 수는 있었지만 진짜 '아무렇지 않은' 것은 아니었다. 도선은 쓰지 않는 자신을 용서하기 위해 다른 것에 열중하는 쓸데없는 짓은 하지 않았다. 그냥 아무것도 하지 않았다. 시간은 도선의 세계 바깥에 있었다. 도선은 자신만의 세계에 갇혀 있었고 그 안에서 영원한 실패의 기분을 느꼈다. 모든 것이 무의미하게 느껴졌고 어느덧 양발뿐만 아니라 양팔, 양손, 가끔은 몸통이나 코를 잃은 기분까지 밀려왔다.

그러던 어느 날, 도선의 세계에 감각할 수 있는 것이 아무것도 남지 않게 되었을 때 본격적인 비극이 시작됐다. 제임스가 이혼을 요구한 것이다. 제임스는, 선량하고 성실한 이 캐나다 남자는 충분히 숙고했다고 말했다. 그는 더 이상 도선과 인생을 함께할 수 없을 것 같다고 말했다. 도선과의 미래가 지금보다 나아질 것 같지 않다고 말했다. 그는 필요 이상으로 솔직해서 도선이 알고 싶지 않았던 것까지 밝혔다. 바로 새로운 사랑에 빠졌다는 사실이었다. 도선은 놀라지 않았다. 결혼 생활은 이미 오래전에 끝났음을 알고 있었다. 슬프고 비참하긴 하지만 언젠간 일어나게 될 일이었다. 글을 놓았던 것처럼 언젠가 제임스도 놓게 될 것을 도선은 진작에 알고 있었다.

문제는 딸 로사였다. 캐나다에 딱히 직장도 없고 연줄도 없고 능력도 없는 도선은 로사의 양육권을 가져올 수 없었다. 한마디로, 그녀는 이제 로사와 함께 살 수 없게 된 것이다. 도선이 로사를 만나기 위해서는 앞으로 '방문'을 해야 했다. 로사가 커가는 모습을 시시각각 지켜볼 수 없을 뿐 아니라 로사의 새로운 친구들이나 남자친구의 이름을 알 수 없게 되었고, 로사의 꿈이 어떻게 바뀌어가는지 그 궤적을 알 수 없게 되었다. 무엇보다 로사가 힘들 때 로사의 눈물을 닦아주지 못하게 되었다. 도선은 로사의 모든 순간을 놓치게 될 것이었다.

그제야 도선은 현실이 제대로 보이기 시작했다. 슬픔과 혼란스러움과 공포가 한꺼번에 덮쳐왔다. 아이와 떨어져야 한다는 사실이 주는 고통도 어마어마했다. 잃어버린 줄 알았던 양손과 양발, 몸통과 코에서 진짜 물리적인 고통이 느껴졌고 그 고통 덕에 도선은 자신이 살아 있는 인간이었음을 새삼 깨달았다. 그렇다. 이것은 일종의 등가교환이었다. 고통의 대가로 생의 감각을 되찾기. 가족을 잃고 자신을 옭아매던 것으로부터 해방되기. 도선은 그것에 죄책감을 느꼈다. 아이와의 생이별을 삶과 맞바꾸다니. 있을 수 없는 일이었다. 그러나 이제 더 무너질 곳은 없었다. 도선은 마음을 굳게 먹었다. 다시는 주저앉지 않으리라, 삶을 되찾으리라, 부끄럽지 않은 엄마, 성공한 엄마가 되어 늦지 않게 아이 앞에 나타나리라 다짐했다. 아이에게 용서를 구하고 다시 행복한 시간을 보내리라 결심했다.

도선은 죽을힘을 다했다. 제시간에 일어나는 것도, 제때 먹고 자는 것도 모두 각고의 노력이 필요했다. 무엇보다 10년 만에 돌아온 한국은 너무 낯설었다. 운 좋게 영어학원 강사로 취직할 수는 있었지만 돈을 벌면서 동시에 시나리오를 쓰겠다는 계획이 얼마나 말도 안 되는 것이었는지 매일매일 깨달아야 했다. 먹고사는 것만으로도 너무 벅차서 도선은 종종 멍해졌고 외로워졌다. 다른 사람들은 어떻게 이런 걸 아무렇지도 않게 해낼까 싶었고 평범한 일상을 영위하기 위해 이렇게나 죽을힘을 쓰는 사람은 세상에 자신 하나뿐인 것 같았다. 그렇지만 해야 했다. 지난 10년을 또다시 되풀이하고 싶진 않았다. 그래서 도선은 손을 모으기 시작했다. 종교도 없고 기도해본 적도 없었지만 매일 아침 일어나서 일단 두 손을 모으고 보았다. 도시 사이로 떠오른 보름달에도, 얼핏 천사의 날개처럼 보이기도 하는 구름에도, 걷다가 가방 위에

23

내려앉는 단풍잎에도 손을 모았다. 그리고 기도했다. 자신의 인생이 무너지지 않기를, 언젠가 가졌던 성공을 다시 맛보기를, 그리하여 머지않아 딸과 함께 살 수 있게 되기를.

그러던 어느 날, 친하지 않은 학원의 동료 선생님이 다가와서 웬 엽서를 내밀었다.

"이거 쌤한테 필요할 것 같아서⋯⋯."

엽서의 앞면에는 울창한 산속에 자리 잡은 직육면체의 컨테이너가, 뒷면에는 어떤 문장들이 적혀 있었다. 도선은 그것을 읽고, 또 읽고, 다시 한번 읽었다. 그리고 앞면의 사진을 재차 바라보았다. 도선은 동료에게 물었다.

"여기가 어디예요?"

그러자 동료가 잠시 뜸을 들이더니 숨을 불어내듯 말했다.

"탱크. 탱크요."

어느덧 도선은 걸음을 멈췄다. 도선 앞에는 엽서 속 사진과 똑같은 모양의 컨테이너가 우거진 소나무 숲 사이에 고요히 자리하고 있었다. 가만히 서서 '그곳'을 바라보니 왠지 머릿속에 소용돌이처럼 휘몰아쳤던 과거의 슬픔이 조용히 가라앉는 것 같았다. 그때, 어디선가 바람이 훅 불어왔다. 그 바람이 마치 아득한 사이렌 소리, 혹은 사람의 흐느낌처럼 들려 도선은 작게 몸을 떨었다.

양우

탱크는 20세기 초에 조립된 장갑차량인데 오랫동안 별다른 쓰임새가 없다가 제1차 세계대전의 발발로 무시무시한 위력을 펼치기 시작했다. 영국을 필두로 프랑스, 독일에서 차례로 생산된 이 탱크의 전투력으로 인해 전쟁의 시대는 더 길어졌지만 제2차 세계대전까지 황금기를 누렸던 탱크는 종전 이후 점차 역사의 뒤안길로 사라졌다. 그렇게 퇴물이 되는가 싶던 탱크는 잊을 만하면 과거의 위력을 뽐내며 사람들의 머릿속에 미래의 전쟁에 대한 이미지를 심어주곤 했는데, 그런 탱크의 역사에 대해 읊은 것은 양우가 그 '탱크'와 동음이의어인 어떤 '탱크'에 대해서, 그 탱크를 알려준 사람에 대해서, 그와의 위태로운 사랑에 대해서 말하고 싶었기 때문이다. 양우는 열심히 설명을 이어갔다.

"사실은 탱크라는 단어가 가리키는 게 하나 더 있는데, 음, 이를테면 물탱크나, 음, 그, 어제 수리한 에어탱크나⋯⋯."

양우의 말에 두수 씨는 고개를 끄덕이며 딴소리를 했다.

"아, 에어탱크. 그래, 그거 에어탱크 고친 거 이제 괜찮나?"

양우는 괜찮다고, 아마 괜찮을 거라고 대답하려고 했다. 그런데 어디선가 키득거리는 소리가 들렸다. ⋯⋯이를테면? 야, 들었냐? 이를테면이 뭐야 흐흐흐. 야, 그만해 다 들려. 아니 누가 저런 말을 쓰냐, 이를테면 에어탱크, 흐흐⋯⋯. 이를테면⋯⋯. 탕비실과 사무실 사이에 위치한 자판기 뒤쪽에서 들려오는 목소리에 양우는 얼굴이 확 달아올랐다. 대체 언제부터 사람들이 양우의 이야기를 듣고 있었는지 모를 일이었다. 공장 사람들의 킥킥대는 소리가 양우만 당황하게 만든 것은 아니었다. 두수 씨는 민망한 표정으로 양우의 눈치를 살폈다. 그런 두수 씨 때문에 양우는 더 비참한 기분이 들었다. 양우는 눈을 껌벅이며 고개를 돌렸다. 그러자 두수 씨가 양우의 어깨를 툭툭 치며 말했다.

"신경 쓰지 마. 덩치는 산만 한 게 또 울기는."

두수 씨는 요란하게 헛기침을 하며 탕비실을 빠져나갔다. 그러자 일순간 바깥이 조용해졌다. 뒤이어 사람들이 투덜대며 흩어지는 소리가 들렸다. 아마 두수 씨가 사람들에게 한 소리 한 모양이었다. 두수 씨 정도로 오래 일한 사람이라면 그럴 수 있었다. 양우는 언제나처럼 고마운 마음과 여전히 비참한 심정으로 가만히 서 있었다. 탕비실은 다시 고요해졌다. 양우가 처음 탱크 이야기를 꺼낼 때처럼 아무 소리도 들리지 않았다. 양우는 더 이상 탱크에 대해서 말할 수 없다는 사실에 아쉬워졌다. 애초에, 누구도 탱크 얘기를 관심 있게 듣지 않았다. 그럴 수 있는 사람은 오직 둡둡뿐이었다. 그러나 둡둡은 이제 없다. 둡둡은 양우를 떠났다. 양우의 전화도 받지 않고 답도 하지 않는다. 어쩌면 둡둡은 영영……. 양우는 참았던 눈물이 다시 터질 것만 같아 바로 고개를 쳐들었다. 그러나 여기서는 안 된다. 공장에서 운다는 것이 무엇을 의미하는지 양우는 이미 잘 알고 있었다. 공장에 온 첫날 양우가 혼자 탕비실에 남아 울지만 않았어도 자판기 뒤에서 양우를 비웃던 사람들은 양우의 둘도 없는 동기가 되었을지도 모른다. 양우는 눈물을 참기 위해 눈을 부릅떴다. 가늘게 떨리는 형광등을 쳐다보며 숨을 세 번 들이마시고 일곱 번에 나누어 뱉었다. 눈가에 고인 눈물 너머로 형광등 빛이 어룽거렸다.

*

양우는 작년 여름, 마테라에서 둡둡을 처음 만났다. 이탈리아 남부 바실리카타주에 위치한 고지대 도시 마테라. 지금보다 조금 이른 9월 말의 어느 날 한갓진 골목길에서 에스프레소를 마시며 도시 전체가 붉은 노을에 잠기는 걸 감상하다가, 어 저기에도 한 국인이 있네, 하며 서로를 마주 보게 된 두 사람은 동행이 되었고 함께 걸었다. 음식을 먹고 와인을 마시며 서로의 인생에 대해서 끊임없이 이야기를 나누었다. 그런 로맨틱한 일이 양우와 둡둡에게 일어났다…….

실은.

그런 일이 '실제' 일어난 걸로 치자고 찐득찐득하고 후텁지근한 작년 8월의 어느 날 양우 집의 매트리스에 누워 대화를 나눈 것이 먼저였다. 하지만 어쨌거나 그 일은 양우와 둡둡의 마음속에서 진짜로 일어났고 그래서 그들은 마테라에서의 추억을 1년 내내 곱씹었다. 그 얘기를 했을 때 두수 씨는 물었다. 왜 하필 마테라냐고. 양우는 자신 있게 대답했다.

"〈007 노 타임 투 다이〉 때문이죠."

두수 씨는 당연히 알아듣지 못했다.

작년 여름의 어느 주말, 양우는 여러 명의 사람들과 채팅을 하면서 영화를 볼 수 있는 OTT 플랫폼에 가입했다. 그건 외로워서라기보다 잠들지 않기 위해서였다.

양우는 늘 피곤했다. 일을 할 때도 피곤했지만 일을 하지 않는 날에는 더 피곤해져서 쉬는 날에도 하루 종일 집에 앉아 닭처럼 졸았다. 그러다 결국 언제 잤는지 모르게 잠들어버리곤 했는데 그럴 때마다 양우는 시간이 그렇게 아까울 수 없었다. 그래서 쉬는 날만큼은 잠들지 않기 위해 노력했다. 무언가를 끊임없이 먹거나 혼을 빼놓는 액션 영화 같은 걸 보면서 깨어 있으려 했다. 덕분에 쉬는 날만 되면 양우의 옥탑방은 음식 냄새와 총소리와 차가 난파되는 소리로 가득 찼다. 하지만 그렇게 혼자 버티는 것도 한계가 있었다. 양우는 종종 누군가와 함께 있고 싶다는 생각을 하게 되었다. 자신과 같은 취향, 같은 성향을 가진 사람을 만나 시간을 보내고 싶다고 생각했다. 그러나 그런 사람을 어떻게 만날 수 있는지 몰랐을뿐더러 할머니를 보낸 이후 계속 혼자였던 삶에 갑자기 누군가가 들어오는 게 감당이 안 될 것 같기도 했다. 그래서 양우는 티브이 앞에서 조는 쪽을 택했다. 그게 마음이 편했다.

그러던 어느 날 양우는 영화를 보면서 시청자들끼리 채팅을 공유할 수 있는 플랫폼이 있다는 사실을 알게 되었다. 영화와 채팅이라……. 양우는 감탄했다. 누가 이런 천재적인 발상을 한 건지는 모르겠지만 이 플랫폼을 만든 사람 역시 혼자 잠들고 싶지 않았음이 분명했다.

양우는 서버에 가입을 하자마자 제일 상단에 걸린 〈007 노 타임 투 다이〉 방에 들어갔다. 영화는 10분가량 지나 있었다. 스크린 속 제임스 본드는 폭탄에 기습 공격을 당해 어질어질한 상태로 중심을 잡지 못하고 있었다. 채팅창엔 느리지만 꾸준한 속도로 글들이 올라오고 있었다. 「오우 / 이제 시작인가 / 솔직히 이번 007은 이게 다임」 별 내용 없는 댓글들이었지만 양우는 조금 흥분되었다. 지금 이 순간, 자신과 같은 영화의 같은 장면을 보면서 같이 시간을 죽이고 있는 사람들이 있다는 사실이 묘하게 즐거웠다. 모니터에선 제임스 본드가 누군가를 막 추격하기 시작했다. 양우는 수백 번 고민하다가 「안녕하세요」라고 입력했다. 그때 채팅창에 글이 동시에 주룩주룩 올라왔다. 「대단. 폭탄 맞고 바로 달린다고? / 솔직히 서 있는 것도 힘든디 / ㅋㅋ그걸 님이 어떻게 앎?」 단 1초도 지나지 않아 양우의 글은 위로 밀려 올라갔다. 잠시 후, 「아 나도 저런 비슷한 일이 있었는데」로 시작하는 네 줄짜리 긴 글이 올라왔을 때 양우는 자신의 글이 이미 채팅창에서 사라졌다는 걸 알았다. 그동안 제임스 본드는 되레 추격을 당하기 시작했지만 사람들은 폭탄 이야기를 멈출 생각이 없었다. 양우가 왜 자신한텐 폭탄에 관한 경험이 없는지 반추하며 멍하니 채팅을 바라볼 때였다. 폭탄 이야기와 전혀 상관없는 글이 하나 올라왔다. 「안녕하세요. 반갑습니다. 그나저나 저것도 세트겠지만 폭파되는 걸 보니 괜히 아깝네요」 양우는 턱을 괴던 손을 내려 모니터에 가까이 다가갔다. 그 글의 「반갑습니다」가 처음 들어온 사람의 인사인지, 아니면 자신이 먼저 건넨 「안녕하세요」에 대한 답글인지 분석하기 위해서였다. 하지만 그마저도 폭탄 이야기에 휩쓸려 위로 훅 올라가버렸다. 양우는 키보드에 손을 올렸다. 그 사람에게 답글을 쓰고 싶었다. 양우는 스크린을 보았다. 제임스 본드가 앞에서 오는 승용차와 뒤에서 오는 오토바이 사이에서 진퇴양난의 순간을 맞이하고 있었다. 「저 차가 또 다른 곳까지 훼손하지 않길……」 양우는 입력 키를 누르면서 자신의 글이 쥐도 새도 모르게 사라지지 않기를 바랐다. 그때 제임스 본드가 다리에 이어져 있는 케이블을 잡고 다리 밑으로 뛰어내렸다. 케이블이 다리에서 두두두둑 풀려나갔다. 「윽」 그 사람이었다. 「이제 저 다리도 훼손」 또 그 사람이었다. 양우는 그가 자신에게 말한다는 것을 확신했다. 이건 대화였다. 양우는 마음이 급해졌다. 그 사람과의 대화를 놓치고 싶지 않았다. 양우의 손가락은 양우의 뇌가 생각이란 걸 하기도 전에 키보드를 투두둑 쳤다. 「근데 저 다리에 원래 저런 거 있었나? 난 못 봤던 거 같은데」 한참 동안 아무도 글을 올리지 않았다. 양우는 자신의 양손이 쓴 글을 다시 보았다. 어쩌다 나왔는지 영문을 알 수 없는 문장이었다. 쓴 사람조차 수습할 수 없다는 점에서 더욱 그랬다. 다시 의기소침해진 양우는 그만 방을 나가버릴까 고민했다. 그때였다. 「마테라 가보셨어요?」 그 사람이었다. 양우는 너무 반가운 나머지 이번에도 두 손이 함부로 「네」라는 답글을 다는 것을 막지 못했다. 그는 양우가 마테라에 가봤다는 사실에 예상보다 훨씬 흥분했고 언젠가 마테라가 나오는 영화를 같이 보자고 말했다. 그 말에 기뻐진 양우는 얼마든지 좋다고 대답한 후, 그의 닉네임을 눈에 새겨 넣듯 읽었다. doobdoob. 둡둡? 양우는 계속 소리 내보았다. 둡둡. 둡둡. 재밌는 이름이었다.

그날 이후, 양우는 매일같이 둡둡의 채팅방을 찾았다. 둡둡은 평일 밤 11시부터 두 시간 동안 자신이 좋아하는 영화를 골라 채팅방을 열었고 양우는 10시 30분부터 컴퓨터 앞에 앉아 기다렸다. 쉬운 일은 아니었다. 매일 아침 6시부터 저녁 6시까지 녹초가 되도록 일하는 데다가 야간조에 걸리기라도 하는 날엔 영화 감상이고 채팅이고 아무것도 할 수 없었다. 그럼에도 야간조가 아닌 이상은 매일 사이트에 들어가 둡둡의 채팅방을 찾았다. 채팅을 하는 동안은 하나도 피곤하지 않았다. 피곤하기는커녕 즐겁고 두근거렸으며 끝날 때면 늘 아쉬웠다.

어느 날 둡둡은 초대받은 사람만 들어갈 수 있는 채팅방을 열고는 양우를 초대했다. 둡둡이 선택한 영화는 〈벤허〉(2016)였고 초대받은 사람은 양우뿐이었다. 양우가 채팅방에 들어가자 기다렸다는 듯이 둡둡의 글이 올라왔다. 「여기 마테라예요」 양우가 물었다. 「마테라요?」 둡둡이 답했다. 「007에 나왔던 그 마테라요, 가보셨다면서요」 양우는 멍하게 모니터를 봤다. 토가 비슷한 것을 입은 잭 휴스턴이 걸어 다니는 동네를 다시 보니 과연 〈007〉에서 제임스 본드가 종횡무진 활약했던 마테라가 맞는 것 같기도 했다. 둡둡이 계속 채팅을 올렸다. 「최근 영화 중에 이만큼 마테라가 많이 나오는 게 없는 것 같아요. 5주 동안 마테라에서만 촬영했대요」 양우는 답했다. 「어떻게 이런 걸 다 알아요? 대단하네요」 양우는 둡둡이 그런 걸 다 안다는 사실에 감탄했다. 하지만 그보다는 둡둡이 마테라를 기억하고 있다는 사실 때문에 더 놀랐다. 그리고 기뻤다. 그가 양우와 처음 했던 대화를 기억해 일부러 이 영화를 골랐다고 생각하니 좋아서 정신을 차릴 수 없을 지경이었다.

영화가 재생되는 동안 둡둡과 양우는 채팅에만 집중했다. 이야기하는 사람은 주로 둡둡이었다. 둡둡은 자신의 대학 생활과 친구들과 즐겨 찾는 미술관과 카페에 대해 말했다. 그것이 양우의 세계와 너무 달라 양우는 함부로 질문하지 않았다. 질문을 하게 되면 같은 질문이 돌아올 것이고 그러면 양우도 자신의 이야기를 꺼내야 하는데 이 즐거운 시간을 그런 식으로 망치고 싶지 않았다. 딱 한 번, 최근에 연인과 헤어졌다는 둡둡의 이야기를 듣고 양우는 이유가 무엇이었느냐고 물었다. 둡둡은 애인과 같은 믿음을 공유할 자신이 없었다고 대답했다. 그리고 양우가 예상했던 대로 같은 질문을 던졌다. 거기에 양우는 자신은 애인이 없다고, 덧붙여 여자에도 관심이 없다고 대답했다. 그러자 웬만하면 끊기지 않고 올라오던 둡둡의 글이 잠깐 멈췄다. 양우는 초조해졌다. 너무 솔직했나, 괜한 말을 했나 하는 생각에 손이 덜덜 떨렸다. 그러나 한참 후, 「저랑 비슷하네요」라는 채팅이 올라왔을 때 양우는 안도했고 그냥 안도하는 것을 넘어 설레기까지 했다.

시간은 너무 빨리 흘렀고 영화는 금세 막바지에 다다랐다. 모니터에서는 어마어마한 전차 경주가 펼쳐지고 있었다. 그러나 함성과 북소리, 스크린 밖으로 뿜어져 나오는 모래 먼지와 전차에서 튕겨져 나가는 선수들의 모습 중 그 어떤 것도 둡둡의 이야기만큼 재밌진 않았다. 그저 영화가 끝나가고 있다는 사실만 아쉬울 뿐이었다. 둡둡도 마찬가지였을까. 벤허가 우승을 차지하고 난 직후, 둡둡의 글이 올라왔다.

「우리 언제 한번 커피나 마셔요」

양우는 그 글에 놀라 모니터만 빤히 바라보았다. 영화에서는 우승을 하고도 번민에 사로잡힌 벤허가 일데르임에게 사막을 정처 없이 떠도는 당신의 삶이 대체 무슨 의미냐고 물었다. 그러자 일데르임이 대답했다. 그것은 외로움을 느끼지 않는 삶, 내가 아는 유일한 삶의 형태라고. 둡둡의 채팅 때문인지 일데르임의 멋진 대사 때문인지, 양우는 자꾸 심장이 뛰었다.

양우와 둡둡은 서울의 중심에 있는 한 카페에서 만났다. 이국적인 뷰 때문에 SNS에서 인기를 끌며 주말과 평일 할 것 없이 인산인해를 이루는 곳이었다. 양우는 그런 곳이 있는지도 몰랐다. 아니, 있다는 건 알았지만 가본 적은 없었다. 그래서 카페에 도착하자마자 조금 움츠러들었다. 주말이라 그런지 사람도 너무 많았다. 심지어 좋은 자리를 선점하기 위해 줄을 서기까지 했다. 양우는 둡둡이 왜 이런 곳에서 만나자고 했는지 이해할 수 없었다. 이런 곳을 좋아하나? 사람이 많고 유명하고 뷰가 좋은 관광 명소 같은 곳을? 양우는 조금 실망스러웠다. 둡둡이 자신과 비슷한 사람일 거라고 생각했기 때문이다. 조용하고 눈에 띄지 않는 곳, 오래된 것들이 앞으로도 영원히 거기에 있을 것 같은 곳, 그래서 혼자 있을 때는 영원히 혼자일 것처럼 느껴지지만 누구 하나라도 앞에 혹은 옆에 앉으면 그 누구와 영원히 함께하게 될 것처럼 느껴지는 곳을 좋아하는 사람 말이다. 양우는 말린 어깨를 펴려고 노력하며 줄 한가운데에 서 있었다. 그때 둡둡에게서 메시지가 왔다. 「저 와 있어요, 검은 반팔 티 입었어요」 양우는 주변을 둘러보았다. 대개가 검은 반팔을 입은 사람이었다. 양우는 답을 보냈다. 「저도 왔어요, 검은 옷 입은 사람이 너무 많네요」 바로 답이 왔다. 「손 흔들게요」 양우는 고개를 들어 주변을 살폈다. 양우가 있는 곳에서 대각선 방향으로 끝 쪽, 뷰는커녕 사람이 있는지 보이지도 않는 구석에서 검은 반팔 티를 입은 피부가 하얀 남자가 손을 흐느적대고 있었다. 양우는 천천히 그쪽으로 걸어갔다. 햇빛 때문인지 사람들 때문인지 그를 제대로 쳐다볼 수 없었다. 왠지 자꾸 웃음이 삐져나와서 고개를 들 수도 없었다.

두 사람은 커피를 마셨고 어디가 어디인지 알 수 없는 길을 계속 걸었다. 그리고 끝없이 이야기를 나누었다. 둡둡은 사람들이 득실거리는 곳에서 커피를 마시면서도, 사람들 사이를 헤쳐 걸으면서도 마치 두 사람만 있는 것처럼 이야기를 했고 질문을 던졌다. 양우는 그런 둡둡이 신기했다. 양우는 한 번도 그랬던 적이 없었다. 누구와 무슨 이야기를 하든 늘 지나치게 긴장했고 그래서 불편했다. 무슨 말이라도 할라치면 목과 어깨에 힘이 잔뜩 들어갔고 침을 백 번쯤 삼킨 후에야 입을 뗄 용기가 생기는 식이었다. 그나마도 상대방이 인내심을 가지고 들어줄 때라야 가능했다. 둡둡은 양우와는 완전히 달랐다. 둡둡은 말을 잘할 뿐 아니라 상대를 편안하게 만들 줄도 알았다. 그런 둡둡과 함께 있어서인지 양우도 평소와 달리 말이 술술 나왔다. 양우는 스스로도 놀랄 정도로 자연스럽게 자신이 즐겨 보는 액션 영화들에 관해 이야기했다(할 수 있는 이야기가 그것밖에 없었다). 둡둡은 양우의 액션 영화 이야기가 세상에서 제일 중요한 정보라도 되는 양 열심히 들었다. 질문도 끊임없이 했다. 거기에 양우가 대답을 하면 그것을 새겨 넣듯 고개를 크게 끄덕였다. 양우는 처음으로 누군가에게 온전히 받아들여지는 기분이 들었다. 그게 너무 놀라워 자꾸만 울컥하게 되었다.

그들은 회현역을 지나 숭례문을 향해 걸었다. 날씨는 후덥지근했고 광장엔 해를 피할 곳이 없어서인지 사람이 많지 않았다.

"지난달에 여기 오고 싶었는데."

둡둡이 자연스럽게 새로운 화제를 꺼냈고 양우는 둡둡을 쳐다봤다. 설명이 부족했다고 생각했는지 둡둡이 바로 덧붙였다.

"퍼레이드요."

양우는 숭례문을 쳐다보며 아무 대답도 하지 않았다. 둡둡이 무슨 말을 하는지 알 수가 없었기 때문이다. 둡둡은 계속 말했다.

"양우 님은요? 와본 적 있죠?"

양우는 여전히 둡둡이 무슨 얘기를 하는지 알아챌 수 없었지만 대화의 흐름을 끊고 싶지 않아서 자신이 근 몇 년 사이에 숭례문에 와본 일이 있던가 진지하게 곱씹었고, 고심 끝에 "아니"라고 대답했다. 그게 전부였다. 둡둡은 말이 없었다. 양우는 자신의 대답이 너무 성의가 없었나 싶어 한마디를 더했다.

"음. 둡둡 님은 숭례문에 자주 오셨나 봐요?"

이제 그들은 숭례문을 왼쪽에 끼고 소공동 방향으로 걷고 있었다. 한낮의 거리는 너무 더워서 두 사람 다 땀에 푹 절었다. 둡둡은 여전히 아무 말도 하지 않았다. 그게 방금 전 자신의 대답 때문이라는 사실을 양우도 모르지 않았다. 그러나 이제 와서 그게 무슨 말이었냐고 물을 수도 없는 노릇이었다. 심지어 둡둡은 채팅을 할 때보다 더 멀어진 것처럼 느껴졌다. 그 느낌이 너무 안타까워 양우는 물리적인 거리라도 좁혀볼 심산으로 자꾸 둡둡에게 가까이 붙어 걸었다. 둡둡에게선 상큼하면서도 씁쓸한 냄새가 났다. 난생처음 맡아보는 좋은 냄새였다. 양우는 그 냄새에 잠깐 기분이 좋아졌다. 생각해보면 좋지 않을 이유가 없었다. 쉬는 날이었고 바깥이었고 호감이 가는 사람과 함께 있었다. 그것만으로도 이미 충분했다. 양우는 자신도 모르게 웃음이 나왔다. 동시에 용기가 생겼다. 그래서 양우는 모든 걸 실토했다. 사실 마테라에 가본 적이 없다는 것, 마테라는커녕 공장단지와 집을 오가는 길을 벗어난 적도 거의 없다는 것, 액션 영화를 보는 이유는 쉬는 날을 졸면서 보내지 않기 위해서이고 자신에게 가장 큰 이벤트는 교대근무 때문에 가끔 밤낮이 바뀌는 것이어서 저번 채팅 때부터 알게 된 둡둡의 일상은 자신에겐 너무나 새롭고 놀라운 것투성이지만 그만큼 아주 생소하기 때문에 알아듣기 힘들다는 것, 그래서 말인데 사실 아까 퍼레이드니 뭐니 하는 말도 이해하지 못했다는 것을 숨도 쉬지 않고 모두 고백했다. 둡둡은 또 아무 말도 하지 않았다. 그러나 이번 침묵은 실망했기 때문이 아니라 놀랐기 때문이었다. 둡둡은 어떻게 그럴 수 있느냐고 물으며 놀라움을 숨기지 않았고 그 모습에 양우는 안도했다. 어떤 관계에서든 실망하는 것보다는 놀라는 편이 항상 나은 법이다. 양우의 실토 덕에 둡둡은 다시 입을 열었다. 서울광장에서 청계천을 지나 광화문까지, 광화문에서 경복궁을 지나 북촌을 돌고 안국동을 가로질러 다시 청계천으로 내려오는 동안 그는 매년 참여하던 축제와 퍼레이드와 함께했던 친구들과 전 애인들에 관해 이야기했다. 그러면서 계속 양우가 이 모든 걸 아무것도 모른다는 사실을 굉장히 신기해했고 어떻게 그럴 수 있느냐고 계속 물었다. 양우는 부끄러웠다. 아니 부끄럽다기보다 창피했다. 세상 돌아가는 것에 관심이 없는 정도가 아니라 무지하다는 사실을 들킨 것 같았기 때문이었다. 양우는 문득 야간작업 퇴근길에 두수 씨가 했던 말이 떠올랐다.

여느 때처럼 열두 시간을 꼬박 일하고 아침의 태양을 받으면서 꾸벅꾸벅 졸고 있을 때였다. 두수 씨는 혼잣말하듯 중얼거렸다. 사람은 주변 환경에 영향을 받을 수밖에 없는 존재이기 때문에 주변에서 큰일이라고 여기는 것들을 큰일로 여기고 작은 일이라고 여기는 것을 작은 일로 여기게 된다고. 그러면 지금 이곳에서 가장 큰일은 무엇이고 가장 작은 일은 무엇이냐. 그것은 바로 돈과 생활이다. 여기 이 공장에서 가장 크고 중요한 일은 '우리가 얼마나 일해서 얼마나 벌 수 있느냐'이고 가장 작은 일은 '이곳 밖에서의 생활이 어떠한가'인 것이다. 두수 씨는 그걸 모르면 안 된다고 했다. 그러면서 지금 공장단지에서 가장 큰 화두인 노조의 파업을 언급했다. 공장에 다니는 모두가 노조의 행보에 주목하고 있다는 것도 언급했다. 그런데 너는 이것을 진짜 알고 있느냐, 왜 너는 아무것도 모르는 양 행동하냐고 두수 씨는 물었다. 양우는 아무 말도 하지 않았다. 양우도 그런 것을 아예 모르지는 않았다. 그저 신경 쓰고 싶지 않을 뿐이었다. 두수 씨는 양우의 마음을 읽는 사람처럼 말했다. 아무리 신경 쓰고 싶지 않아도 남들이 주목하는 것에 함께 주목해야 한다고. 남들이 보는 것을 보지 않으면 이상한 사람이 되고 이상한 사람이 되면 결국 너만 외톨이가 된다, 이 작은 공장에서 외톨이가 되면 너만 손해다, 작으면 작을수록 외톨이가 되어선 안 된다, 그러니 너도 사람들이 큰일로 여기는 것을 큰일로 여겨라, 돈에 관심이 없는 사람처럼 굴지 마라,

이 작업보다 더 중요한 자신만의 생활이 있는 사람처럼 구는 것도, 세상에 연연하지 않는 것처럼 구는 것도 그만두어라…….

그때 양우는 두수 씨도 영락없는 꼰대라고 생각했다. 그러나 둡둡과 함께 걷고 있자니 어쩐지 두수 씨의 말들이 한꺼번에 이해가 되는 것 같았고 두수 씨가 그 말을 어떤 마음으로 했는지도 알 것 같았다. 그래서 양우는 둡둡의 말에 귀를 기울였다. 자신이 알지 못했던 것을 듣고 새기며 둡둡이 보는 것을 함께 보려고 했다.

두 사람은 계속 걸었다. 속도를 맞추고 어깨를 나란히 붙이며 해가 지고 더위가 누그러질 때까지 걸으며 대화했다. 서로의 이야기를 들었다. 서로의 이야기를 듣는 서로의 눈을 걷고 있는 길보다 더 열심히 보았다.

양우는 종종 그날을 떠올렸다. 그러면 둡둡의 눈빛도 함께 떠올랐다. 호기심에 가득 찬 눈빛, 생각하는 눈빛, 그리고 어딘가 나른한 눈빛. 그 눈빛은 시간이 흐르면서 사랑에 빠진 눈빛으로 변해갔다. 둡둡은 그 반짝이는 눈으로 몇 번이고 말했다. 너를 만나게 된 것은 오랫동안 내가 기도했던 꿈이었노라고. 그 기도가 이루어졌다는 걸 너를 처음 본 순간 바로 알았노라고.

둡둡은 여전히 전화를 받지 않았다. 양우는 오지 않는 답을 기다리느라 2주째 밤을 꼴딱 새우고 있었다. 오늘 아침, 정신 나간 사람처럼 믹스커피 두 봉지를 뜨겁지도 않은 물에 저으며 탱크가 어쩌구 같은 말을 하다가 다른 동료들에게 비웃음이나 사게 된 건 다 그 때문이었다. 양우는 둡둡에게 남긴 마지막 메시지를 다시 보았다.

「내가 생각이 짧았어. 미안해. 제발 얘기 좀 해」

양우는 마지막 문장에 '제발'이라는 단어를 쓰지 않았더라면 더 나았겠다는 생각을 했다. 더 이상 보고 싶지 않은 사람에게 '제발'이라는 단어를 듣는다면 숨이 막힐 텐데. 아주 질려버릴 텐데. 그걸 알면서도 양우는 '제발'이란 단어를 몇 번이나 썼다. 양우는 핸드폰을 주머니에 집어넣었다. 마침 쉬는 시간이 끝났음을 알리는 벨 소리가 요란하게 울려 퍼졌다. 양우는 천천히 발걸음을 뗐다. 작업이고 뭐고 아무것도 하기 싫었다. 그때였다. 주머니에서 진동이 울렸다. 양우는 덜컹거리는 마음으로 번개처럼 핸드폰을 꺼내 들었다. 그리고 액정에 뜬 둡둡의 이름을 보았다. 순간, 심장에 펄펄 끓는 물이 끼얹어진 것만 같았다. 눈물이 기다렸다는 듯 쏟아졌다. 양우는 벌벌 떨리는 손으로 메시지를 확인했다.

「내일 탱크 가는 날이야. 아침 8시에 거기서 봐」

양우는 밖으로 뛰쳐나갔다. 이미 모든 사람이 작업장 안으로 들어가 있었고 정문으로 이어지는 복도는 조용했다. 양우는 정신없이 1번 작업장을 지나 정문으로 뛰었다. "양우!" 뒤에서 반장의 부름이 들렸지만 양우는 무시했다. 이건 둡둡이 준 마지막 기회고 양우는 반드시 이걸 잡아야 했다. 그러기 위해서는 두수 씨부터 잡아야 했다.

중간 문을 열고 버스 승차장 쪽으로 나오니 담배를 피우고 있는 통근버스 기사님이 보였다. 양우는 숨을 몰아쉬며 버스를 향해 똑바로 걸어갔다. 아침 기온이 낮아서인지 양우의 입 밖으로 나온 고르지 못한 연기가 허공에서 이리저리 뒤엉켰다. 양우는 냅다 소리를 질렀다. "두수 씨! 두수 씨!" 버스 안에서 사람들이 힐끗힐끗 양우를 쳐다보았다. 양우는 지친 사람들의 회색빛 얼굴을 훑었다. 그때 버스 맨 뒤쪽에 있는 창문에서 누군가 소리쳤다.

"양우, 왜!"

두수 씨가 버스에서 고개를 내밀고 있었다. 양우는 최선을 다해 두수 씨에게 뛰어갔다. 야간조 작업에 지친 회색빛 얼굴들이 생기 없이 가까워졌다. 양우는 두수 씨가 앉아 있는 창문 쪽으로 다가가 그를 올려다보았다. 부탁을 하는 자세로는 더할 나위 없이 완벽했다.

"정말 정말 죄송한데, 내일 하루만 주간 해주시면 안 될까요? 제가 오늘 야간까지 미리 다 하고 갈게요."

양우는 말을 마치자마자 재빨리 그곳에 가는 길을 그렸다. 동시에 머릿속에서 탄식이 터져 나왔다. 오늘 야간까지 다 하고 갔다간 8시 안에 도착하지 못한다. 여기에서 고속버스 터미널까지 가서 거기에서 시외버스를 타고 출발한 후 또 그곳에 도착해서 마을버스를 타는 시간까지 합하면 다섯 시간 전에 가도 늦을 수 있었다.

양우는 기어들어가는 목소리로 다시 말했다.

"정말 정말 죄송한데, 오늘 야간조를 할 수는 없을 것 같아요. 내일 아침까지 가야해서요."

마음은 기어들어갔는데 목소리는 우렁찼다. 두수 씨 옆에 앉은 사람이 회색빛 얼굴을 도리도리 젓는 게 보였다. 말도 안 된다는 소리였다. 알고 있었다. 주간 대타를 야간한테 말한다는 것 자체가 어불성설이었다. 보통 주간은 주간끼리, 야간은 야간끼리 바꾸는 게 암묵적인 룰이었다. 하지만 평일 근무 사람들은 주말 근무 사람들을 잘 몰랐고 주말 근무 사람들 역시 그랬다. 그래서 사람들은 종종 교대시간에 친해진, 자신과 밤낮이 다른 사람들에게 부탁했는데 그러다 보면 어떤 사람은 꼬박 하루를 일하게 되기도 했다. 그때 머릿속에 심야 버스가 떠올랐다. 양우는 급하게 덧붙였다.

"제가 오늘 새벽 2시까지는 할 수 있어요. 그러면 심야 버스를 탈 수 있으니까……."

두수 씨는 대답하지 않았다. 옆에 앉은 사람도 이번엔 고개를 가로젓지 않았다. 아마 이렇게 생각하는 게 분명했다. '2시? 2시까지면 괜찮지. 아니 근데 누구 맘대로 2시에 일을 끊나…….' 그때 두수 씨가 망설이듯 입을 열었다.

"그때는 통근버스도 그렇고 반장도 안 된다고 할 것 같은데…… 갑자기 왜, 무슨 일이야?"

두수 씨의 질문에 양우는 눈을 끔적였다. 할 수 있는 말이 없었다. 양우에겐 갑자기 연락이 올 가족이나 친척이 아무도 없었다. 두수 씨는 그것을 누구보다 잘 알고 있었다. 양우는 그냥 고개를 숙였다. 정수리 위쪽에서 한숨 소리가 들렸다. 두수 씨의 한숨인지 그 옆 사람의 소리인지 헷갈렸다. 두수 씨가 조금 더 뜸을 들이다가 말했다.

"자정에 올게. 옆집 거 타고 오면 되지 뭐. 그러면 너도 옆집 거 타고 나갈 수 있잖아. 반장한테는 잘 말하고."

'옆집 거'란 지금 한창 3교대 전쟁 중인 옆 단지 공장의 통근버스를 말하는 것이었다. 그쪽 통근버스 기사님이 가끔 여기 사람들이 타는 것을 허용해줬는데 그건 자정 버스에 한해서였다. 자정 버스가 다른 때보다 한산하기도 했고 이쪽 공장 사람들이 탈 때마다 기사에게 담배나 커피나 빵 같은 걸 주었기 때문이다. 그게 아니어도 원체 통근버스 기사들은 인심이 좋았다. 그래서 가끔은 옆 건물 사람들도 이쪽 버스를 탔다. 이쪽은 머릿수가 워낙 적어 낯선 얼굴이 버스에 오르면 바로 다 알아볼 수밖에 없었는데도 그에 대해 말하는 사람은 한 명도 없었다. 언제나 버스 기사가 태우면 그만이었다. 옛날에, 지금은 그만둔 신입 한 명이 그걸로 트집을 잡은 적이 있었다. 밝고 힘차고 일도 열심히 하는 젊은 친구였다. 오랜만에 괜찮은 사람이 들어왔다고 반장도 만족해할 정도로 모든 일에 열성적인 사람이었다. 그는 너무 열성적이어서 통근버스에 누가 타고 타지 않는지에도 신경을 썼다. "왜 모르는 사람을 태워요?" 그는 여기 공장단지가 이상하다고 했다. 다른 곳은 이런 걸 엄격하게 통제한다고. 이런 데서 꼭 사달이 나는 거라고 아무도 하지 않는 걱정을 했다. 물론 버스 기사는 그의 말을 무시했고 왜인지 잔뜩 열이 받은 신입은 공장장에게 이 모든 일을 일러바쳤다. 그리고 다음 날, 그는 통근버스를 타지 않았다. 아예 공장에 나오지도 않았다. 그러나 아무도 그의 행방을 궁금해하거나 의문스럽게 여기지 않았다.

두수 씨는 말했다. 적어도 여기에선 오래전에 정착된 것을 제멋대로 바꾸려고 하거나 지적해선 안 된다고. 여기가 작고 아무것도 아닌 것처럼 보여도 무언가를 입맛대로 바꿀 생각을 하면 더 작고 아무것도 아닌 우리가 바뀌게 된다고. 없어지게 된다고. 그러니 너도 조심하라고. 그때 두수 씨의 표정은 단호하지도 무서워 보이지도 않았다. 지금 생각하면 약간 슬퍼 보였던 것 같다. 그러나 두수 씨의 표정은 늘 약간씩 슬퍼 보였고 그때의 슬픈 표정도 아마 너무 피곤해서 그렇게 보였던 거라고 양우는 생각했다. 지금도 그랬다. 양우를 보지 않고 푸르게 밝아지는 먼 곳만 바라보는 두수 씨의 얼굴은 슬픈 생각에 빠진 것 같았다. 그러는 사이, 기사가 요란하게 가래를 뱉으면서 버스에 올랐다. 어느새 반장은 작업장 밖까지 나와 양우를 부르고 있었다. 그 소리에 먼 곳을 바라보던 두수 씨가 정신을 차리고 양우에게 손짓했다. 가, 들어가. 양우는 꾸벅 인사를 했다. 옆자리에 앉은 회색빛 얼굴은 이미 눈을 감고 있었다.

손부경과 황영경

손부경이 산불에 관한 첫 번째 전화를 받은 시각은 오전 9시 24분이었다.

전화를 건 사람은 마을 이장이었다. 그는 산 너머 반대편 동네에서 불이 났다고 했다. 반대편 동네 사람이 논두렁에서 쓰레기를 태웠는데 바람 때문에 불길이 좀 커진 모양이라고, 대수롭지 않다는 듯 말했다. 그래서 손부경도 대수롭지 않게 받아들였다. 솔직히 대수롭지 않은 정도가 아니라 약간 귀찮았다. 이장에게 사소한 일까지 말해달라고 부탁한 건 딱 그 마을에서부터 산으로 들어가는 길목에서 일어난 일, 정확히 말하자면 이방인이 산으로 들고 나는 것을 보는 즉시 어딘가에 적어두었다가 확인이 필요할 때 알려달라는 것이었지, 동네에서 일어나는 시시콜콜한 일들까지 말해달라는 뜻은 아니었다. 게다가 손부경은 사소한 일까지 말해주는 것의 대가로 이미 관리비의 두 배에 달하는 금액을 매달 이장에게 지불하고 있었다. 하지만 이장은 허구한 날 누가 들어간 것 같은데 놓쳤다느니, 못 봤다느니, 잠깐 본 것 같다느니 한 말만 애매하게 늘어놨다. 그래놓고 반대편 동네에 불이 난 것은 또 득달같이 전화해서 알리니 짜증이 나지 않을 수 없었다. 손부경은 물었다.

"다른 별일은 없으시죠?"

다행히 이장은 바로 알아들었다.

"뭐 없제⋯⋯. 용이 할매는 아침에 누가 산에 올라가는 것 같다고도 허긴 했는디⋯⋯."

참 나. 손부경은 속으로 혀를 차며 생각했다. 그게 별일입니다, 이장님⋯⋯. 손부경은 모니터에 엑셀 창을 띄우면서 오늘의 예약자 명단과 시간을 확인했다.

"오늘 아침 8시에 한 명 있었네요. 9시 넘어서 산에서 나왔나요?"

"오이 나왔겄지. 안 나오고 거서 뭐 하겄어, 허허."

전화기 너머에서 이장의 애매한 웃음소리가 들려왔다. 손부경은 다시 한번 짜증이 치솟았지만 늘 그랬듯 입을 꾹 다물었다. 그래, 나왔겠지. 손부경은 성의 없이 아, 네, 하고 대답했다. 용건 없는 전화를 마무리하려는 나름의 신호였다. 그러나 이장은 그 신호를 무시하고 산불과 재와 홍수에 관한 이야기를 두서없이 늘어놓았다.

"⋯⋯불이 말이여⋯⋯. 예전에, 나가 어렸을 때, 여기 건너 건너에 살았을 적에⋯⋯ 그때도 산에 불이 붙었는디. 보자, 고것이 봄이었나. 진달래가 폈나. 그쯤이었는디 절에서 수행하던 스님이 불을 냈다고 했지, 아마. 뭐 그것을 일부러 냈겠느냐만은 다들 말 많았제. 무튼간 그 불 땜시 동자승도 죽고 산에 집 짓고 살던 사람도 크게 화를 입고⋯⋯. 그러고는 고것이 우리 집 앞꺼정 왔는디, 그 불이 겁나게 활활 타오르는 게 이 뺨에도 느껴지지 않았겄는가. 그때 우리 아버지가 경운기에 앞집 뒷집 옆집 애들 다 싣고는 달렸는디 나는 그 뻘건 불이 우리를 그냥 집어 삼킬까 봐 오줌까지 지렸지라. 그라도 다행인 것이 그날 밤 마침 비가 왔제, 아마. 근디 그놈의 비가, 또 뭔 놈의 비가 글게 오는지 아주 다들 떠내려갈 뻔허고 거기다가 온 동네에 재 가루가 둥둥 떠다니는 기 아주 지옥이 따로 없었단 말이여⋯⋯."

이장의 이야기는 끊어질 듯 계속 이어졌고 손부경은 그의 말을 듣는 둥 마는 둥 했다. 오랜만에 예약자 현황 엑셀을 들여다보고 있었기 때문이다. 엑셀에 따르면 최근 2년의 탱크 방문 추이는 꽤 심각했다. 방문자의 숫자가 줄어든 것이 확연했다. 더군다나 이번 분기엔 신규 회원도 없었다. 언니는 이게 다 전염병 때문이라고 했다. 그게 영 틀린 말은 아니었지만 손부경은 이게 '다' 전염병 때문은 아니라고 생각했다. 전염병은 이미 가라앉고 있었으므로 작년부터 줄어든 예약자와 뜸해진 커뮤니티의 활동량엔 다른 이유가 있는 게 분명했다. 이유가 뭘까. 커뮤니티 홍보가 덜 되어서? 증언이 부족해서? 아니면 수장이 없어서? 솔직히 오래 생각할 것도 없었다. 이 모든 이유가 복합적으로 작용하게 된 가장 근본적인 원인은 탱크가 이도 저도 아니기 때문이었다. 사람들은 바보가 아니다. 이런 뿌리 없는, 종교도 아니고 작정하고 사람을 홀리는 사이비도 아니고 딱히 자기계발도 아닌, 그야말로 뭣도 아닌 것에 계속 현혹되어 있을 리가 없다. 말이 좋아 자율적 기도 시스템이지, 종교에 자율이 어딨단 말인가. 학습 중에서도 효과가 가장 떨어지는 것이 자율 학습 아니던가. 그때 전화기 너머에서 이장이 거의 소리를 질렀다.

"긍께 내 말은! 고것은 안쪽에 있응께 안전하다 이 말이여!"

"뭐가요? 뭐가 안전해요?"

"거, 그거, 컨테이너 말이여!"

"……뭐로부터요?"

"불 말이여 불! 내 말이 안 들려?"

손부경은 그제서야 이장이 주절주절 내뱉었던 말을 곱씹었다. 불. 큰불. 절에서 나서 마을까지 옮겨오고 재가 날리고 홍수가 나고……. 손부경은 당황하여 말했다.

"근데 큰불은 아니라면서요."

"뭐…… 아니겄제."

이장은 애매하게 웃었다. 손부경은 다시 가슴이 답답해졌다. 이제는 정말 전화를 끊어야 할 때가 된 것이다. 손부경은 신신당부했다.

"어찌 됐든 오늘도 몸 잘 챙기시고 10시에도 사람이 있으니 산 잘 보시고 불도 잘 보시고 뭔가 별일이 생기면 연락주세요."

이장은 딱히 시원한 대답을 내놓지 않았지만 손부경은 이장이 전화기 너머에서 손을 휘저으며 고개를 끄덕인다는 걸 알았다. 나이 든 사람들은 늘 그랬다. 통화를 하면서도 목소리보다 몸짓을 훨씬 더 크게 했다. 엄마도 그랬다. 건너편에서 언니가 무슨 말을 하면 대답은 않고 손을 휘휘 내저었다. 그게 보기 답답해서 말을 하라고 다그쳤던 게 바로 엊그제 같았다.

갑자기 떠오른 엄마 생각에, 손부경은 전화를 끊고도 한참을 가만히 앉아 있었다. 집 안은 무섭도록 고요했다. 창밖은 흐렸다. 구름이 잔뜩 낀 게 당장 비를 뿌려도 이상하지 않을 하늘이었다. 오늘 같은 날에도 아침부터 탱크를 찾는 사람이 있다니. 생각하면 생각할수록 정말 별일이었다. 예약자가 계속 줄어드는 이유를 찾을 게 아니라 아직도 탱크를 방문하는 사람이 있는 이유를 찾아야 마땅하지 않을까. 손부경은 딱딱한 의자에서 일어나 기지개를 켰다. 새벽에 내려두고 지금까지 전원을 켜둔 탓에 졸아든 따

51

뜻한 커피나 마셔야겠다고 생각했다. 그때 또 전화벨이 울렸다. 언니 황영경에게서 걸려온 전화였다.

황영경은 손부경과 열한 살 터울의 이부자매로, 손부경이 태어날 즈음에 손영경이 되었다가 엄마가 두 번째 결혼에도 실패하고 나자 바로 황영경으로 돌아갔다. 황영경은 고등학교를 졸업하자마자 대구에 있는 외국계 기업의 경리로 취직하여 혼자 살기 시작했다. 어린 손부경은 엄마와 둘이 장유에서 살고 있었는데 그들이 황영경을 볼 수 있는 건 오직 명절뿐이었다. 황영경은 명절 때마다 고기와 생선과 각종 기름 세트를 들고 장유에 왔다. 그걸로도 모자라 맛있는 것도 사 주고 옷도 사 주었다. 하지만 손부경은 황영경에게 늘 거리감을 느꼈다. 그건 황영경이 살갑지 않아서라기보다 엄마가 황영경의 눈치를 너무 보아서였다. 엄마는 큰딸인 황영경에게 늘 죄책감을 안고 살았다. 황영경의 아버지이자 전남편과 이혼한 것 때문이었다. 그뿐이 아니었다. 그 전 남편이 이혼 2년 후 자살을 해버리는 바람에 황영경을 향한 엄마의 죄책감은 끝을 모르고 깊어졌다. 엄마는 스스로 죄인이 되어 모든 것을 자신의 탓으로 돌렸고 굳이 그것을 큰딸 앞에서 몇 번이나 말하는 실수를 저질렀다. 그래도 황영경은 엄마를 탓하지 않았다. 엄마와 연을 끊지도 않았다. 물론 명절에만 집에 들르고 한 달에 한번 전화를 할까 말까 한 관계를 유지했지만 그게 어디냐고, 그것만으로도 감지덕지한 일이라고 엄마는 죽기 직전까지 말했다. 불과 열 살의 나이에 부모가 이혼하는 걸 보고, 그렇게 이혼한 어머니가 바로 다른 남자를 만나 또 다른 여자아이를 낳는 걸 보고, 그사이 도박을 끊지 못한 친아버지가 감당할 수 없는 빚 때문에 자살을 하고, 그 바람에 갓 돌을 넘긴 여동생을 업은 어머니의 손을 잡고 아버지의 장례식장에 가는 일을 겪었는데도, 느이 언니는 누구도 탓하지 않고 직장도 잘 구하고 돈도 잘 벌고 저렇게 멋있게 혼자서도 잘 산다. 이것이 엄마가 손부경의 귀에 딱지가 앉도록 한 말이었다. 그러니 손부경이 대구 언니에게 알 수 없는 경외감을 느낌과 동시에 혼자 잘 사는 멋진 여성에 대한 동경을 가지게 된 것도 무리는 아니었다. 하지만 그 대구 언니는 손부경에게 너무 먼 존재였고 손부경이 춘천에 있는 교대에 들어가고부터는 얼굴 한 번 보기 힘들었다. 통화라고 많이 할 리가 없었다. 황영경은 어쩌다 전화를 걸어서 밥은 잘 먹는지 아픈 데는 없는지 확인했고 손부경은 그저 "네, 좋아요, 감사합니다"를 반복할 뿐이었다. 이렇게 서먹한 자매였던 두 사람이 가까워진 것은 공통된 상실, 엄마의 죽음을 겪으면서였다.

엄마는 유방암을 완치한 지 1년도 안 되어서 식도와 폐와 간에 전이된 암을 뒤늦게 발견했다. 그때 손부경은 임용고시 문턱에서 또 한 번의 고배를 마시고 있었다. 불합격 소식과 함께 들려온 엄마의 재발 소식에 손부경은 삶의 의욕을 잃었다. 실패는 계속되고 엄마마저 자신을 떠나려 하고 있었다. 손부경은 막막했다. 앞으로 무엇을 할 수 있을지, 아니 무엇을 하든 먹고살 수나 있을지 전혀 알 수 없었다. 그때 죽음이 가까워진 엄마 곁을 지키던 황영경이 손부경을 불러들였다. "장유로 돌아와라." 손부경은 군말 없이 언니의 말을 따랐다. 그렇게 엄마의 죽음을 앞두고 세 모녀는 다시 한 지붕 아래에 모였다.

1년에 한 번 통화하는 사이에서 갑자기 같이 사는 사이가 되어버린 두 사람은 부대끼고 불편한 와중에도 그걸 드러내지 않으려 애썼다. 그건 죽어가는 엄마를 위한 최소한의 배려였다. 어차피 엄마가 죽으면 자매는 다시 예전처럼 떨어질 것이고 몇 년이 지나도록 생사도 모르고 지내게 될 수도 있었다. 그걸 생각하면서 손부경은 낯선 이부 언니에게 더 잘하려고 노력했다. 황영경 역시 같은 생각이었다. 그렇게 자매는 투철한 희생정신과 배려로 생각보다 빨리 가까워졌다. 두 사람의 우애는 엄마가 마지막 숨을 거둔 날 더욱 완전해졌다. 입관을 하고 장례를 치르고 화장터에서 엄마의 뼛가루가 정리되길 기다리는 동안 손부경은 자신을 공주라고 부르던 유일한 사람이 이제 세상에 없다는 사실에 슬퍼했고, 황영경은 엄마의 파란만장한 삶이 고통으로 끝나버렸다는 사실을 슬퍼했는데, 가장 중요한 건 그 슬픔을 나눌 사람이 바로 옆에 있다는 사실에 둘 다 크게 위로받았다는 것이었다. 자매는 엄마의 유품을 정리하면서 집은 남겨두기로 했고 손부경은 그 집에 살면서 마지막 임용고시를 준비하기로 했다. 그러나 그해는 두 사람 모두에게 녹록지 않은 한 해였다. 손부경은 임용에서 또 한 번 떨어졌고 황영경은 다니던 회사를 그만뒀다. 손부경은 절망했다. 미래가 보이지 않았고 앞으로도 영영 볼 수 없을 것만 같았다. 게다가 언니마저 회사를 그만두다니, 차라리 지구가 멸망해서 다 같이 없어져버리는 게 낫겠다 싶을 정도였다. 그러나 그때 황영경은 비싼 고기를 사 주며 이렇게 말했다.

"걱정 마라. 이제부터 시작이다."

그 목소리가 너무나도 단단하고 확신에 차 있어서 손부경은 잠깐이나마 안심했다. 무엇이 시작이라는 건지, 어떻게 걱정을 하지 않을 수 있는지 전혀 몰랐지만 황영경에게 뭔가 있는 게 분명하다는 생각이 들었다. 그 이후, 황영경은 자신에게 뭔가 있다는 것을 하나씩 증명했고 손부경에게 보여주었던 자신감, 확신, 여유로움 같은 것들을 한 번도 잃지 않았다.

그러나 오늘 아침 9시 41분, 손부경이 전화를 받은 순간엔 아니었다. 황영경의 목소리는 이상하리만치 가라앉아 있었다. 그 목소리가 전에 없이 불안하게 들렸다. 황영경은 물었다.

"불났다는데, 들었나?"

인사도 없었다. 늘 그랬듯 바로 본론이었다. 손부경은 알고 있다고, 이장님이 말하기를 산 반대쪽 동네의 논밭에서 일어난 불이고 크지 않으니 걱정할 것 없다고 답했다. 비록 마지막 "……아니겠제"가 마음에 걸리기는 했지만 그건 말하지 않았다. 손부경의 대답을 들었는지 말았는지 황영경은 또 질문했다.

"오늘 예약 있다고 하지 않았나?"

"응, 왔다 간 거 확인했다. 10시에도 또 한 명 있고. 아마 지금쯤 산에 들어갔을 것 같은데. 불은 큰불도 아니라더라."

손부경은 다시 한번 큰불이 아니라는 걸 강조했다. 하지만 황영경은 늘 그랬듯 자기가 듣고 싶은 것만 들었다. 황영경은 재차 물었다.

"10시 예약 취소해야 하지 않나? 지금 불났다고 지역 뉴스에는 났는 갑던데."

손부경은 힘주어 대답했다.

"큰불 아.니.라.고."

황영경도 힘주어 말했다.

"아니 근데 뉴스에 났더라니까, 불났다고."

손부경은 한숨을 쉬었다. 마을 이장의 "내 말이 안 들려어?"의 의미를 이제야 약간 알 것 같았다. 어떻게 이렇게 끝까지 상대방의 말을 안 들을 수 있는지 신기할 정도였다. 손부경은 계속 침묵을 유지했다. 짜증이 난 건 둘째치고 더 이상 할 말이 없었기 때문이었다. 황영경은 끙, 하는 소리를 내더니 나지막하게 "뭐, 아무튼, 알았다." 하고는 전화를 끊어버렸다. 끊을 때도 일방적이었다. 그게 너무 어이가 없어 손부경은 웃어버렸다. 알고 있었다. 애초에 모든 것은 황영경을 믿은 손부경 자신의 책임이었다. 황영경이 예약이니 관리니 할 때부터 듣지 말았어야 했다. 아니, 믿음이니 무의식이니 할 때부터 신경을 껐어야 했다. 아니다. 황영경이 회사를 그만두기로 결심한 순간부터 그녀의 이야기를 듣지 말았어야 했다.

*

황영경이 다니던 회사는 기계 설비 및 자동제어부품을 수출하는 외국계 중소기업이었는데 미국에 있는 모회사에서 감사나 기타 다양한 이유로 1년에 한 번씩 사람이 오곤 했다. 7년 전, 황영경이 회사를 그만두던 해에도 예년과 비슷한 날짜에 같은 이유로 미국 본사 직원이 방문했다. 황영경은 경리였지만 직원이 서른 명 안쪽인 중소기업들이 대개 그렇듯 연차를 내고 사라진 스케줄 매니저 대신 매니저의 역할을 해야 했다. 황영경은 커피를 들고 로비를 서성이는 미국 본사 직원에게 다가갔고 그에게 다가가는 짧은 시간 동안 어서 오시라는 말을 한국어로 해야 하는지 영어로 해야 하는지, 웰컴이라고 해야 하는지 헬로우라고 해야 하는지 고민했다. 그러나 그를 마주 보고 섰을 때 황영경은 할 말을 잃고 말았다. 그는 황영경의 당황한 표정에도 전혀 놀라지 않고 이렇게

57

말했다. "오랜만입니다." 황영경은 멍한 얼굴로 꾸벅 고갯짓만 했다. 여러 질문들이 머릿속을 스쳐 지나갔지만 아무 말도 할 수 없었다.

  황영경이 루벤을 만난 건 지금으로부터 10년 전, 미국 출장에서였다. 보통은 국내에 남아 직원들의 출장비를 정산해주는 것이 황영경의 업무였지만, 회사 수뇌부가 단체로 장기 출장을 떠나게 되면서 현지 예산을 유동적으로 책정하고 계산하기 위해 황영경도 총무로 동행하게 되었다. 황영경은 난데없는 출장 소식에 긴장했고 동시에 설렜다. 그도 그럴 것이, 황영경은 평생 대구와 장유를 벗어난 적이 없었다. 딱 한 번, 회사 야유회 때 다 같이 부산에 다녀온 적이 있기는 했지만 그때 말곤 정말 아무 데도 가본 기억이 없었고 딱히 어디를 갈 생각도 없었다. 물론 궁금한 적은 있었다. 먼 곳으로 떠나 좋은 것을 보고 맛있는 음식을 먹는 건 어떤 기분일까. 책에서 봤던 것처럼 그런 경험이 정말 내 세계를 넓혀줄 수 있을까. 그러나 황영경은 이내 마음을 접었다. 그런 것들은 자신과 어울리지 않는다고 생각했기 때문이다. 왜 그렇게 생각하게 되었는지는 스스로도 잘 몰랐다. 타고난 기질일까. 황영경은 종종 생각했다. 어쩌면 결혼에 두 번이나 실패한 어머니와 삶에 완패한 아버지를 보며 체화된 두려움이 이런 식으로 발현될 수도 있겠다고, 그 두려움과 무력감이 긴 세월 뿌리를 내려 자신의 발목을 꽁꽁 묶어버렸을 수도 있겠다고. 그래서 해외 출장이 결정되었을 때 황영경은 내심 기뻤다. 일을 핑계로 해외에 갈 수 있다니, 새로운 경험을 할 수 있다니, 이만한 기회도 없다 싶었다. 황영경은 부러워하는 동료들 앞에서 괜히 떨떠름한 척을 했다. 어쩔 수 없이 가는 거지 뭐, 내내 영수증만 만지고 있겠지 뭐……. 하지만 말과 달리 황영경은 자꾸 들떴다. 미국이라니. 평소엔 엄두조차 내지 못했던 머나먼 곳으로 모험이라도 떠나는 것 같아 출국 전날까지 잠을 제대로 잘 수 없었다.

출장은 예상과는 달랐다. 직원들은 황영경을 개인 매니저처럼 부렸다. 자유 시간에도 수시로 전화하는 건 기본이었고 영수증만 제출해도 될 일까지 일일이 황영경을 시키며 손발이 없는 사람들처럼 굴었다. 황영경은 금세 지쳐버렸고 몇 개의 주를 넘나드는 일정을 이런 식으로 소화해야 한다는 생각에 눈물이 날 지경이었다. 황영경은 다시 한번 깨달았다. 자신은 새로운 세계를 돌아다니고 탐구하고 여행하는 사람이 될 수 없다는 것을, 자신을 둘러싼 세상이 커지고 일이 많아질수록 그것에 짓눌리기만 하는 사람이라는 것을. 황영경은 허탈했다. 출장 직전의 설렘은 진작 사라졌고 기분은 하루가 다르게 가라앉았다. 그래서 다섯 개 주의 공장을 다 돌고 다시 뉴저지의 본사에 도착했을 때, 황영경이 원하는 것이라곤 대구에 있는 자신의 집으로 한시라도 빨리 돌아가는 것밖에 없었다. 그래서였을까. 황영경은 루벤이라는 이름의 본사 직원이 커피를 건네며 던진 "알 유 오케이?"라는 말에 무너지듯 울음을 터뜨리고 말았다. 루벤은 당황하는 대신 황영경을 빤히 보았다. 그리고 "어머 왜 이래, 미쳤나 봐, 죄송합니다, 아이고 그만해." 같은 말을 중얼거리며 어쩔 줄을 몰라 하는 황영경에게 타이르듯 말했다.

"그냥 편히 울어요. 왜 그렇게 스스로를 못살게 굴어요?"

그 또렷한 한국어에 황영경은 비로소 눈물을 그치고 그의 얼굴을 제대로 둘러보았다. 돌처럼 반짝거리는 이마를 가진 인상 좋은 한국인이 따뜻하면서도 어딘지 안타까운 표정으로 황영경을 바라보고 있었다. 그는 눈물범벅의 황영경에게 말했다.

"괜찮아요……. 나도 한때는 당신 같았습니다."

루벤은 엉뚱하지만 동시에 번쩍이는 아이디어로 가득 찬 영리한 아이였다. 하지만 그가 살았던 동네는 그걸 귀하게 보는 사람들보다는 별종으로 여기는 사람들이 더 많은 곳이었다. 게다가 그는 동네 안에서 거의 유일한 아시안이었다. 그가 양부모에게 얼마나 큰 사랑을 받는지에는 관심이 없는 사람들은 다 커서 입양이 된 그를 그저 불쌍하게만 보았다. 푸어 보이(Poor Boy). 루벤은 자전거를 타고 지나갈 때마다 사람들이 속삭이는 '푸어 보이' 소리에 점점 주눅이 들었다. 그러다 보니 친구를 사귀는 것도 힘들었다. 어두운 푸어 보이에게 다가오는 아이들은 아무도 없었다. 결국 그는 방에 틀어박혀 책만 읽기 시작했다. 할 수 있는 것이 그 것밖에 없었다. 그렇게 몇 년을 외톨이로 살던 어느 날, 루벤은 흥미로운 책을 하나 발견했다. 자신을 믿는 힘을 되찾는 방법을 알려주는 책이었다. 그 책의 세계관은 황영경에게도 꽤 익숙했는데 한때 세계를 휩쓸었던 자기계발법과 매우 비슷한 개념이었다. 사람의 인생은 생각한 대로 흘러가기 마련이다, 의식을 원하는 방향으로 계속 흘려보내면 우주가 그것을 현실로 만들어줄 것이다, 간절함은 현실이 된다는 것을 믿어라 등등. 쉽게 말해 의식의 변화가 사람의 인생을 바꿀 수 있다는 요지의 세계관이었다. 그 책에 완전히 매료된 루벤은 책의 가르침대로 여러 가지 시도를 해보았다. 책에 나온 대로만 이루어진다면 더할 나위 없을 것 같았다. 그러나 딱히 효과는 없었다. 이유는 명확했다. 책에 나온 방법 자체가 너무 많은 에너지와 시간을 요구하기 때문이었다. 그 책을 쓴 사람은 에너지와 시간이야말로 어려운 환경에 처한 사람들이 가장 갖기 힘든 것이라는 사실을 간과한 게 분명했다. 정작 희망과 믿음이 필요한 사람들은 이 책이 제시한 방법을 시도조차 하기 힘들었다. 그래서 루벤은 큰 에너지를 들이지 않고도 무너진 자신감과 믿음을 되찾는 방법을 모색하기 위해, 그래서 누구든지 쉽게 그 책의 세계관에 접근하도록 하기 위해 갖은 실험을 시도했다. 그리고 그 끝에 무언가를 떠올릴 수 있었다. 그건 바로 공간이었다. 교회, 성당, 절, 사당과 같이 전지전능한 존재를 위해 만들어진 공간. 사람들은 그 공간에서 신에게 기도를 올렸고 명상을 했고 자신의 의식을 고양시켜왔다. 만약 누구나 조용히 기도하고 사색할 수 있는 공간이 있다면, 바로 그 공간에서 매일 조금씩이라도 기도할 수 있다면 누구든 책에 나온 세계관을 더 빨리 실현할 수 있을 게 분명했다.

루벤은 가까운 고철상을 모두 뒤져 빈 컨테이너를 구했다. 그 컨테이너를 집에서 멀지 않은 버려진 공터에 두고 이웃들을 찾아가 말했다. 저곳은 기도실이다, 원한다면 언제든 저곳을 다른 용도로 쓰셔도 된다, 단 저기에 들어가면 기도를 꼭 한번 해보아라, 믿는 신이 없어도 괜찮으니 그저 들어가서 원하는 것을 생각하고 명상을 해보길 바란다……. 이웃들은 그의 말을 귓등으로도 듣지 않았다. 오히려 그의 부모에게 달려가 당신네 아들이 이상한 짓을 하고 다닌다고 일러바쳤다. 다행히도 그의 부모는 별다른 조치를 취하지 않았다. 그가 무언가 새로운 시도를 한다는 게 그저 반가웠던 것이다. 그리하여 컨테이너는 공터에 한동안 버려져 있었고 그는 그 안에 들어가 이 컨테이너가 어떤 역할을 할 수 있길 기도하기 시작했다.

기도의 효과가 나기 시작한 건 그로부터 석 달 후였다. 그때쯤, 동네의 몇몇 사람들은 조용히 컨테이너를 드나들고 있었다. 혼자 생각을 정리하기 위해서 오는 사람도 있었고, 감정을 분출하거나 삭이기 위해서 오는 사람도 있었으며, 들키고 싶지 않은 연애를 하려고 오는 사람도 있었다. 이유는 가지각색이어도 전부 하나같이 자신만의 시간과 공간을 필요로 하는 사람들이었다. 그래서 루벤은 함부로 그들에게 접근하지 않았다. 말을 걸거나 기도법을 전파하며 혼자만의 시간을 방해하지도 않았다. 대신 자신이 읽었던 책, 이 컨테이너를 세우게 만든 책을 컨테이너 안에 비치해놓고 누군가 한 명은 그 책을 읽기를, 그 책에 쓰인 대로 기도해보기를 바랐다. 그러던 어느 날, 육아에 지친 서른하나의 쉴라가 '정말로' 기도를 했다고 알려왔다. 그녀는 어둡고 낡고 완벽하게 혼자일 수 있는 공간을 찾다가 컨테이너를 알게 되었고 그 안에서 멍하게 시간을 보내던 날, 그 책을 읽게 되었다고 말했다. 그녀는 그가 그랬던 것처럼 책의 내용에 매혹되었고 컨테이너를 찾을 때마다 기도를, 기도보다는 명상에 가까운 무언가를 해보았다고 했다. 자신이 지금 무엇을 느끼며 살고 있는지, 무엇을 원하고 있고 무엇을 두려워하는지 생각하며 진정으로 바라는 것의 구체적인 모습을 계속 그려보았다고 했다. 루벤은 두근대는 마음을 누르며 쉴라에게 물었다.

"그래서 무슨 변화가 있었나요?"

그녀는 말했다.

"아니요. 변화라기보다는 기적이 일어났는데요."

쉴라는 기적을 경험한 첫 번째 사람이 되었다. 첫 번째 사람은 두 번째 사람을 만들었고 두 번째 사람은 네 번째 사람을 만들었다. 네 번째 사람은 여덟 번째 사람을, 여덟 번째 사람은 스무 번째 사람을 만들었다. 그들은 모두 그들 나름대로의 변화와 기적을 경험했다. 그들의 기도가 완전히 발현되었다고 말할 수는 없었지만 적어도 그 기도와 매우 비슷한 일이 일어나거나 또 다른 길이 열렸다. 그들은 어리둥절해하면서도 컨테이너의 힘을 믿기 시작했다.

컨테이너는 유명해졌다. 다른 지역에 있는 사람들까지도 컨테이너를 찾아오기 시작했고 덩달아 루벤의 이름도 알려졌다. 사람들은 컨테이너만큼이나 컨테이너의 주인에 대해 궁금해했다. 지역 주간지나 방송사에서 루벤에게 인터뷰 요청을 해왔다. 그러나 루벤은 질겁을 하며 도망 다녔다. 그는 유명해지고 싶지 않았을뿐더러 자신이 유명해져선 안 된다고 생각했다. 루벤은 컨테이너가 누구의 도움 없이 홀로 우뚝 선 것처럼, 어딘가에서 뚝 떨어진 것처럼, 그 영험한 힘의 기원에 한낱 인간의 의도가 섞여들었을 리없는 것처럼 보이길 바랐고 그것만이 컨테이너가 살아남을 유일한 방법이라고 여겼다. 그래서 그는 컨테이너를 전파하면서도 눈에 띄지 않고 조용히 살 방법을 찾았다. 어려운 방법은 아니었다.

루벤은 학교를 졸업하자마자 양어머니의 친구가 임원으로 있는 회사(바로 황영경이 다니는 회사의 모회사)에 영업직으로 취직했다. 직무는 나쁘지 않았다. 그는 자주 출장을 다녔고 남들이 꺼리는 발령도 자처했다. 덕분에 15년간 총 일곱 번의 이사를 할 수 있었고 그가 거쳐 간 여섯 개의 지역엔 모두 컨테이너가 세워졌다. 루벤은 말했다. 그 컨테이너들은 지금 이 순간에도 기적을 보여주고 있다고. 어떻게 그것이 가능하냐고 묻는 황영경을 향해 그는 웃었다. 사람들이 그 공간을 믿는 순간부터 이미 변화는 시작됩니다. 텅 빈 공간에서 기도를 하는 순간, 사람들은 비로소 자신이 무엇을 원하는지 알게 되고 자신도 몰랐던 스스로를 새롭게 발견하게 되죠. 그렇게 발견한 새로운 자아가 한 번도 내디뎌본 적 없는 세계로 자신을 이끌면 그때부터는 무엇이든 가능하고 무엇이든 될 수 있습니다. 어떤 세계에든 속할 수 있고 어떤 세계에서도 벗어날 수 있습니다…….

황영경은 전율했다. 단순히 루벤의 이야기가, 컨테이너의 힘이 놀라워서가 아니었다. 자신이 쉴라였음을 아니, 스스로가 '컨테이너 이전의 쉴라'였고 '컨테이너 이전의 그'였음을 깨달았기 때문이었다. 또한 자신이 컨테이너 이후의 쉴라가 되기를, 혹은 쉴라에게 기적을 선사한 루벤이 되기를 바라고 있다는 사실을 깨닫고는 이 루벤이라는 사람이 예언자가 아닐까, 아니 예수의 환생, 혹은 석가모니의 환생이 아닐까 생각했다. 황영경은 그가 내민 커피를 한 모금 넘기고 나서야 겨우 정신을 차리고 이렇게 물었다.

"저도 거기에 가볼 수 있을까요?"

컨테이너는 본사의 공장 근처, 큰 도로를 면한 나지막한 물류 창고 건물 뒤쪽의 공원에 놓여 있었다. 황영경은 그가 일러준 대로 비밀번호를 입력하고 컨테이너의 문을 열었다. 내부는 어둡고 조용했다. 자신이 내쉰 숨이 바로 귓가에서 울려 퍼지는 듯한 고요였다. 황영경은 불안하고 무서웠지만 가운데 놓인 의자에 앉았고 눈을 감았다. 그러자 이내 마음이 진정되었다. 출장 기간 내내 자신을 괴롭혔던 자괴감과 스트레스가 소리 없이 가라앉았고, 그 위로 수많은 기억이 흘러갔다. 그 속에서 황영경은 어떤 소녀를 보았다. 목구멍 뒤로 울음을 삼키는, 기쁨과 슬픔과 고통과 불안과 그리고 시간까지도 꿀꺽꿀꺽 삼키는 소녀는 자신이 십수 년 전에 입던 교복을 그대로 입고 있었다. 황영경은 그 소녀가 삼킨 수많은 감정을 고스란히 느끼며 자기도 모르게 웅얼거렸다. 스스로를 너무 미워하지 말라고, 너의 잘못이 아니라고. 그러자 명치 끝의 무언가가 드르륵 소리를 내며 배 속으로 꺼졌다.

황영경은 한국에 돌아오자마자 컨테이너에 대해 제대로 알아보기 시작했다. 정보를 찾는 건 어렵지 않았다. 기적의 컨테이너, 뉴저지 컨테이너, 기도 컨테이너 같은 것을 검색하자 관련 기사와 블로그가 주르륵 떠올랐고 기도자들을 인터뷰한 짧은 다큐멘터리도 찾을 수 있었다. 이내 황영경은 그 컨테이너의 힘을 믿는 사람들이 만든 커뮤니티가 있다는 사실(그것도 한두 개가 아니었다), 그들이 컨테이너를 명명하는 이름이 따로 있다는 사실을 알게 되었다. Subconscious Tank(잠재의식 탱크). 물탱크나 기름탱크, 혹은 싱크 탱크처럼 그 검고 작은 컨테이너는 '서브컨셔스 탱크'로 불리고 있었고 기도자들은 그것을 줄여 그냥 '탱크'라고 불렀다. 황영경은 고개를 크게 끄덕였다. 컨테이너 안에서 마주친 소녀의 표정과 감정이 여전히 생생했기 때문이다. 그 소녀에게 건넸던 말이 사실은 자신이 내내 듣고 싶었던 말이었음을 한 번 더 명확하게 깨달았기 때문이다.

그 이후로 황영경은 '탱크 커뮤니티'를 통해 바다 건너의 기적들을 매일같이 지켜보았다. 어떤 경험은 신기했고 어떤 경험은 부러웠다. 어떤 경험은 너무 감동적이어서 마치 황영경 본인이 기적을 겪기라도 한 것처럼 하루 종일 벅찼다. 그러는 동안 또 한 가지의 생각이 황영경의 마음속에 자리 잡았다. 황영경은 한국으로 돌아오기 전 받았던 루벤의 명함에 적힌 주소로 메일을 보냈다. 기적의 컨테이너를 다른 나라, 다른 대륙에 전파할 생각은 없는지, 그 좋은 것을 더 널리 알리기 위해 아시아에 지부를 세울 생각은 없는지. 루벤에게선 단 한 통의 답장도 오지 않았다. 그러나 황영경은 생각이 날 때마다 루벤에게 메일을 보냈다. 계절이 바뀔 때마다 탱크 커뮤니티의 주인장에게 메일을 보내는 것도 잊지 않았다. 그 결과, 3년 만에 루벤을 회사 로비에서 마주하게 된 것이다.

황영경은 루벤의 업무가 끝날 때까지 기다렸다가 용기를 내어 숙소까지 데려다주겠다고 말했다. 루벤은 말없이 고개를 끄덕였고 황영경은 김해공항 근처에 숙소를 잡았다는 루벤을 태우고 천천히 차를 몰았다. 한 시간 이상을 루벤과 단둘이 차 안에 있게 된 황영경은 설레는 마음으로 단어를 고르고 골랐다. 그러나 고민을 거듭할수록 무슨 말을 해야 할지, 혹은 어떤 질문을 해야 좋을지 알 수가 없어졌고 루벤 역시 어떤 말도 하지 않았기에 두 사람은 호텔 앞에 도착할 때까지 아무 대화도 하지 못했다. 호텔 정문에 차를 세운 황영경은 자포자기한 마음으로 루벤에게 작별 인사를 건넸다. 그때 루벤이 입을 열었다.

"일단, 합격입니다."

어리둥절해진 황영경을 보며 루벤은 이렇게 덧붙였다.

"말씀하신 대로 여기에도 컨테이너를 세워보죠."

바로 그날이었다. 황영경이 걱정 말라고, 이제부터 시작이라고 한 날이.

루벤을 호텔에 내려주고 장유에 온 황영경은 지쳐 있는 손부경을 데리고 나가 양념 갈비를 사 주었다. 손부경은 면접에서 어떤 질문을 받았으며 결과는 어떻게 될 것 같은지 꼬치꼬치 물을 줄 알았던 언니가 아무것도 묻지 않고 묵묵히 고기만 굽는 것에 감동을 받았다. 그러나 황영경은 그때 일종의 쇼크 상태에 빠져 있었을 뿐이었다. 그렇게 양념 갈비를 사이에 두고 두 사람은 각자 자신의 세계에 빠져 달콤한 고기 맛도 제대로 느끼지 못한 채 음식을 삼켰다. 한 사람은 이번에도 역시 실패할 것 같다는 생각에, 또 한 사람은 자신이 이제껏 보지 못했던 세계의 문을 열게 될 수도 있으리란 생각에 빠진 채로.

그로부터 한 달 뒤, 그들은 각자가 생각한 것을 그대로 들고 엄마 집 거실에 마주 앉았다. 손부경은 자신이 또 임용고시에 떨어졌다는 사실만큼이나 황영경이 회사를 때려치운 이유가 믿기지 않았다. 손부경이 처해 있는 상황은 늘상 겪어왔던 똑같은 실패였지만 황영경이 처해 있는 상황은 스스로 무덤을 파는 행위, 아니 거대한 불구덩이에 스스로 몸을 던져 넣는 행위였다. 손부경은 차분하게 황영경을 설득했다. "언니, 정신 차려. 언니, 그게 바로 사람들이 말하는 사이비야. 언니, 그런 거에 빠지면 인생 망가지는 건 시간문제라고." 그러나 황영경은 손부경의 말을 귓등으로도 듣지 않았다. 황영경은 계속 루벤의 이야기를 했다. 컨테이너에 관한 이야기를 했고 미국 출장에 관한 얘기를 했으며 어린 시절에 관한 이야기를 했다. 얘기를 하는 내내 눈물을 글썽거리는 황영경의 모습에 손부경은 애가 타서 환장할 노릇이었다. 황영경은 그런 손부경을 되레 설득하려 했다. 네가 계속 임용에 떨어지는 이유는 스스로에 대한 믿음과 이해가 부족하기 때문이라면서 손부경에게도 믿음이, 그 컨테이너가 필요하다고 했다. 황영경은 "너도 거기에서 기도를 올린다면 삶이 달라질 거"라고 (왜인지) 속삭였고 그 모습에 손부경은 완전히 전의를 상실하고 말았다.

그날 이후, 손부경은 황영경이 하는 일에 신경을 쓰지 않기로 했다. 대신 수년간의 고시 생활을 접고 일자리를 물색하는 데에 온 힘을 쏟았다. 당장 생활이 가능한 사람이 되어야 했기 때문이다. 손부경은 시교육청에 기간제 교사 채용 이력서를 제출했지만 하루에도 수십 명이 몰리는 기간제 경쟁률을 뚫지 못하고 결국 옆 도시 중등부 종합 학원에 강사 자리를 얻었다. 파트타임이었지만 손부경으로선 그것도 감사한 일이었다. 그사이 황영경은 대구의 집을 처분하고 장유의 엄마 집으로 들어왔고 믿음을 이루어줄 공간을 찾아다녔다. 장유와 대구만 왔다 갔다 하던 황영경이 전국 각지를 돌아다니기 시작한 건 그때부터였다. 그러면서 황영경은 새로운 직업, 본래의 꿈이었던 회계사에도 도전했다. 황영경은 차분히 자신의 계획을 설명했다.

"온라인으로 학점도 다 이수했다. 내년에 시험 합격하면 나갈 세무사도 알아봤고. 저번에 말했던 그 공간도 어디에 어떤 식으로 세울지 계획도 세워놨고. 다 내가 원하는 대로 될 거다."

손부경은 조금 무서워졌다. 황영경의 얼굴은 너무나도 확신에 차 있었고 눈빛은 형형하다고 표현하기에도 부족할 정도로 번쩍였다. 그게 보통 사람 같지가 않았다. 손부경은 아무 말도 하지 않았다. 뭐라고 말하겠는가. 힘내? 바라던 대로 될 거야? 그런 말을 아무렇지 않게 할 정도로 비위가 좋진 않았다. 손부경의 심란한 마음을 알았는지 황영경도 더 이상 아무 말하지 않았다. 그러나 황영경은 자신이 말한 모든 일이 진짜로 일어나리라는 사실을 의심하지 않았다.

다음 해. 2월에 1차 시험을 치른 황영경은 4월에 합격 소식을 알려왔다. 5월엔 김제에 위치한 산에 사유지를 사고 컨테이너를 놓았다. 6월에 2차 시험을 치른 후 바로 대구로 향했다. 합격자 발표 전이었지만 합격할 것이 확실하니 대구에서 미리 출퇴근 준비를 하겠다는 것이었다. 8월, 황영경은 최종 합격 소식과 함께 손부경 앞에 나타나 사진을 하나 보여주었다. 평범한 컨테이너 사진이었다. 평범하지 않은 것은 그 컨테이너가 있는 자리였는데 아무리 좋게 보아도 야산 이상으로는 생각되지 않는 을씨년스러운 곳이었다. 황영경은 이곳이 믿음의 공간이 될 것이라며 자랑스럽게 웃었다. 세상에 아무것도 걸릴 게 없는 미소였다. 손부경이 여기가 어디냐고 묻자 황영경은 벅찬 얼굴로 말했다.

"탱크."

손부경은 황영경의 말을 따라 했다. 탱크. 탱크. 그러다가 다시 물었다.

"아니. 그러니까 여기가 어디냐고."

황영경은 컨테이너가 들어선 지역을 말해주었다. 꽤 먼 곳이었다. 세 시간이나 걸려서 나라를 가로질러야 했고 자차가 없이는 다섯 시간이 넘게 걸릴 정도로 교통도 불편했다. 손부경이 왜 하필 이곳이냐고 묻자 황영경은 어깨를 으쓱이며 영적인 느낌이 좋았다고 대답했다. 루벤 역시 황영경이 보내준 사진을 보고 아주 마음에 들어 했다고. 손부경은 나중에서야 사유지로 쓸 수 있는 산속의 공간치고 그만큼 접근성이 좋은 곳이 없었다는 사실을 알게 되었지만 굳이 아는 체하지 않았다. 걱정은 되었으나 하나밖에 없는 언니의 기를 꺾고 싶은 생각은 전혀 없었기 때문이다.

황영경은 탱크를 위한 온라인 커뮤니티도 만들었다. 이름은 '탱크의 세기'였다. 원래는 '서브컨셔스 탱크의 시대'라고 지으려다가 서브컨셔스라는 단어가 너무 긴 데다 그 의미가 제대로 와 닿지도 않을뿐더러, '시대'라는 단어 또한 너무 거창하고 예스러워 과감하게 '탱크의 세기'로 지었다는 것이다. 손부경은 '시대'보다 '세기'가 더 거창하지 않냐고 답하려다 말았다. 황영경이 너무 기쁨에 가득 차 보였기 때문이다. 황영경은 홍보에도 박차를 가하고 있다고 했다. 비슷한 세계관을 공유하는 커뮤니티에 가입해 탱크의 존재를 알리고 사람들을 초대한 것이다. 반응은 가지각색이었다. 어떤 사람들은 한 번 방문해봐야겠다면서 호기심을 드러냈고 어떤 사람들은 이런 식의 방법론에 매몰되다가 이단이나 사이비가 만들어지는 거라며 경계했다. 어느 쪽이든 예상 가능한 반응이었기에 황영경은 크게 신경 쓰지 않았다. 황영경에게 중요한 것은 반응 그 자체였다. 반응이 있다는 것, 탱크의 존재를 사람들이 알기 시작했다는 것, 그것만으로 충분했다. 황영경은 탱크의 방문과 예약에 관련된 규정까지도 미리 다 생각을 해두고 있었다. 일단, 탱크는 온라인 커뮤니티에 가입한 사람만 방문할 수 있었다. 한 번에 한 사람만 들어갈 수 있는 탱크 특성상 꼭 예약을 해야 했고 노쇼를 방지하기 위해 예약금을 내야 했다. 예약 처리가 되면 탱크의 위치를 알려주었고 예약자가 왔다 간 것이 확인되면 예약금은 다시 돌려주었다. 사용금은 내든 안 내든 자율이었다. 하지만 다음 예약을 잡고 싶다면 탱크에서의 경험을 커뮤니티에 공유해야만 했다. 그 밖에도 탱크 안에서 하지 말아야 할 것들, 탱크 안에서 하는 기도법에 대한 규정들, 그리고 탱크 관리를 위한 소액 후원에 관한 규정들이 있었지만 황영경은 오로지 '예약' 부분만 공들여 설명했고 그 때문에 손부경은 황영경이 자신에게 뭘 맡기려 하는지 알아채지 않을 수 없었다.

손부경은 재계약에 대해 아무 말이 없는 학원을 생각했다. 엄마의 유산인 집을 생각했다. 나이를 생각했고 수많은 실패를 생각했다. 손부경은 겨우 한마디를 던졌다.

"여기 안전해?"

황영경은 탱크가 어떻게 되는 일은 없다고 했다. 하지만 뭐가 어떻게 될지는 아무도 모르는 일이다. 수상한 곳이라고 해서 불시에 조사를 당할 수도 있고 원하는 대로 믿음이 이뤄지지 않는다고 컨테이너를 훼손하는 사람이 생길지도 모른다. 산속이니 당연히 관리도 힘들 것이고 여름과 겨울은 날씨 때문에, 봄과 가을은 산을 찾는 사람들이나 산불의 위험 때문에 마음 편할 날이 없을 것이다. 손부경은 늘 최악을 생각했고 최악을 미리 생각해야 최악이 찾아오지 않는다고 믿었다. 그래서 탱크의 예약 관리자가 되어서도 종종 탱크에서 일어날 수 있는 모든 안 좋은 일을 상상했다.

그것이 문제였을까. 손부경은 뒤늦게 두려운 마음이 들었다. 단 한 번도 가진 적 없던 믿음이 새삼 이런 순간에 이상한 예감으로 둔갑하여 찾아온 것 같았다. 손부경은 고개를 털었다. 이장은 큰불이 아니라고 했다. 산 반대편 동네에서 시작된 불이 탱크까지 태울 리는 없다.

손부경은 커피가 가득 찬 머그잔을 들고 거실로 돌아와 티브이를 켰다. 뉴스를 확인하기 위해서였다. 채널을 돌려가며 살폈지만 어디에도 산불 소식은 흘러나오지 않았다. 불안은 서서히 가라앉았다. 별일 없을 거라는 안도감이 커피를 타고 온몸에 퍼지기 시작했다. 손부경은 가장 편안한 자세를 찾아 앉은 후, 채널을 계속 돌렸다. 아무 생각 없이 멍하게 볼 수 있는 프로그램이 필요했다. 관객들의 웃음소리가 난무하는 예능 프로그램과 두 남녀 주인공이 처절하게 울부짖는 드라마를 넘기고 오래된 액션 영화 채널을 돌리니 주로 아카데미상을 수상한 몇십 년 전의 명작 외화만 틀어주는 채널이 나왔다. 손부경은 멍하니 티브이를 쳐다보았다. 〈벤허〉. 그것도 1959년 작이었다. 분명 봤던 영화인데 전차 경주 빼고는 거의 아무것도 기억나지 않았다. 어쩌면 최근 리메이크작인 다른 〈벤허〉를 본 것일 수도 있었다. 뭐가 됐든 스토리는 똑같았다. 이제 막 10분쯤 지난 1959년 작의 스크린에서는 메살라와 섹투스가 예루살렘에 관한 대화를 나누고 있었다. 로마군을 이

끄는 지휘관이 되어 고향 예루살렘에 돌아온 메살라에게 상관인 섹투스는 경고한다. 지금의 예루살렘은 예전과는 다르다고, 그들은 새로운 종교에 미쳐서 로마가 섬기는 신과 그것을 상징하는 동상까지 파괴했다고. 섹투스는 예수를 언급했다. 그자는 신이 모두의 마음속에 있다고 말해. 그것 때문에 모든 게 변했어. 메살라는 그런 예언은 옛날부터 있었다고 대답하며 섹투스의 말을 그냥 들어 넘겼다. 그러나 손부경은 그것이 그냥 들어 넘길 말이 아니라는 것을 알고 있었다. 그것은 복선이었다. 의미 없는 맥거핀이 아니었다. 손부경은 점점 영화에 몰입했다. 예루살렘에 당도한 메살라의 표정이 환했다. 그때였다. 손안에서 긴 진동이 느껴졌다. 손부경은 왠지 불안한 마음으로 핸드폰을 바라보았다. 액정엔 모르는 번호가 떠 있었다. 스팸인가? 진동은 끈질기게 이어졌다. 손부경은 몇 번의 진동이 더 이어진 후에야 전화가 커뮤니티에 올려놓은 인터넷 비상 연락망으로 걸려 오고 있다는 사실을 알아챘다. 손부경은 황급히 전화를 받았다.

"여보세요?"

건너편에선 아무 소리도 들리지 않았다. 아니, 자세히 들으니 바람 소리가 들렸다. 무언가 스치고 부딪치는 소리가 들렸고 덜그럭거리는 소리가 들렸다. 이내, 여자 목소리가 들렸다.

"탱크…… 예약…… 여기……."

손부경은 탱크라는 단어를 듣자마자 눈을 질끈 감았다.

"여기…… 여기 불이…… 제가 사람……."

손부경은 벌떡 일어났다. 심장은 진작에 내려앉았다. 핸드폰 맞은편에서는 무슨 말인가가 한참 더 이어졌다. 손부경은 그녀의 말을 제대로 알아들을 수 없었다. 아니 사실 몇 개의 문장을 알아들었지만 그게 무슨 말인지, 무엇을 뜻하는 것인지 도저히 이해할 수 없었다. 손부경은 소리를 질렀다. 괜찮냐, 거기가 어디냐, 산속이냐 마을이냐, 아니면 지금 탱크에서 막 나오는 길이냐……. 그러나 반대편에선 아무 대답도 이어지지 않았다. 그저 지지직거리는 소리만 조금 들리더니 그마저도 이내 끊어졌다.

10시 7분.

이것이 손부경이 받은 산불에 관한 세 번째 전화였다.

2부

사건 이전

1

통고지설 양간지풍 일구지난설(通高之雪 襄杆之風 一口之難說).

통천과 고성엔 눈이 많이 내리고 양양과 간성 사이엔 바람이 많이 부니 이를 한마디로 설명하기 어렵다는 뜻이다. 이것은 17세기부터 꾸준히 기록되었던 기후 현상으로, 단순히 날씨에 대한 것이 아니라 재해에 관련한 기록이기도 하다. 일명 '높새바람'이라고 불리는 이 바람 때문에 적지 않은 산불재해가 발생했기 때문이다. 특히 건조한 겨울과 봄에 붙은 불씨가 이 바람을 만나면 반나절도 지나지 않아 걷잡을 수 없이 큰 산불로 번지곤 했다. 기록에선 양양과 간성(지금으로 치면 양양군과 강릉시) 사이라고 특정 지역을 언급했지만 꼭 그 지역에서 부는 높새바람만 산불에 최악인 것은 아니었다. 지형의 70퍼센트가 산으로 이루어진 이 나라에선 봄과 가을에 부는 모든 바람이 언제든 역대 최악의 재해를 가져올 수 있었고 그렇게 큰 산불 앞에서 인간의 힘으로 할 수 있는 일은 아무것도 없었다.

올해는 산불의 해로 지정해도 모자라지 않을 만큼 산불이 많이 일었다. 최근 10년 동안 발생했던 건수의 약 스물다섯 배에 달하는 산불이 연초에만 전국적으로 일어났고 이건 단순히 강수량이 적고 건조한 바람이 많이 부는 기후 탓으로 보기엔 무리가 있었다. 특히 산불의 빈번한 발생이 국내에서만 나타나는 현상이 아니라는 점에서 과학과 무관한 가설들까지 보태졌는데, 올해 불의 기운이 많이 들어와 있다느니 별의 배치가 자연재해를 일으키는 각도를 갖고 있다느니 하는 말들이었다. 늘 그랬듯, 가설이 너무 많아지자 사람들은 확실하고 절대적인 이유를 알려는 의지를 잃었다. 그런 걸 알아봤자 큰 의미가 없다고 생각했다. 그저 모든 이유와 결과를 뭉뚱그려 '지구가 망해가고 있다'라는 사실을 깨닫는 것만으로도 충분하다고 여겼다. 크게 틀린 말도 아니었다. 결과론적이긴 했지만, 하나하나 따지고 보면 결국 모든 가설과 현상들이 지구가 망해가고 있다는 하나의 지표를 가리키고 있었으니 말이다.

그나마 불행 중 다행인 것은 수많은 산불 재해를 겪으면서 산불에 대한 대응이 전보다 더 신속해졌다는 것이었다. 소방차와 소방관들은 신고가 떨어지기 무섭게 놀라울 만큼 재빨리 마을로 달려왔다. 마치 화재가 일어날 걸 알고 있던 것 같은 속도였다. 산 반대편 동네 사람들은 믿음직스러운 소방차를 보며 대번에 안도했다. 다 됐다. 끝났다. 그들은 불길이 잡히기도 전에 기뻐했다. 하지만 속단하긴 일렀다. 이장이 신고한 속도보다, 소방관들이 마을에 달려온 속도보다, 바람의 속도가 한발 앞섰던 것이다. 초속 15미터에 달하는 남서풍은 소방차의 사이렌 소리가 끝나기도 전에 불씨를 산속까지 퍼뜨려놓았고 산으로 들어가는 입구는 100미터가 넘는 불길로 막혀버렸다. 사람들은 길이 막혀 진입하지 못하는 소방차와 급하게 무전을 치는 소방관들을 바라보며 무언가 단단히 잘못되어가고 있음을 깨달았다. 그들 중 나이가 든 몇몇은 옛날 일을 떠올리기도 했다. 절과 불과 재와 홍수와 아이들……. 그때처럼 지금도, 인간의 힘으로 어찌할 수 없는 것이 눈앞에 넘실거리고 있었다.

그 시각 도선은 감았던 눈을 떴다. 바람 소리라고 생각했던 사이렌이 조금 더 선명하게 들렸다. 진짜 사이렌인가. 도선은 귀를 기울였다. 소리는 점점 선명해졌다. 진짜 사이렌이었다. 적어도 세 대 이상의 거대한 사이렌이 서로 다른 주기로 창공에 울리고 있는 게 분명했다. 불이 커졌구나. 도선은 복잡한 마음으로 하늘을 훑었다. 아직 연기는 보이지 않았지만 저 흐릿한 회색 구름이 연기일지도 모른다는 생각이 들었다. 도선은 시계를 봤다. 9시 44분. 디지털 숫자가 손목 위에서 깜박였다. 서두른 덕분인지 예약 시간보다 조금 일찍 도착했다. 이렇게 된 이상 빨리 들어가서 기도를 짧게 끝낸 다음, 서둘러 내려가는 것이 상책이었다. 도선은 핸드폰을 끄고, 시계도 풀러 가방에 넣었다. 그리고 천천히 탱크를 향해 걸었다. 시간에 맞춰 들어가야 하는 규정이 마음에 걸리긴 했지만 지금은 특수한 상황이다. 그때 바람이 불면서 기이한 소리가 또 한 번 들렸다. 이번엔 사이렌이 아니었다. 그것보다는 훨씬 희미하고 높낮이가 없고 불규칙했다. 무슨 바람이 이런 소리를 내? 도선은 중얼거리며 그 소리를 무시하려 했다. 빨리 탱크에 들어가서 문을 닫으면 이 이상한 바람 소리도 더는 들리지 않으리라 생각했다. 그러나 탱크 앞에 다다랐을 때 도선은 자신이 멍청했다는 것을 깨달았다.

도선은 고장 난 로봇처럼 멈칫거리면서도 문 앞까지 다가갔다. 탱크의 문, 컨테이너의 도어락은 살짝 열려 있었다. 그 사이로 선명한 울음소리가 새어 나오고 있었다. 어떻게 이걸 바람 소리라고 생각했을까. 평생 바람 소리라곤 못 들어본 사람처럼. 평생 울어본 적도 없는 사람처럼. 도선은 문 앞에 가만히 서서 누군가 울고 있는 것을 들었다. 그러자 처음 느꼈던 공포심 대신 측은한 마음이 자리 잡았다. 탱크 안에 있는 사람은 무슨 이유에선지 감정을 눌러가며 울고 있었다. 도선은 코끝이 찡했다. 그가 누구인지, 무슨 사연이 있는지는 모르지만 그의 울음은 낯설지 않았다. 도선 역시 그랬다. 컴컴한 공간에 들어가 가만히 앉아 있다 보면 돌이킬 수 없는 시간들과 뿌리 없는 스스로의 상태가 끝도 없이 마음을 괴롭히곤 했다. 그러다 보면 결국 울지 않고는 배길 수가 없게 되는 것이다. 처음엔 흐느낌 정도로 시작한 울음은 어느새 오열이 된다. 자의로 울음을 멈추는 건 거의 불가능하고 나중에는 무엇 때문에 울기 시작했는지 잊을 정도로 우는 데 집중하게 된다. 다행히 우는 것도 나름의 효과가 있었다. 스트레스 해소와 마음정리는 기본이고 덤으로 왠지 홀가분한 기분, 정말 힘든 일은 다 지나갔다는 느낌이 바로 그 효과 중 하나였다. 그런 의미에서 탱크 안에 있는 사람도 나름 필요한 시간을 보내고 있을 터였다. 도선은 그의 시간을 방해하고 싶지 않았다. 그가 실컷 울고 나서 스스로를 구원할 수 있다면 그렇게 되길 바랐다. 그러나 앞서 말했듯, 울음은 자의로 멈추기 힘든 것이어서 알람이 울리거나 누군가가 시간이 다 되었다고 말해주지 않는 이상 끝나지 않는다. 게다가 도선의 예약까지는 이제 겨우 5분밖에 남아 있지 않았다. 도선은 문에 손을 올렸다가 내리기를 몇 번이나 반복했다. 안에 사람이 있으니 기다려야 하나, 아니면 문을 열고 예약 시간이 다 되었다고 말을 해야 하나, 그래도 울고 있는 것 같으니 기다려야 하지 않나 그런 생각들을 했다. 그때 문득 산불이 떠올랐다. 도선은 계산을 해보았다. 이 흐느끼는 사람은 도선보다 훨씬 빨리 이곳에 도착했을 것이다. 앞뒤로 한 시간 간격을 띄워놓고 예약을 진행하는 탱크의 규칙상, 적어도 두 시간 전에는 도착했을 것이 분명한데 그렇다면 더더욱 산불에 대해서는 모르고 있을 확률이 컸다. 한마디로, 배려해준답시고 가만히 기다릴 상황이 아닌 것이다. 그래서 도선은 숨을 한 번 깊게 들이쉬고는 문을 활짝 열었다. 안에 있는 사람이 자신의 존재를 보고 놀라기 전에 빛을 먼저 느낄 수 있도록, 빛만큼이나 빠른 소리의 파동이 끊임없이 울리는 사이렌의 존재를 탱크 안까지 실어 나르도록. 도선은 문을 활짝 열고 빛이 들어찬 탱크 안을 바라보았다. 여기까지가 사건 이전의 기억이다.

도선이 정신을 차렸을 때 그녀는 이미 임도 입구에 서 있었다. 꼴은 엉망진창이었다. 온몸으로 구르면서 내려온 사람처럼 여기저기에 흙과 나뭇잎을 묻히고 있었다. 그 꼴로 기어가듯 걷고 있으니 멀리서 마을 사람들 몇 명이 다가왔다. 도선은 넋이 나간 표정으로 무언가를 말했다. 아마 '불'이라고 했던 것 같다. 그 단어에 이장의 얼굴은 새파랗게 질렸고 마을 사람들은 조금씩 뒷걸음질 치더니 마을 쪽으로 달려가기 시작했다. 절대 빠르다고 할 수 없는 속도였지만 그들의 뒷모습은 꽤 필사적이었다. 불길이 마을 쪽으로는 절대 올 수 없으리라고 믿는 것처럼 보이기도 했다. 도선은 생각했다. 그들처럼 얼른 마을 쪽으로 가야겠다고. 바람을 탄 불길이 순식간에 임도 쪽으로 내려올지 모른다고. 하지만 한 번 멈추고 나니 다시 걸을 힘이 나지 않았다. 그때 도선은 정신을 잃기 직전의 표정으로 서 있는 이장을 보았다. 이장은 여전히 넋이 나간 표정으로 서 있다가 입을 점점 벌리더니 아, 하는 외마디 소리를 냈다. 도선은 이장의 시선을 따라 뒤를 돌아보았다. 능선 쪽으로 시뻘건 무언가가 보였다. 불이었다. 그 위로 연기가, 엄청난 것을 태우지 않고서야 그렇게 검을 수 없을 연기가 뭉게뭉게 솟구치고 있었다. 그걸 보면서 이장이 혼잣말처럼 중얼거렸다. "으짜쓰까나……." 이장은 도선을 쳐다보았다.

"거기는 어뜨케…… 타부렀어?"

도선은 대답하지 않았다. 아무 말도 하고 싶지 않았다. 도선은 이장을 지나쳐 마을 쪽으로 걸었다. 그러자 이장도 계속 으짜쓰까나를 반복하면서 도선을 따라왔다. 다리 건너편에서 소방차가 들어오고 있었다. 산 반대쪽 동네와 산 이쪽 동네에서 동시에 사이렌이 울려 퍼지기 시작했다.

2

양우가 기억하기로 그때도 새벽이었다. 두 사람은 그곳으로 가는 심야 버스를 타고 있었다. 서쪽으로 향하는 버스 안에서 양우는 둡둡의 어깨에 기대어 아무 말이나 툭툭 내뱉었다.

"서쪽은 해가 지는 곳인데 새벽부터 일어나서 서쪽으로 향하는 사람들은 기분이 어떨까."

둡둡은 아름다운 대답을 했다.

"든든하겠지. 해가 등 뒤를 받쳐주고 있으니까."

양우는 둡둡 같은 사람을 옆에 두어서 행운이라고 생각했다. 어쩌다 그를 만나서 어쩌다 그와 함께하게 되었을까. 어쩌다 이렇게 좋을 수 있게 됐을까. 덜컹거리는 버스 안에서 양우는 그런 생각을 했었다. 그게 불과 두어 달 전이었다. 그런데 정말 어쩌다 이렇게 되었을까. 어쩌다 나는 이 버스에 혼자 타고 있을까. 양우는 끝없이 우울해지다가 이내 스스로를 달랬다. 그래도 둡둡은 나를 포기하지 않았다. 나를 그곳으로 불렀다. 다시 만나자고 먼저 연락했다. 일단 만나기만 하면 모든 것은 제자리로 돌아갈 것이다. 하지만. 그게 없던 일이 될 수 있을까. 하지만 우리가 예전으로 돌아갈 수 있을까. 하지만 그 모든 일에도 불구하고 둡둡이 다시 나를 사랑할 수 있을까. 양우는 자꾸 '하지만'이라는 단어가 떠오르는 걸 멈출 수가 없었다.

그들의 사랑이 피어나던 시기. 양우는 그때를 기억했다.

그 시기는 양우와 둡둡이 삶을 공유하면서 시작되었다. 처음엔 물건들이 하나씩 늘어났다. 칫솔이나 면도기, 속옷과 편안하게 입을 옷들. 그런 물건들이 늘어나면서 둡둡이 양우의 집에 머무는 시간도 자연스레 길어졌다. 양우는 둡둡이 옆에 머무는 것이 너무 좋았고 그래서 둡둡에게 무슨 일이 일어나고 있는지 잘 몰랐다. 둡둡의 부모가 커밍아웃한 아들을 버거워한다는 사실을, 그가 부모와 더 이상 한 지붕 아래에 있고 싶지 않아 한다는 사실을 잘 몰랐다. 그 사실이 둡둡을 계속 짓누르고 있다는 것을 생각도 하지 못했다. 어릴 적부터 부모가 없던 양우는 가족 때문에 스트레스를 받고 상처받을 수 있다는 것을 몰랐다. 그래서 둡둡이 함께 살아도 괜찮겠느냐고 물었을 때, 양우는 그저 가슴이 벅차올랐다. 함께 살 누군가가 생긴다는 게, 누군가의 보호자가 될 수도 있으리란 게 무서우면서도 그 대상이 바로 둡둡이라는 사실 때문에 한없이 설렜다. 양우는 말했다. 괜찮고말고. 괜찮지 않을 이유가 없었다. 둡둡만 괜찮다면, 이렇게 비좁고 낡은 집이라도 괜찮다면, 언제나 환영이었다.

일을 다녀올 때마다 집은 조금씩 바뀌어 있었다. 어떨 때는 한 번도 혼자 산 적이 없는 것처럼 보이기도 했다. 왠지 전보다 더 말끔하고 넓어 보이는 것 같기도 했다. 깔끔한 둡둡 덕분이었다. 노동이라는 분쇄기에 갈려나가기 바빴던 하루하루는 둡둡으로 인해 완전히 달라졌다. 둡둡은 양우가 경험해보지 못한 세상을 집 안까지 끌고 들어왔다. 둡둡이 들었던 수업 내용, 둡둡이 봤던 전 시, 둡둡이 걸었던 거리, 둡둡이 좋아하는 커피의 향. 모든 것이 양우의 일상에도 스며들었고 덕분에 양우는 두 개의 세상을 동 시에 사는 것 같았다.

기쁨은 어떤 식으로도 숨겨지지가 않았다. 양우가 둡둡의 존재 를 슬쩍 알렸을 때 두수 씨는 크게 놀라지 않았다. 늘 그랬듯 고 개를 끄덕이며 말했다. "그래서 그렇게 싱글벙글이었구만. 잘됐 네." 양우는 두수 씨의 반응이 요란하지 않아 좋았다. 그게 그 사 람 나름의 배려라는 것을 알았다. 양우는 난생처음 진정한 친구 가 생긴 기분이었다. 그래서 둡둡에게 기쁘게 얘기했다. 나를 온 전히 받아들여주는 사람이 있다는 게 얼마나 안전한 느낌인지, 얼마나 행복한 느낌인지 잔뜩 들뜬 채로 말했고 당연히 둡둡도 함께 기뻐해줄 거라 생각했다. 친구가 많은 둡둡이니 이런 기쁨 은 진작에 알고 있겠거니 한 것이다. 그러나 둡둡은 정색했다. 자 신이 가족들에게 받아들여지지 못하고 그것 때문에 마음고생한 다는 걸 알면서도 어떻게 그런 얘기를 할 수 있느냐고 차갑게 말 했다. 당황한 양우는 더 생각할 것도 없이 바로 사과했다. 내가 경솔했다, 생각이 짧았다, 미안하다……. 그러고도 한참이나 둡 둡의 화가 풀리지 않았기에 양우는 몇 번이나 더 잘못했다고 빌 어야 했다. 하지만 왜? 양우는 둡둡의 반응을 이해할 수 없었다.

화를 내니 사과는 하지만 이게 정말 자신이 사과할 일이라는 생각은 들지 않았다. 오히려 서운하고 슬플 뿐이었다.

그것이 최초의 균열이었을까? 그럴지도. 어쩌면 그때부터 둡둡은 양우에게 계속 실망을 해왔는지도 모른다. 하지만 더 확실한 균열은 그 이후에 일어났다.

8월 초순이었다. 뒤늦은 장마에 도시가 잠겨가고 있었다. 쏟아지는 비와 범람하는 하천 때문에 집으로 가는 길이 막히고 도로가 통제되고 사람들이 대피하는 일이 매일같이 일어났다. 양우네 동네도 예외는 아니었다. 이미 많은 사람은 대피를 하고 없었다. 하지만 양우는 그럴 수 없었다. 비가 내려도 공장은 돌아가야 했다. 그래서 그날도 양우는 공장에 나갔다. 다행히 종일 내리던 비는 잠시 소강상태에 들었고 덕분에 야간작업을 마치자마자 통근버스를 타고 퇴근할 수 있었다.

오전 6시 반. 밤새 눅눅해진 세상만큼이나 양우도 피곤에 절어 있었다. 집은 어두웠다. 양우는 불을 켜지 않았다. 자고 있는 둡둡을 깨우고 싶지 않았기 때문이다. 그런데 그날은 조금 이상했다. 집이 너무 조용했다. 선풍기가 회전하는 소리나 둡둡의 코 고는 소리 같은 것이 들리지 않았다. 냉장고가 웅웅대는 소리만 요란하게 들렸다. 양우는 조심스레 불을 켰다. 가장 처음 보인 것은 시침과 분침이 딱 달라붙은 둥근 시계였다. 그다음은 꺼진 선풍기. 이불은 낮에 접은 상태 그대로였다. 집은 비어 있었다. 양우는 핸드폰을 봤다. 문자도 전화도 아무것도 와 있지 않았다. 양우는 천천히 기억을 더듬어보았다. 둡둡이 오늘 들어오지 못한다고 말을 했었나? 밤샘 과제가 있다고 했던가? 그러나 아무리 생각해도 그런 말을 들은 기억이 없었다. 혹시 본가에 무슨 일이 생긴 걸까? 그렇다 해도 둡둡이 본가에 갔을 리는 없었다.

양우와 함께 살기 시작하고서 둡둡은 본가에 발길을 끊었다. 부모님 때문이었다. 커밍아웃 이후, 둡둡의 얼굴을 쳐다보는 것조차 불편해하는 둡둡의 아버지는 입을 완전히 다물어버렸고 둡둡의 어머니는 시도 때도 없이 억울해하며 둡둡에게 따져 물었다. 왜 우리 가족에게 이런 일이? 왜 하필 너에게 이런 일이? 왜 하필 나에게……. 둡둡의 어머니는 "네가 바뀌지 않으면 우리는 예전으로 돌아갈 수 없다"라고 말했다. 그렇게 이기적으로 살지 말라고도 했다. 둡둡은 돌이킬 수 없을 정도로 상처받았다. 각오는 충분히 했지만 그래도 어머니만큼은 자신의 편이 되어줄 거라 믿었기 때문이다. 둡둡네 모자는 특별했다. 기쁠 때나 힘들 때나 서로를 찾았으며 평소에도 친구처럼 대화가 잘 통했다. 둡둡은 엄마가 자신의 절대적인 지지자라고 믿었다. 영화에 나오는 엄마들처럼, 자식의 권리를 위해 깃발을 들고 행진하고 투쟁에 나서는 엄마가 되리라고 생각했다. 물론 그걸 바란 건 아니었지만 자신의 어머니가 그런 엄마들보다 못하진 않을 거라고, 그래서 언젠가 엄마와 함께 퍼레이드를 즐기게 될 수도 있을 거라고 여겼다. 하지만 기대는 완전히 산산조각 났다. 특별하다고 생각한 관계는 사실 둡둡이 '정상'적인 범주 내에 있을 때만 가능한 관계였다는 사실이 둡둡을 끝없이 괴롭혔다. 무엇보다 둡둡 못지않게 괴로워하는 부모님을 보는 것이 보통 힘든 일이 아니었다. 둡둡의 부모는 가끔 둡둡을 무서워하는 것 같기도 했다. 둡둡은 그런 그들을 볼 때마다 숨이 쉬어지지 않았다. 가족과 함께 있는 시간이 점점 고통스러워졌고 종종 죽을 것 같은 기분을 느꼈다.

양우는 둡둡에게 전화를 걸었다. 마지막 음성 메시지 안내가 나올 때까지 기다렸지만 받지 않았다. 씻고 나와서 한 번 더 전화를 걸었지만 역시 받지 않았다. 양우는 매트리스에 누웠다. 머리를 제대로 들 수 없을 만큼 피로가 몰려왔다. 하지만 둡둡이 어디 있는지도 모른 채 잠들어선 안 될 것 같았다. 양우는 몽롱한 상태, 꿈과 현실의 경계에서 부유하는 상태로 몇 분을 더 버텼다. 그러다가 가장 그럴듯한 시나리오를 떠올렸는데, 그건 바로 수업이 끝나고 동기들과 술을 마시던 둡둡이 비가 너무 많이 내리는 바람에 그 근처에서 자고 있을 거라는 내용이었다. 이 정도의 악천후면 충분히 가능한 일이었다. 게다가 오늘 밤에는 서울에서 경기도로 이어지는 대부분의 도로가 통제되었다. 그래 그런 거겠지. 지금 어딘가에서 자고 있겠지. 자다가 일어나서 핸드폰을 보면 전화하겠지…… 그렇게 생각하며 양우는 꿈속으로 빠져들었다.

눈을 떴을 때는 정오였다. 온몸이 땀으로 끈적끈적했고 정남향 꼭대기 층인 방엔 너무 많은 햇빛이 들어차고 있었다. 양우는 떠지지 않는 눈을 억지로 깜박이면서 핸드폰을 확인했다. 그러나 액정은 깨끗했다. 전화도 메시지도 아무것도 와 있지 않았다. 다시 둡둡에게 전화를 걸어보았지만 전화기가 꺼져 있다는 안내음만 흘러나왔다. 양우는 벌떡 일어나 뉴스를 검색했다. 밤사이 폭우 때문에 숨진 사람이 도심에만 세 명이나 되었다. 하천이 범람한 동네에서도 감전사가 하나 있었다. 양우는 그들의 신원이 아직 밝혀지지 않았다는 말에 눈을 질끈 감았다. 살면서 단 한 번도 느껴보지 못한 불안과 공포가 턱을 타고 뚝뚝 떨어졌다.

씻지도 먹지도 눕지도 못하고 집을 서성이던 양우가 '실종 신고'라는 단어까지 떠올릴 즈음에야 둡둡은 지친 모습으로 돌아왔다. 그 몰골이 꼬박 열두 시간 노동을 하고 온 사람이라고 해도 믿을 만했다. 양우는 온몸이 얼어 둡둡을 보고도 아무 말도 할 수 없었다. 양우는 둡둡의 팔을 꽉 붙잡았다. 그러자 둡둡이 멍한 표정으로 말했다.

"친구가 죽었어. 비가 너무 많이 와서 그냥 올 수가 없었어."

양우는 멍청한 표정으로 되물었다.

"죽었다고? 비가…… 비 때문에?"

둡둡은 희미하게 미소 지으며 고개를 저었다. 그 미소에 양우는 조금 안심이 되었다. 둡둡은 말없이 바닥에 앉았다. 양우도 맞은편에 앉았다. 밤사이 둘둘이 더 조그마해진 것 같았다. 둘둘은 한숨을 한 번 쉬더니 입을 뗐다.

"자살을 했대. 그래서 장례식장에 갔어. 내가 아는 사람들이 대부분이었어. 이름은 다 기억 안 나지만 낯익은 애도 있었고. 아무튼 내가 개네를 알아본 것처럼 개네도 나를 알아보더라고. 그래서 우리는 다 함께 절을 하고 어머니께 인사드리고 테이블로 가서 모여 앉았지. 정말 우리들밖에 없었어. 보통 장례식장엔 어른들이 많잖아. 그런데 거기엔 다 내 또래만 있는 거야. 생각해보니까 내가 친구의 장례식에 간 건 처음이더라고. 그걸 깨닫고 나니까 음식이 안 넘어가더라. 내 맞은편에서 누군가 소주를 땄어. 순간 소주 냄새가 진동하면서 배가 뒤틀렸어. 우린 멍하게 그가 소주 따르는 것을 바라봤지. 그때 누군가가 입을 열었어. 죽은 친구를 처음 발견한 게 그 친구의 남자친구였다고. 그 애는 너무 힘들어해서 여기에 오지도 못하고 있다고 말이야. 그러자 소주를 따르던 사람이 그게 아니라고 퉁명스럽게 대답하며 소주병을 쾅 내려놨어. 그거 아니라고. 지금 개가 여기 못 오는 이유는 저 아줌마 때문이라고. 그는 영정 사진이 있는 쪽을 가리켰어. 그 행동에 나를 비롯해서 거기 있던 모든 사람이 기겁을 했어. 거기에 죽은 애의 어머니가 있었거든. 내 옆에 있던 사람이 당장 손 내리라고, 뭐 하는 짓이냐고 속삭이듯 말했어. 소주는 내 옆 사람을 노려보면서 삿대질하던 손을 내리고 테이블을 탕 치면서 말했어. 개는 힘

93

들어서 못 오고 있는 게 아니라 저 아줌마가 꼴 보기 싫다고 해서 못 오는 거라고. 너무 오고 싶은데 저 아줌마를 힘들게 하고 싶지 않아서 안 오는 거라고. 그러면서 테이블을 한 번 더 탕 쳤어. 그 소리가 너무 커서 아무도 대답을 할 수 없었어. 그때 밖에서 누군 가 들어오는 소리가 들렸어. 역시 우리 또래인 남자애 둘이었는데 걔들은 느낌이 좀 달랐어. 조객록 앞에 앉은 사람하고도 한참 얘기를 했고 절을 하러 들어가서는 상주석의 죽은 친구 엄마를 껴안더니 울기도 했어. 그렇게 요란스럽게 할 일을 다 하고는 식사 장으로 오더라고. 걔네는 우리 바로 옆 테이블에 앉아서 육개장을 먹었고 먹으면서도 계속 말했어. 얼른 먹어, 빨리 먹어야 돼, 빨리 먹고 가서 건질 건 건져야 돼, 대충 이런 얘기였지. 집이 물 폭탄을 맞았나 보다 생각했어. 집이 물 폭탄을 맞았는데 여기에 오다니 대단하다, 뭐 그런 생각도 한 거 같아. 죽은 애랑 엄청 돈독했나 보다……. 그때 또 소주가 시끄럽게 굴었어. 뭐라고 말하는지는 모르겠는데 계속 구시렁거렸어. 그런데 육개장을 먹던 사람 중 하나가 소주를 알아봤어. 어, 너 걔, 그 남자친구의 친구 아니냐, 이렇게. 그 바람에 소주가 또 소리를 질렀어. 그래, 바로 걔가 지금 슬퍼서 죽어간다, 여기에 오지도 못하고 슬퍼서 아무것도 못 한다……. 그런데 갑자기 육개장이 그러는 거야. 아닌데, 그거 아닌데, 걔 지금 물 빼고 있는데. 소주가, 아니 우리 모두가 무슨 소리 하냐는 눈빛으로 쳐다보니까 육개장이 설명했어. 죽은 애랑 그 남자친구가 같이 쓰던 작업실이 있는데 거기가 하필 반지하고 그 근처에 범람한 하천이 있어서 지금 물이 찼다. 두 사람이 같이 작업한 것들, 사진들, 작업 도구들, 컴퓨터 등등 많은 것들이 거기에 있는데 물이 차서 죽은 애 남자친구가 그걸 혼자서 다 건지고 있다. 우리는 죽은 애 작업실이 거기에 있다는 걸 알아서 들러봤는데 마침 그러고 있는 남자친구를 발견했고 그래서 거기서 계속 걔를 돕다가 비가 잠시 그친 틈에 온 거다……. 죽은 애 남자친구는 지금 녹초가 되어서 그 작업실에 있다고 했어. 슬퍼하는 것도 맞고 죽은 애의 엄마 때문에 못 오는 것도 맞지만 슬퍼서 죽어가는 게 아니라 작업실을 치우느라 죽어가고 있다고 정정했어. 우리는 아무 말도 못 하고 소주의 눈치를 살폈지. 소주는 너무 당황해서 술이 다 깬 것처럼 보이더라고. 그때 많은 사람이 한꺼번에 장례식장에 들어왔어. 그들은 장례식장에 온 사람 중에서 가장 요란했는데 요란하다고도 표현 못 할 만큼 시끄러웠어. 이미 복도에서부터 아이고 누구야, 아이고 어떡하냐 소리를 지르고 오열을 하면서 들어왔거든. 죽은 친구 엄마의 친구들인 것 같았어. 그런데 그 사람들을 보고 갑자기 육개장이 어? 하면서 벌떡 일어나는 거야. 그 소리에 우리도 전부 그 사람들 쪽으로 시선을 돌렸지. 그리고 바로 육개장이 왜 그랬는지 알게 됐어. 그 사람들이 들고 있는 우산이 흠뻑 젖어 빗물을 뚝뚝 흘리고 있는 거야. 육개장은 달려나가서 지금도 밖에 비가 오냐고 물었어. 그러니까 그중 한 사람이 아주 온다, 어제보다 더 심하게 온다, 밤새도록 내릴 것 같다고 했어. 그 말에 육개장은 바로 밖으로 달려갔고 그 애와 함께 육개장을 먹던 친구도 달려 나갔어. 그걸 보고 있던 소주도 갑자기 달려 나갔어. 그 바람에 내 옆자리 사람도 엉거주춤 일어났고 나도 함께 일어났지. 그렇게 거의 여덟 명쯤 되는 검은 옷을 입은 애들이 우르르 빠져나갔어. 우리는 서로 말도 없이 육개장을 따라 물에 잠겼다는 작업실로 갔어. 멀지는 않았지만 가는 길이 만만치 않았어. 어느 골목에선 무릎까지 온 비를 헤치면서 걸어야 했지. 버려진 차들을 봤고 둥둥 떠내려가는 쓰레기들, 거꾸로 엎어져 있는 쓰레기통, 대체 어디서 왔는지 모를 의자들도 봤고……. 우리는 작업실에 도착하자마자 살릴 수 있는 것들을 재빠르게 건져내기 시작했어. 혹시라도 계단으로 쏟아져 내려오는 물 때문에 문이 닫힐까 봐 서로 손을 뻗으면 닿을 수 있는 거리에 선 채로. 이미 큰 가구들이나 캐비닛은 밖으로 나와 있어서 크게 할 일은 없었는데 미술을 하는 친구들이어서 그런지 자잘한 것들이 많았어. 종잇조각이나 폐휴지나 유리나 철이나 구리나 플라스틱 같은 것들, 어떻게 보면 쓰레기처럼 보이는데 또 어떻게 보면 작품의 일부처럼 보이는 것들 말이야. 그런 것들을 죄다 건져내느라 시간이 좀 걸렸어. 다행히 죽은 친구의 애인이 트럭을 가지고 왔을 때 작업은 어느 정도 끝난 후였어. 트럭은 쓰레기 같은 재료들과 캐비닛과 물품들과 의자들과 테이블을 실어 갔고 우리는 엉망진창이 된 채로 남겨졌어. 그러고 나니 해가 뜨더라. 우리는 텅 빈 작업실 바닥에 더러운 물이 찰랑거리고 있는 걸 봤어. 그만큼 더러워진 서로의 모습도 봤지. 육개장 두 명이 한 사람 한 사람에게 고맙다고 하면서 이제 진짜 육개장을 먹으러 가자고 했어. 그 말에 소주가 웃었던 거 같기도 해. 그때가 아침 6시 반이었나. 나는 육개장을 먹으러 가지 않고 나왔어. 무슨 정신이었는지 모르겠는데 갑자기 본가로 가야겠다는 생각이 들었거든. 그 작업실에서 본가가 그리 멀지 않기도 했고 첫차를 보니까 습관처럼 집에 가고 싶더라고. 그래서 버스를 타고 집에 갔어. 집에 들어갔을 때가 7시쯤이었는데 아버지가 깨어 계셨어. 아버지는 여전히 나에게 말을 걸지 않았어. 내 꼴을 보고도 그냥 조용히 화장실을 가리키시더라. 나는 화장실로 가서 한참 동안 샤워를 했어. 따뜻한 물 때문인지 그래도 긴장이 좀 풀렸지. 내 방은 그대로였어. 옷장을 열었더니 옷도 남아 있었고. 그걸 입는데 익숙한 냄새가 나서 또 긴장이 풀리더라. 나는 옷을 다 갈아입고 그대로 침대에 걸터앉았어. 그러고 아주 잠깐, 정말 잠깐 눈을 감았다가 떴는데. 밖이 이상하리만치 밝은 거야. 눈을 뜨고도 한참이 지나서야 깨달았어. 내가 그사이 잠들어버렸다는 것을. 밖에선 아무 소리도 들리지 않았어. 나는 최대한 천천히 일어나서 천천히 바닥을 밟고 천천히 문을 열었어. 거실에는 햇살이 가득 들어와 있고 아버지가 애지중지 기르시는 난초들이 그 햇빛을 그대로 받고 있었지.

나랑 같이 골랐던 카펫도 그대로였고 때가 탈까 봐 잘 앉지 않던 흰색 소파도 그대로였어. 그것들뿐이었어. 집엔 아무도 없었어. 혹시나 해서 안방으로 가봤는데 거기에도……. 나는 생각했어. 이게 무슨 뜻일까. 여전히 우리 엄마 아빠는 내 얼굴을 보고 싶어 하지 않는 건가. 몸이 한없이 꺼지는 것 같았어. 문득 내가 바라는 일이 영원히 일어나지 않을 수도 있겠다는 생각이 들었어. 내 기도가 이번에는 이뤄지지 않겠다는 생각이. 그래서 다시 그 집을 나왔어. 우리 집에 가자 내 집에 가자 생각하면서……."

끝날 듯 말 듯 계속 이어지던 둡둡의 이야기는 흐릿하게 사라졌다. 말을 마친 둡둡은 집에 들어왔을 때보다 더 지친 얼굴이었다. 양우는 가슴이 아려서 아무 말도 할 수 없었다. 무슨 말을 해도 둡둡의 마음을 어루만질 수 없을 것 같았다. 양우는 조용히 일어나서 밥을 하기 시작했다. 마음이 급해 미역을 제대로 불리지도 않고 바로 볶았다. 그러는 동안 수만 가지 생각이 들었지만 그게 완전한 형태의 문장으로 모이는 데엔 한참이 걸렸다. 그래서 양우는 야간작업을 나서기 전에야 겨우 한마디를 꺼낼 수 있었다.

"나도 너랑 같이 기도할게."

양우가 고르고 고른 그 말은 양우가 할 수 있는 최선의 선택이었다. 내가 너의 절대적인 지지자가 되겠다, 누가 뭐래도 나는 너의 길을 응원하겠다는 일종의 선언이었다. 그러나 양우는 몰랐다. 자신의 선언이 얼마나 경솔했는지. 그것이 둡둡에게 어떤 기대를 불어넣었는지.

둡둡은 그동안 한 번도 탱크 이야기를 입에 올린 적이 없었다. 그저 바라던 게 이루어지길 기도하고 있다, 어쩐지 예감이 좋다, 좋은 일이 생길 것 같다, 정도의 말을 했을 뿐이었다. 단순히 종교적 자유를 추구하기 위해서라거나 탱크의 규칙을 따르기 위해서가 아니라 탱크에서 한 기도가 너무 간절하고 소중했기 때문에 차마 말할 수 없었다는 것을 양우는 알려야 알 수가 없었다. 그래서 둡둡이 양우의 그 한마디에 모든 걸 걸었다는 사실도 몰랐다. 함께 기도하러 가달라는 둡둡의 말에 어떤 의미가 있는지도 모르고 기꺼이 응하고 만 것은 그 때문이었다.

둡둡이 기도한다는 곳으로 함께 떠나던 그날도 지금처럼 이른 아침이었다. 산을 오르는 내내 아무도 마주치지 않아서 두 사람은 마음 놓고 손을 잡고 팔을 허리에 감고 기대기도 하면서 걸을 수 있었다. 양우는 들떴다. 기도하는 곳이 어디에 있는지는 몰랐지만 길이 끝나지 않았으면 했다. 둡둡이 을씨년스럽지 않냐고 물었을 때도, 이보다 좋은 산책로는 없다는 대답이 절로 나왔다. 그러나 웬 박스형 컨테이너 앞에 섰을 때, 여름의 습기에 녹슬어 가는 컨테이너가 폐허의 모습으로 서 있는 것을 보았을 때, 양우는 본능적으로 뒷걸음질을 쳤다. 양우는 물었다.

"이게 뭐야?"

"탱크."

그 순간 양우는 언젠가 둡둡과 함께 보았던 다큐멘터리를 떠올렸다. 오프닝부터 탱크의 압도적인 전투력을 보여주는 다큐멘터리는 퍽 흥미로웠다. 양우는 졸린 것도 모르고 다큐멘터리에 빠져들었다. 그래서 둡둡이 양우에게 탱크라는 흔치 않은 단어가 어떻게 동음이의어가 될 수 있었는지 아느냐고 물었을 때도 그게 무슨 말이냐고 대충 대꾸하고 말았다. 둡둡은 양우의 성의 없는 대꾸에도 꿋꿋이 말을 이어갔었다.

"탱크 말이야, 다른 뜻도 있잖아. 저런 장갑차 말고, 이를테면 물탱크 같은 거."

양우는 또 대충 대답했다.

"아, 맞다, 그렇지, 우리 공장에 있는 에어탱크처럼."

그러고는 다시 다큐멘터리에 빠져들었다. 아마도 그때 둡둡은 이 '탱크'에 대해서 말하고 싶었을 것이다. 두 달에 한 번씩은 기도하러 오는 이곳에 대해 말하기 위해 일부러 그 다큐를 골랐을 것이다. 양우는 탱크를 앞에 두고서야 깨달았다. 둡둡이 몇 번이나 탱크에 대해서 말하려 했다는 사실을. 그러나 그러지 못했다는 사실을. 이제는 양우도 안다. 누구에게든 탱크 이야기를 꺼내는 건 쉽지 않은 일이었다.

둡둡의 말에 따르면 탱크는 단순히 기도를 하는 장소가 아니라 기적을 이뤄주는 장소였다. 둡둡이 탱크를 안 건 거의 2년 전이었는데 그동안 실제로 기적을 경험했다고 했다. 사랑하는 사람을 만나게 해달라는 기도를 했을 땐 양우를 만나게 되었고 뜻을 같이할 친구를 만나게 해달라는 기도를 했을 땐 각종 모임을 통해 서로 힘이 되어주는 친구들을 만나게 되었다. 가족에게 진실을 밝힐 용기를 달라고 기도했을 때에도 응답을 받을 수 있었다. 물론 결과는 좋지 않았지만 말이다. 그런 기적들이 연이어 일어나면서 탱크를 향한 둡둡의 믿음은 강해졌다. 그래서 둡둡은 어느 때보다 강한 믿음으로 한 가지 기도에 몰두하기 시작했다. 그건 바로 가족을 되찾는 것, 둡둡의 부모님이 둡둡을 있는 그대로 받아주는 것이었다. 둡둡은 기도를 할 때마다 부모님과 함께 행진하는 모습을 상상했다. 한여름의 뜨거운 햇빛을 인 채로, 혹은 쏟아지는 소나기를 온몸으로 맞은 채로 같은 곳을 보면서 걷는 것을 상상했다. 그럴 때마다 온몸이 뜨거워졌다. 가슴이 희망과 꿈으로 가득 차 부풀어 올랐고 머지않아 정말로 그 일이 일어날 것처럼 느껴지기도 했다.

"그런데 지금은 잘 모르겠어. 어떤 건 기도로도 어쩌지 못할 수 있겠다는 생각이 들어. 그래도 네가 같이 기도해준다고 할 때 기뻤어. 몇 년간 내 삶을 지탱해준 건 기도였기 때문에 언젠가 너도 기도의 힘을, 이 탱크의 힘을 알았으면 했거든. 그런데 네가 좀 이상하게 볼까 봐 쉽게 말할 수가 없었어."

양우는 대답 대신 둡둡을 힐끗 보았다. 나무 사이에 우두커니 서 있는 컨테이너를 향한 둡둡의 눈에 이상한 빛이 너울거렸다.

양우는 아무 말도 할 수 없었다. 이 검은 컨테이너가 수많은 기적을 행했다는 사실을 도무지 믿을 수가 없었다. 이걸 믿는 사람들이 커뮤니티를 이룰 정도로 많다는 것도 믿을 수가 없었다. 원래 사람에게 간절한 것이 있으면 우주가 돕는다고 했다. 누군가가 뭔가를 간절히 원해서 이뤘다면 그건 그 사람의 간절함과 노력이 얻어낸 결과이지 이 탱크가 이뤄준 기적은 아닐 것이라고, 양우는 생각했다. 양우의 눈에 탱크니 뭐니 하는 것들은 전부 상술에 불과했다. 그런데 다른 사람도 아니고 둡둡이 바로 그 상술에 넘어갔다니. 양우는 그 사실을 도저히 믿고 싶지가 않았다. 양우는 검은 컨테이너를 빤히 바라보았다. 생각할수록 마음이 무거워졌다. 둡둡은 계속 말했다.

"알아. 당장은 정말 너무 이상해 보이겠지. 근데 있잖아, 너도 나처럼 간절히 원하는 게 있다면 한번 기도를 해봐. 그럼 알 수밖에 없을 거야. 여길 다시 찾을 수밖에 없다는 걸."

과연 그럴까. 양우는 좀 더 확실하게 알고 싶었다. 둡둡이 말하는 탱크의 힘이라는 것이, 믿음이라는 것이 정확히 어떤 종류의 것인지. 그것이 기적에 가까운 건지, 아니면 충분히 일어날 수 있는 개인의 자잘한 염원인지, 아니면 개인적인 수준을 넘어서서 하나의 현상이 될 수도 있는 건지, 그것이 정확히 어떻게, 어떤 식으로, 얼마나 걸려서 눈앞에 나타나는지 알고 싶었다. 그래서 물었다. 정말 이 컨테이너가 너랑 나를 이어줬다고 생각해? 이것 덕분에 네가 같은 삶을 지향하는 친구들을 만났다고 생각해? 혹시 다른 사람의 기도가 이뤄진 것도 본 적 있어? 그럼 그게 정확히 어떤 식으로 이뤄졌어? 지금도 기적이 지속되고 있어? 그 질문들은 이해를 돕기 위한 것이었다. 양우는 둡둡을 이해하고 싶었다. 할 수 있다면 둡둡과 함께 기도도 하고 싶었다. 하지만 둡둡은 질문의 의도를 곡해했다. 둡둡은 양우가 자신의 말을 믿지 않는다고 생각했고 자신을 공격한다고 생각했다. 둡둡은 침묵했다.

그날 이후, 두 사람은 탱크에 관한 이야기뿐 아니라 다른 어떤 일상 이야기도 잘 하지 않게 되었다. 그러다가 둡둡이 수업까지 빠지고 탱크에 다녀오겠다고 한 9월의 어느 날, 양우는 더 이상 참을 수 없어졌다. 양우는 허겁지겁 집을 나서려는 둡둡을 막았다. 그리고 둡둡에게 정신 차리라고 소리쳤다. 너의 믿음 자체는 충분히 존중하지만 그 컨테이너에 기도하러 간다는 건 아무리 생각해도 이상하다고 말했다. 그게 너한테 좋을 게 하나도 없을 것 같다고, 진심으로 네가 걱정된다고. 그렇게 싸움이 시작됐다.

둡둡과 싸우면서 양우는 둡둡에 대해 몰랐던 점을 몇 개 알게 되었다. 일단, 둡둡은 비약을 잘했다. 둡둡은 말을 문자 그대로 받아들이기보다 상대방의 의도를 자기식으로 해석해서 완전히 새로운 맥락을 만들었고 그것을 상대방의 '진짜 의도', '숨겨진 의도'로 치부했다. 양우로선 도저히 이해할 수도 따라잡을 수도 없을 정도로 복잡한 사고였지만 둡둡은 그 사고 회로를 돌리는 데 1분이 채 걸리지 않았고 결국 말문이 막히는 건 늘 양우 쪽이었다. 두 번째로, 둡둡은 확대를 잘했다. 단순히 탱크에 대한 의견 차이라고 여겼던 말싸움은 믿음에 대한 문제, 간절함에 대한 문제, 존재 이유를 위해 투쟁해야 하는 사회와 그 사회 안에서의 진짜 위치, 그런 위치에 대한 감각이나 인지능력조차 없는 양우 같은 사람들의 무지와 무관심, 그로 인해 벌어지는 비극에 대한 문제로 번져갔다. 둡둡은 양우를 비난했다. 자신에 대해 알려고 하지 않는 게으른 사람, 세상의 시선이 무서워 혼자인 게 편하다고 정신 승리하는 은둔자, 그렇게 자신의 안위만 추구하는데도 철저하게 세상에 배척당하고 있고 그걸 알아채지도 못하는 멍청한 사람 취급을 했다. 양우는 상처받았다. 둡둡을 사랑하긴 했지만 그런 모욕을 들으면서까지 참고 싶지는 않았다. 그래서 양우도 지지 않고 둡둡을 공격했다. 그러는 너는 나보다 나은 게 뭐냐, 그래도 나는 성실하게 노동을 하고 나를 이해해주는 친구도 있고 내 공간도 있고 무엇보다 너에게도 부끄럽지 않을 만큼 진심을 다했다, 네가 보기엔 내가 숨는 것 같겠지만 나는 이것이 나만의 단단한 세계라는 걸 믿는다, 그런데 너는 사회니 위치니 연대니 친구들이니 하루 종일 운운하면서 정작 네 존재를 부정하는 사람들의 인정만 구걸하지 않느냐, 나한테 은둔자라고 하는 너는 네 친구 한 명 소개시켜준 적 있느냐, 아니 너는 정말 친구가 있는 게 맞느냐, 사실 너는 정말 나 말고는 아무도, 아무것도 없는 게 아니냐……. 그러자 둡둡은 내가 너밖에 없다고 생각했다면 너는 더더욱 그러면 안 되었다고 말했다. 그리고 이렇게 빈정댔다. "하긴 너는 가족이 없으니까 이게 무슨 의미인지 알 리가 없지." 그 말에 양우는 멍해졌다. 둡둡의 얼굴에서도 순간 아차 싶은 표정이 지나갔다. 두 사람 사이에 그 어떤 때보다 묵직한 적막이 감돌았다. 양우는 두 사람이 버티고 서 있는 땅에 거대한 균열이 일어났음을 깨달았다. 그리고 그것을 다시 이어 붙이기 위해 단 한 번만 참으면 된다는 것도 알았다. 하지만 양우는 참지 않았다. 이제껏 가족이 없다는 사실로 양우를 공격한 사람은 아무도 없었다. 그런데 양우에게 가장 소중한, 가장 소중하다고 믿었던 둡둡이 그것을 건드렸다. 양우는 그냥 넘어갈 수 없었다. 그래서 할 수 있는 한 가장 차가운 목소리로 대꾸했다. 한때 둡둡 네가 나의 가족이 될 수도 있겠다고 생각했지만 이제는 아니라고, 그렇게 생각했던 게 오히려 정말 후회된다고. 너처럼 이기적인 애는 가족이 될 자격도 없다고. 양우는 둡둡처럼 아차 싶은 표정은 짓지 않았다.

둡둡의 마지막 단점은 감당할 수 없는 것 앞에서 도망치기를 잘한다는 거였다. 그날 밤, 양우가 야간작업을 간 사이 둡둡은 사라졌고 다시는 돌아오지 않았다.

계절은 기다렸다는 듯이 돌변했다. 해가 짧아지기도 전에 날씨가 갑자기 추워졌다. 폭우로 인해 침수 피해가 난 지 한 달도 안 되어 다른 지역에 태풍으로 인한 침수가 일어났다. 삶을 이루는 모든 작고 필수적인 것들이 인간의 힘이 닿지 않는 바람과 비와 물 때문에 날아가고 망가지고 한바탕 뒤섞였다. 참혹한 재해의 흔적이 남은 자리를 복구하기 위해서는 너무 많은 시간과 돈과 희생이 필요했다. 양우는 종종 둡둡이 말한 작업실을 떠올렸다. 물건들을 건져내는 둡둡과 둡둡의 친구들을 떠올렸다. 그날 그 자리에 있던 여덟 명은 말없이 같은 곳을 바라보았다. 같은 곳을 바라보는 것. 그것은 같은 세계를 사는 사람들이 서로에게 해줄 수 있는 가장 다정한 행위였다. 그러나 양우와 둡둡은 서로에게 그러지 못했다. 정확히 말하자면, 양우는 둡둡에게 그래주지 못했다. 태풍이 지나가고 본격적인 가을이 시작됐지만 양우와 둡둡이 나눈 대화의 잔해들은 여전히 바닥에 깔려 있었다. 양우는 그 잔해 속에 천천히 잠겨갔다. 복구는 가능하지 않았다. 그럼에도 양우는 삶을 살아내야 했다. 일을 해야 했고 일을 하기 위해 먹고 자야 했다. 그래서 양우는 믿기로 했다. 둡둡은 다시 돌아올 것이고, 두 사람은 다시 만날 수밖에 없는 인연이라고. 이것이 끝이 아니라고. 그렇게 믿는 것 외엔 다른 방법이 없었다. 어떤 믿음은 선택의 문제가 아니라 살기 위해 반드시 붙들어야 하는 문제였다. 양우는 뒤늦게서야 둡둡을 이해할 수 있을 것 같았다. 둡둡이 탱크를 찾은 것도, 그 안에서 기도를 하고 어떤 믿음에 매달린 것도 그저 숨을 쉬기 위해서였음을 조금이나마 알 것 같았다.

심야 버스와 시외버스와 마을버스를 갈아타며 마을에 도착했을 땐 이미 약속 시간이 40분이나 지나 있었다. 양우는 마음이 급해 한시도 쉬지 않고 뛰었지만 한참을 올라가도 컨테이너의 모습은 보이지 않았다. 둡둡은 전화를 받지 않았고 양우는 점점 불안해졌다. 방향을 잘못 잡았나, 다시 내려가야 하나, 같은 생각이 스멀스멀 올라왔다. 그러다 아, 이 길은 확실히 아닌가 보다 싶을 즈음에 익숙한 공터가 하나 나왔다. 신성한 구역이었다. 양우는 거기서부터 쉬지 않고 뛰어 올라갔다. 탱크가 보일쯤엔 심장이 튀어나올 지경이었다. 숨이 차서 그런 것인지 둡둡을 볼 생각에 가슴이 벅차서 그런 것인지 자꾸 눈물이 나왔다. 아침의 연무에 휩싸여 이상하리만치 아련해 보이는 탱크 앞에서 양우는 냅다 소리를 질렀다. "둡둡! 둡둡!" 호흡이 가빠서 목소리가 갈라졌다. 양우는 성큼성큼 탱크로 다가갔다. 탱크를 향해 거의 돌진했다.

아무도 없는 아침의 산속, 작은 컨테이너의 문이 끼익하고 열리는 소리와 쾅 하고 닫히는 소리가 나뭇가지 끝에 진동했다. 뒤이어 컨테이너가 덜컹거렸지만 이내 새소리 하나 없는 산중의 적막 속으로, 모든 파동을 흩트리고 풀어내는 촘촘한 안개 속으로 사라졌다. 완벽한 고요였다.

3

강규산은 매일 아침 6시 반에 일어났다. 이른 퇴직 후 집에서 할 일이 아무것도 없을 때도 그가 일어나는 시간은 늘 6시 반이었는데 여름이건 겨울이건 상관없이 그 시간만 되면 눈이 떠졌다. 아내는 종종 당신도 이제 늙었나 보다고 농담을 던졌다. 그럴 때마다 강규산은 20년이 넘도록 6시 반마다 벌떡벌떡 일어나서 출근한 습관이 몸에 밴 거라며 허허 웃었다. 삶이 무너지는 것은 한순간이므로 작고 오랜 것들을 지키지 않으면 언젠가 걷잡을 수 없는 순간이 오게 될지도 모른다고, 그래서 무의식적으로 이 습관을 지키고자 하는 것 같다고는 말하지 않았다. 강규산은 그런 것들을 말하는 사람이 아니었다. 아내뿐만 아니라 누구에게도 마찬가지였다. 진짜 이유를 말하지 않는 사람, 정말로 믿고 있는 것을 드러내지 않는 사람이 바로 강규산이었고 그 이유는 본인 스스로도 잘 몰랐다. 말하면 부정 탈 것 같다거나 믿음이 약해질 것 같다는 징크스, 혹은 그런 종류의 미신을 믿기 때문은 아니었다. 그냥 말이 나오지 않았다. 그뿐이었다. 딱히 이런 성향이 싫지는 않았다. 사는 데 불편하지도 않았다. 마음속에 자신만의 믿음이나 생각 같은 것을 갖고 있는 게 도움이 될 때도 있었다. 하지만 이것도 자신의 인생이었을 때나 할 수 있는 생각이었다. 누군가가 이와 같은 성향의 인간으로 태어나 괴로워하는데, 그게 바로 자신이 세상에서 제일 사랑하는 사람이라면 이런 선천적인 성향이 미워질 뿐 아니라 죄책감까지 드는 법이다.

강규산은 아들도 자신과 같은 성향을 가졌다는 것을 일찍이 알았다. 그것도 그보다 백 배는 더 심하게 타고났다는 것을 알았다. 어떻게 알게 된 것인지는 강규산 본인도 잘 몰랐다. 본래 사람은 자신과 비슷한 사람을 알아보기 마련이라고, 더군다나 그게 아들일 경우엔 더더욱 잘 알 수밖에 없는 거라고 말하기엔 부족했다. 강규산에게 있어 그의 아들은 또 다른 자기 자신이었다. 그중에서도 가장 농축적인, 가장 원형적이고 본질적인 자신이었다. 그래서 강규산은 아들이 무언가를 숨기고 있다는 것을 본능적으로 알았다. 그게 무엇인지는 몰랐지만 결국 그것으로 인해 한번은 문제가 생기겠거니 어렴풋이 예감하고 있었다. 문제는 그 예감이 전혀 생각지도 못한 방식으로 다가왔다는 것이다.

아들의 고백은 갑작스러웠다. 너무 갑작스러워서 강규산은 그 말을 못 들은 척했다. 며칠이 지난 후엔 아예 그 말을 부정했다. 그러다가 또 며칠이 지난 후엔 아들을 설득하려 했다. 하지만 아들은 강규산의 헛된 노력을 밀어냈다. 이건 어쩔 수 없는 일이라고, 바꿀 수 없는 것이라고 말하며 울었고 그런 아들의 모습 때문에 강규산은 더더욱 그것이 잘못되었다고 여겼다. 물론 세상에 그런 사람이 있다고, 그것도 생각보다 많다고 익히 들어서 알고 있었다. 하지만 어떻게 내 아들이 그럴 수 있단 말인가. 어떻게 이런 식으로 나를 배신할 수 있단 말인가. 강규산은 아무 말도 하지 못했다. 차마 진심을 드러낼 수 없었기 때문이다. 무엇보다 진심을 드러내 아들을 경멸하고 원망하면 정말로 돌이킬 수 없는 강을 건너게 될까 봐 무서웠다. 강규산은 입을 다물었다. 아이가 조금씩 짐을 옮기더니 더 이상 집에 들어오지 않게 될 때까지도 침묵을 지켰다. 침묵은 아이가 집을 나가고 나서도 계속 이어졌다. 그래서 아이가 다시 집에 돌아온 그날, 강규산은 무슨 말을 해야 할지 알 수 없었다. 말하는 법을 까먹은 것 같았다.

근 1년 만이었다. 오랜만에 본 아이의 꼴은 말이 아니었다. 물에 쫄딱 젖은 모습이 어디서 비를 맞고 돌아다닌 모양이었다. 강규산은 말없이 화장실을 가리켰고 아이는 조용히 화장실로 들어갔다. 그사이 강규산은 안방으로 가 아내를 조용히 깨웠다.

"일어나 봐, 빨리. 애가 왔어."

아내는 벌떡 일어나서 강규산을 쳐다봤다. 강규산은 조용히 한 번 더 말했다.

"애가 왔어."

아내는 이불을 걷고 나갔다. 잠이 덜 깬 듯 잠시 휘청거리더니 조심스럽게 화장실 앞으로 향했다. 아내는 부엌 쪽에 서서 한참 동안 화장실의 문을 쳐다보았다. 거기에 아이가 벗어 놓은 옷이 있었다. 정리되지 않은 부스스한 머리로 화장실 문을 바라보는 아내의 뒷모습에서 강규산은 설명할 수 없는 복잡한 감정을 느꼈다.

아이는 씻고 나오자마자 방으로 들어갔다. 강규산은 조용히 아이의 방에 가서 물었다. 밥은? 아이는 넋이 나간 표정으로 강규산을 잠시 쳐다보더니 고개를 천천히 저었다. 강규산은 아내에게 전했다. 밥을 안 먹었대. 아내는 재빨리 밥솥을 확인하고 냉장고의 문을 몇 번 열었다 닫더니 강규산을 향해 속삭였다. 장을 봐야 할 것 같은데. 강규산은 아이의 방 쪽을 쳐다보다가 아내처럼 속삭여 대답했다. 일단 있는 거라도 차리지 그래. 아내는 번개처럼 밥솥의 밥을 푸고 계란을 부치고 밑반찬을 꺼내고 한숨을 쉬고 그래도 장을 봐야 한다고 말하고 남은 된장을 확인하고 다시 강규산의 얼굴을 쳐다봤다. 그러는 사이 순식간에 그럴듯한 밥상이 차려져서 강규산은 다시 아이의 방으로 가서 두 번째 말을 했다.

"밥 먹어라."

방문 너머에선 아무 소리도 들리지 않았다. 강규산은 문을 살짝 열어보았다. 문 사이로 눈에 익은 추리닝을 입은 채 침대 위에 쪼그려 누운 아이의 모습이 보였다. 그 모습에 강규산의 마음이 쑥 내려앉았다. 강규산은 조심스럽게 안방에서 이불을 가져왔고 웅크린 아이의 몸 위에 덮었다. 그러자 아이의 몸이 더 작아졌는데 그 모습에 다 내려앉은 줄 알았던 마음이 또 내려앉았다. 강규산은 베개를 목 밑에 받치기 위해 아이의 머리를 살짝 들었다. 아이의 머리 무게가 강규산의 오른손에 그대로 느껴졌고 아이의 따뜻한 귓불이 강규산의 오른손 손바닥에 꾹 눌렸다가 떨어졌다. 그 순간, 강규산은 마음속에 쌓인 어떤 원망이나 슬픔이 한 번에 정리되는 기분을 느꼈다. 강규산은 고른 숨이 아이의 코에서 쌕쌕거리며 퍼져 나오고 이불이 아이의 호흡을 따라 작게 들썩거리는 것을 보다가 조용히 방문을 닫고 나왔다. 그리고 아내에게 장을 보러 갔다 오자고 말했다.

집에 돌아오니 아이는 사라져 있었다. 이불은 잘 개어져 안방에 놓여 있었고 밥상 역시 그대로였다. 아내가 옆에 있지 않았더라면 아이가 왔다 간 것이 꿈이라고 생각했을지도 모른다. 아내는 울었다. 강규산도 눈물이 났다. 강규산은 장을 보는 내내 아이에게 해줄 말을 고르고 골랐다. 잘 지냈니, 밥 많이 먹고 좀 쉬어라, 저번엔 미안했다, 다시 돌아오니 좋구나……. 강규산은 어떤 식으로든 자신이 변했다는 사실을 알릴 생각이었다. 물론 아직 아이를 완전히 이해할 수는 없었지만 굳이 이해할 필요도 없을 것 같았다. 이해하지 않아도 아이는 아이였다. 늙어 죽을 때까지 아이는 우리의 아이, 나의 아이였다.

강규산은 그날 하루 종일 아이의 방에 앉아 있었다. 언젠간 오겠지. 오늘 같은 날이 한 번은 다시 오겠지. 강규산은 당장 전화하고 싶은 마음을 눌렀다. 아이가 마음의 준비를 마치고 돌아오기를 기다려주고 싶었다. 그렇게 서로를 마주하게 되었을 때 제대로 얘기하고 싶다고 생각했다. 강규산은 똑바르게 개어진 이불을 쓰다듬으며 그날이 올 때까지 아이에게 해주고 싶은 말을 잘 준비해두어야겠다고 다짐했다. 용서를 구하고 사랑을 전할 가장 담백한 문장을 다듬어야겠다고 생각했다.

사건 이후

1

　다음 날 오전, 11시 25분. 산불이 완전히 진화되었다. 산불은 탱크를 포함해 산의 4분의 1을 태웠다. 마을에는 재가 날렸고 밤새도록 산을 둘러싼 마을 사람들은 잠에 들지 못했다.

　황영경과 손부경이 마을에 도착한 건 그보다 스무 시간가량 앞선 당일 오후 3시 10분이었다. 산불은 이미 능선을 따라 타오르고 있었다. 황영경과 손부경이 등장하자 마을 사람들은 웅성대던 것을 멈추었다. 저기 불이 활활 타고 있는 어디쯤 이방인들이 날마다 찾아가는 컨테이너가 있다는 사실, 황영경과 손부경이 바로 그 컨테이너와 관련된 사람들이라는 사실을 모두가 알고 있었다. 이장의 반응 때문에라도 알지 않을 수 없었다. 이장은 그들을 보자마자 소리를 질렀다. "아이고, 저기 저게 타부러서⋯⋯!" 이장의 말에 황영경은 이성을 잃었다. 그녀는 불타는 산속으로 들어가 보려고 산을 향해 달렸다. 이장과 옆집 용이 할매가 황영경을 붙잡았고 산 앞 마을까지 들어온 소방사들도 그녀 앞을 막았다.

손부경은 아무것도, 아무 말도 할 수 없었다. 큰불이 아니라고 했던 것은 자신이었다. 황영경이 두 번이나 묻자 짜증스러워하기까지 했다. 그런데 그것이 반나절 만에 검은 연기를 토해내는 큰불이 된 것이다. 손부경은 10시 예약자의 전화가 끊기자마자 마을 이장에게 전화를 걸었다. 그는 받지 않았다. 열 번을 걸어도 받지 않았다. 손부경은 덜덜 떨며 황영경에게 전화했다. 불이 좀 커진 것 같다고. 황영경은 바로 손부경의 집으로 달려왔다. 마을로 오는 내내 차 안에는 끔찍한 침묵만이 감돌았다. 황영경은 아무 말도 하지 않지만 손부경은 그녀가 자신을 원망하고 있다는 것을 알았다. 속으로 끝도 없이 추궁하고 있다는 것을 알았다. 그러나 어쩌겠는가. 일은 이미 벌어졌고 복선을 읽은 사람은 아무도 없었다.

황영경을 진정시킨 것은 마을 회관에 있는 10시 예약자의 존재였다. 이장이 주춤거리며 그녀의 존재를 알리지 않았더라면 아마 황영경은 기어이 산으로 들어갔을 것이다.

10시 예약자는 완전히 넋이 나간 상태였다. 황영경과 손부경이 조심스레 다가가도 그녀는 다른 세상에 있었다. 그들을 쳐다보지도 않았다. 손부경은 그녀에게 조금 더 다가갔다. 죄송하다고 무릎이라도 꿇고 읍소할 생각이었다. 불이 났다는 걸 진작에 알렸어야 했는데 다 제 불찰이다, 불이 이렇게까지 번질 줄 정말 몰랐다, 그래도 무사하셔서 다행이다……. 하지만 10시 예약자는 바로 옆에서 인기척을 내도 고개를 들지 않았다. 안녕하세요, 하고 인사를 건네도 묵묵부답이었다. 컨테이너에 앉아 미래를 상상하다가 꼼짝없이 타 죽을 뻔한 걸 생각하면 넋이 나가는 것은 물론이고 한동안 어떤 말도 하고 싶지 않을 게 분명했다. 아니면 일부러 들리지 않는 척을 하는 건지도 모를 일이었다. 어느 쪽이든 대화를 나누기에 적당한 때가 아니라는 것은 확실했다. 안타깝게도 황영경은 그걸 모르는 모양인지 손부경이 뒤로 물러서자마자 냅다 10시 예약자의 어깨를 감싸 쥐고 앉았다. 괜찮으시냐, 어디 다친 곳은 없으시냐 물으면서 울먹이는 소리를 냈다. 손부경은 차마 그것을 계속 보고 있을 수가 없어 마을 회관을 빠져나왔다. 하늘은 붉고 검었다. 공기 중에는 매캐한 연기가 퍼져 있었다. 그게 나였다면, 그때 산에 있던 게 나였다면 기분이 어땠을까. 밀려드는 연기를 보면서 어떤 생각을 했을까. 전화 연결도 되지 않는 탱크의 관리자를 얼마나 원망했을까. 탱크라는 존재가 얼마나 부질없게 느껴졌을까. 손부경은 끝없는 자책감에 속이 메슥거렸다. 그러나 황영경은 손부경과는 조금 다른 생각을 한 것 같았다. 황영경은 마을 회관에서 나오자마자 속삭였다.

"저 여자, 탱크에 대해서 말 안 할 거야."

손부경은 그게 무슨 소리냐는 표정으로 황영경을 쳐다보았다.

"왜 그 시각에 산에 있었느냐, 거기에 뭐 하러 갔느냐 묻는 사람들이 있을 거 아니야. 그런 사람들한테 탱크에 대해서 말하지 않을 거라고."

손부경은 또 한 번 할 말을 잃었다. 그런 것을 생각하고 있었구나. 저 불 속에서 살아 나온 사람을 앞에 두고 탱크를 생각하고 있었구나. 손부경은 자신이 조금 더 대담했다면 좋았겠다고, 그래서 이런 속마음까지 삼키지 않았더라면 더 좋았겠다고 생각했다. 황영경은 손부경의 마음이 들리는 사람처럼 말을 이었다.

"아니, 마지막에 저 여자가 먼저 그랬어. 탱크는 어떻게 됐냐고. 타버렸냐고. 그래서 그럴 것 같다고 대답했지. 저 여자도 탱크를 걱정하고 있다니까……."

손부경은 여전히 머리를 숙이고 앉아 있는 여자의 뒷모습을 바라보며 다섯 시간 전에 그녀와 나눴던 통화를 떠올렸다. 여자는 뭔가를 말하려 했고 실제로도 말했다. 믿을 수 없고 믿고 싶지도 않은 말이었다. 보아하니 여자는 황영경에게 그 말까지는 하지 않은 것 같았다. 만약 그 말을 했더라면, 황영경도 이렇게 낯 뜨거운 소리나 하고 있지는 않을 것이다. 손부경은 잠시 고민했다. 그걸 말해야 할까. 하지만 지금만큼은 통화 내용을 일일이 전하고 싶지 않았다. 산불 때문에 횡설수설하던 여자의 말을 제대로 들었는지도 확신할 수 없거니와 무엇보다 황영경의 뻔뻔함에 넌덜머리가 났기 때문이다. 손부경이 조용히 고민을 하는 사이, 황영경은 쐐기를 박듯 다시 한번 말했다.

"어쨌든 저 사람, 탱크에 대해서는 절대 말 안 해."

그러나 황영경은 틀렸다.

황영경은 구속되었고 손부경 역시 몇 번이나 조사를 받았다. 손부경은 인생이 실시간으로 어그러지는 것을 온몸으로 느끼느라 일이 어떻게 되었는지 제대로 알지 못했다. 조사와 심문을 진행하던 형사도, 변호사도, 아무도 그 부분에 대해서 말해주지 않았다. 결국 재판이 끝날 때쯤에야 자신이 무슨 상황에 처했는지 알게 되었지만, 여전히 이해할 수 있는 건 없었다. 손부경은 답답했다. 뉴스를 보고 사건에 관한 기사를 읽어도 모두 탱크에서 벌어진 사건 그 자체에 대해서만 말할 뿐 그게 왜 일어났는지, 대체 어떤 식으로 일어났는지 구체적으로 언급하지 않았기 때문이다. 그래서 손부경은 그 사건을 언급하고 있는 모든 정보들에 기대기 시작했다. 이 영상도 바로 그것 중 하나였다.

인터넷에 올라온 영상은 사건이 한창 언론을 달구던 시기에 업로드된 것으로 공중파 뉴스보다도 더 많은 조회 수를 찍었다.

〈소원을 들어주는 컨테이너와 그 진실〉이라는 제목과 함께 낯익은 풍경이 썸네일에 떠 있었다. 손부경은 심장이 조여오는 듯한 기분으로 영상을 클릭했다.

영상 속엔 삼십 대 초반으로 보이는 남녀 두 명이 마치 뉴스 앵커처럼 나란히 앉아 있었다. 그들은 뭐가 쓰였는지 모를 종이들을 들고 컨테이너 사건을 설명하고 있었는데 자못 심각한 표정과 달리 목소리는 너무 가벼웠다. 오디오만 들으면 이 사건이 너무 재밌어서 흥분을 숨기지 못하는 어린애들의 수다처럼 느껴질 정도였다.

남: 자, 요즘 장안의 화제인 컨테이너 사건, 모르는 분들 없으시겠죠? / 여: 모를 리가요. 사이비 신자들이 집단 자살을 한 사건이 반년도 안 지났는데, 꽤 비슷한 게 일어났잖아요. / 남: 그렇죠. 심지어 이번 사건은 자칫하면 은폐될 수도 있었다는데요. 얼마 전 그 근방에서 일어난 산불 때문에 일부 증거가 소실되었다고 해요. / 여: 그래도 산불 덕분에 사건이 표면 위로 드러난 게 아닌가요? / 남: 뭐, 그렇게 볼 수도 있겠지만 정확히 말하자면 사건 피해자의 가족이 고소를 했기 때문에 내막이 드러난 거죠. 내 아들이 이상한 집단에 세뇌를 당했다, 그래서 이런 일이 일어난 거다, 집단의 대표 되는 사람은 책임을 져라, 뭐 그런 내용으로 고소를 했다고 해요. / 여: 아하. 그렇군요. 지금 보니까 그런 취지

의 언론 인터뷰도 한 걸로 나오네요. / 남: 네, 맞아요. 순진한 애를 꾀어내서 헛된 믿음을 갖게 한 이단을 저격하는 인터뷰였는데 사실 이 인터뷰는 여론을 모으기 위해서였죠. / 여: 여론을 왜요? 재판 때문인가요? / 남: 네, 이게 찾아보니까 사이비나 이단 같은 경우는 어찌 됐든 종교로 분류되는 사업체여서 피해자가 발생하더라도 거기에 이름 붙일 죄가 마땅치 않다고 합니다. 한마디로, 승소 가능성이 낮은 거죠. / 여: 이런…… 사기죄 같은 것도 성립이 안 되나요? / 남: 사이비에 사기죄를 적용한 전례가 있기는 해요. 그런데 이번 케이스는 좀 애매한 게…… 이 컨테이너의 주인인 황모 씨는 내가 하는 건 사이비나 이단이 아니다, 우리가 모여서 뭘 하는 것도 아니고 교리가 있는 것도 아니고 하다못해 교주가 있는 것도 아닌데 무슨 소리냐, 거기에서 기도를 하는 건 각자의 자유고 나는 공간을 빌려주는 사람이다, 뭐 이렇게 얘기를 한다고 해요. / 여: 아예 종교 집단이 아니라고 부인하는 거네요. 하지만 커뮤니티가 있다고 하지 않았나요? / 남: 맞습니다. 그래서 그 온라인 커뮤니티까지 조사가 들어갔는데요, 확실히 교주나 교리, 집회 같은 건 없다고 해요. / 여: 하지만 각자가 경험한 기적을 공유하는 시스템이 굉장히 활발하게 이뤄지고 있고 애초에 기도를 하면 이루어지는 컨테이너에 대한 소문을 퍼트린 것도 황모 씨가 맞다고 하는데요. 확증되지 않은 믿음을 근거로 사람들을 모으고 나름 온라인으로 전도도 하면, 사이비 아닌가요.

/ 남: 그렇죠. 그런데 커뮤니티 사람들이 하는 말을 들어보면 우리는 각자 자유의지로 스스로의 욕망을 이루기 위해서 왔다, 자신의 의식을 고양시키기 위해서 왔다, 우리는 우리 자신을 믿는다라고 말해요. / 여: 원래 사이비 신자들은 본인들이 믿는 것을 사이비라고 생각 안 합니다. / 남: 맞습니다. 게다가 이게 여기가 처음도 아니에요. 미국에도 이와 비슷한 컨테이너들이 여러 개 있다고 합니다. 그곳 사람들이 주장하는 것도 보면 여기에는 신이 없다, 우리는 각자 자기 자신을 믿는다, 이건 종교가 아니다…….
/ 여: 아…… 그러면 피해자는 어떻게 되는 거죠? / 남: 신변을 비관한 남자가 독단적으로 벌인 일이고 그건 커뮤니티나 컨테이너와는 아무런 상관이 없다고 주장하고 있는 거죠. 게다가 산불을 낸 사람이 바로 그 남자라는 음모론도 돈다는데요. / 여: 그건 이미 반대편 마을에서 쓰레기를 태우다가 시작된 불이라고 밝혀지지 않았나요? / 남: 맞아요. 그런데 보세요. 원래 사이비 종교에서 제일 잘 만드는 게 음모론이잖습니까? 이것도 컨테이너가 사라지게 된 것에 격분한 커뮤니티 사람들이 책임을 피해자에게로 돌리려고 만든 음모론인 거죠. / 여: 아, 안타깝네요. 커뮤니티는 폐쇄가 된 거죠? / 남: 아직은요. 재판 결과에 따라서 될 수도 있다는데……. / 여: 사기죄가 제발 성립되어야 할 텐데요. 솔직히 사이비가 아니라고 해도 결국 이런 식으로 사이비가 생기는 거 아닙니까?/ 남: 맞죠, 솔직히 제대로 생각할 줄 아는 사람들이

면 그렇게 말하죠. 이미 그런 반응도 나오고 있고요……

손부경은 영상을 껐다. 신난 듯한 목소리가 사라지면서 한순간에 집에 적막에 휩싸였다. 손부경은 소파 밑으로 내려와 두 팔로 무릎을 감싸 안고 몸을 웅크렸다. 보일러를 틀지 않아 바닥은 차가웠지만 배와 허벅지가 닿은 부분, 몸을 말아 만든 둥근 공간에 쏙 들어간 얼굴에선 온기가 느껴졌다. 손부경은 그 온기 속에서 편안함을 느꼈다. 그렇게 몸을 웅크리고 있자니 바깥의 모든 이해할 수 없는 것들로부터 스스로를 보호하는 듯한 기분이 들었다. 그녀도 그랬을까. 손부경은 그날 내내 고개를 숙이고 있었던 10시 예약자를 떠올렸다. 그녀도 고개를 숙이고 몸을 웅크린 채 움직이지 않았다. 그녀는 무엇으로부터 자신을 보호하고 있었을까. 손부경은 몸을 더 동그랗게 말아보려고 애썼다. 그녀는 대체 무엇을 보았던 걸까. 손부경은 얼굴을 더 안쪽으로 구겨 넣었다. 몸이 점점 작아질 수 있도록 두 팔로 단단히 무릎을 안았다.

2

그날 이후 도선은 꿈을 꾸기 시작했다.
모든 꿈은 바로 그 장소에서 시작되었다. 꿈은 그 장소에서 벗어나는 순간 끝났다. 하지만 그 장소에서 벗어나는 것이 늘 쉽지 않았다. 어제는 중간에 세 번이나 잠에서 깨는 바람에 꿈을 네 번씩 쪼개서 꾸었다. 그러나 꿈을 꿀 때마다 도선은 계속 그곳으로 돌아갔다. 꿈의 세계가 그 장소에 붙들려 있는 것만 같았다.

처음 잠들었을 때, 도선은 탱크 안에서 낯선 두 사람과 함께 있었다. 두 사람 중 한 사람은 누워 있었고 그 옆에 다른 사람은 흐느끼고 있었다. 규칙에 따르면 탱크 안에는 2인 이상이 있을 수 없었기에 도선은 이렇게 묻지 않을 수 없었다. "저기…… 뭐 하세요?" 그러자 흐느끼던 사람이 고개를 들어 도선을 보았다. 그 얼굴이 잘 보이지 않았다. 탱크 안이 너무 어두웠기 때문이다. 탱크 안은 항상 그랬다. 어떤 빛도 허용하지 않는 어둠, 이곳을 나가기 전까지 아무것도 볼 수 없는 어둠이 있었다. 그래서 도선은 한 발 뒤로 물러서서 암막 커튼을 걷어냈다. 규칙에 따르면 암막 커튼을 걷는 것도 허용된 일은 아니었지만 어차피 기도는 글렀고 한시라도 빨리 산불 소식을 알리려면 어쩔 수 없었다. 창문에 거의 붙어 있다시피 한 암막 커튼을 뜯어내자 빛이 탱크의 어둠을 사선으로 가르며 쏟아졌다. 그때 도선은 울고 있던 사람의 얼굴을 보았다. 그는 입술이 새파랗게 질렸고 턱을 달달 떨었다. 얼마나 운 건지 눈이 떠지지 않을 정도로 통통 부은 데다가 얼굴 전체가 번들번들해서 괜찮냐고 묻기도 미안한 상태였다. 도선은 겨우 입을 뗐다. "밖에 불이 났어요." 도선은 누워 있는 사람을 향해서도 말했다. "얼른 일어나서 가시죠." 누워 있는 사람의 상반신은 아직 어둠 속에 잠겨 있어 얼굴이 잘 보이지 않았다. 대신 미동조차 없는 다리와 왠지 푸르스름한 손만 보였는데 그 순간, 도선은 뭔가 이상하다는 것을 알아챘다. 도선은 누워 있는 사람의 몸을 뚫어져라 쳐다봤다. 그건 도선이 가진 최악의 버릇 중 하나였다. 보고 싶지 않은 것, 무서운 것이 눈앞에 있을 때 그것을 계속 쳐다보게 되는 버릇 말이다. 죽어 있는 쥐나 비둘기 혹은 고양이, 주먹만 한 바퀴벌레, 영화 속에 등장하는 각종 잔인한 장면들 앞에서도 도선은 눈길을 돌리지 못했다. 사지가 마비되면서 눈도 같이 마비된 것처럼 계속 그것들을 쳐다보고 마는 식이었다. 그때 울고 있던 사람이 일어서서 도선에게 천천히 다가왔다. 도선은 깜짝 놀라 그를 다시 보았다. 이 사람은 대체 누구지? 누워 있는 사람에게 무슨 짓을 한 거지? 나한테는 또 무슨 짓을 하려고 그러는 거지? 도선은 옆걸음질을 치면서 문손잡이를 움켜쥐었다. 하지만 손이 자꾸 미끄러져서 문은 열리지 않았고 손잡이는 계속 드르륵거리는 소리만 냈다.

눈을 뜨니 희미한 가로등 빛이 천장을 따라 벽까지 늘어져 있었고 밖은 아직 어두웠다. 꿈의 여파 때문인지 몸이 덜덜 떨렸다. 도선은 꺾였던 목을 움직여 자세를 바로 했다. 등이 제대로 침대에 닿자마자 온몸이 땀으로 흥건해진 게 느껴졌다. 씻어야 할까. 씻는 게 나을까. 그런 생각을 하는 동안 다시 눈이 감겼다.

도선은 탱크 바깥에 서 있었고 하늘을 보고 있었다. 공기에서 텁텁하고 매캐한 냄새가 느껴졌다. 그때 뒤에서 우지끈 하고 나무가 뿌리를 드러내며 쓰러지는 소리가 들렸다. 뒤를 돌아보니 쓰러진 나무 너머로 검은 연기와 붉은 화마가 보였다. 도선은 너무 놀라 달리기 시작했다. 탱크에 두고 온 사람들이 마음에 걸렸지만 어쩔 수 없었다. 도선은 내리막길을 아슬아슬하게 계속 뛰어 내려갔고 멀리 신성한 바위의 모습이 보일 때쯤 어딘가에 걸려 넘어졌다.

또다시 눈을 떴을 때, 여전히 밖은 어두웠고 머리는 깨질 듯이 아팠다. 방금 산에서 구른 것처럼 뒤통수와 엉덩이뼈가 얼얼했다. 도선은 천천히 이불을 걷고 일어났다. 싱크대 앞에 서자 바닥이 한 바퀴 도는 것처럼 심한 현기증이 났다. 한참 동안 싱크대를 잡고 있어도 쉽게 가시지 않았다. 따뜻한 커피를 마시면 좀 괜찮지 않을까. 도선은 머그잔을 꺼냈다. 포트에 물을 올려놓고 냉장고에서 원두를 꺼냈다. 원두백을 열자 미리 갈아놓은 원두 가루가 날리면서 향긋한 냄새가 풍겼다. 도선은 커피포트에서 푸시식거리는 소리가 올라오는 걸 들으며 커피 필터를 찾았다. 첫 번째 서랍에 든 필터 상자에 손을 넣었는데 아무것도 잡히지 않았다.

상자째 들어 흔들어보니 안이 비어 있었다. 도선은 맥이 빠져 거실로 걸어 나왔고 소파에 앉았다. 시계가 5시를 가리키고 있었다. 조금만 더 쉴까. 도선은 소파에 누워 담요를 덮었다. 수년 전 로사가 선물한 극세사 담요였다. 빨간 바탕에 흰색 하트 무늬가 그려져 있고 이불처럼 몸에 둘둘 말 수 있는 큰 사이즈였다. 베란다쪽에서 차가운 공기가 솔솔 들어왔다. 도선은 뺨을 감싸는 차가운 공기를 느끼면서 눈을 감았다.

도선은 황급히 가방을 뒤져 핸드폰을 찾았지만 손에 잡히는것은 지갑과 시계와 자질구레한 영수증들과 핸드크림 같은 것들이었고 도무지 핸드폰은 찾을 수 없었다. 연기는 자욱하게 산을메우고 있었다. 날씨는 추웠지만 피부는 뜨거웠다. 도선은 가방을 털다시피 해서 겨우 핸드폰을 찾았다. 하지만 핸드폰은 잘 켜지지 않았다. 아무리 버튼을 눌러도 전원이 들어오지 않았다. 도선은 뒤를 보다가 핸드폰을 보다가 뒤를 보며 계속 달렸고 그러다가 한 번 더 넘어졌다. 그때 충격 때문인지 핸드폰이 켜졌다. 도선은 손을 덜덜 떨며 예약 시 받은 탱크 긴급 번호로 전화를 걸었다. 한참 만에 낯선 목소리가 들렸다. "여보세요." 도선은 산불이났다고 소리 질렀다. 반대편에선 대답이 없었다. 도선은 다시 한번 말했다. "불이요! 산불이 났는데!" 도선은 뛰느라 잠시 말을멈췄다가 다시 소리 질렀다. "안에 사람이 있어요! 그런데 그 사람들 상태가! 그 사람들이!" 건너편에선 여전히 아무 소리도 들리지 않았고 도선은 갑자기 눈물이 터지기 시작했다. 사람이 있다는 것은 말했는데 그 뒤는 도저히 말할 수가 없었다. 도선은 순간 온몸에 힘이 빠져 그대로 주저앉았다. 핸드폰을 보니 전화는 이미 끊긴 후였다. 어디선가 매캐한 연기가 불어왔다.

도선은 덜덜 떨면서 눈을 떴다. 아직 해가 뜨지 않았으나 희미하게 푸르스름한 빛이 허공에 번지고 있었다. 언젠가 집에 와본 엄마는 이렇게 웃풍이 심한 거실이 어디 있냐고, 자다가 구안와사에 걸리겠다고 했다. 엄마의 말이 맞았다. 거실은 거의 밖이나 다름없었다. 도선은 담요를 뒤집어썼다. 담요 안에 따뜻한 숨이 차오르기 시작했다.

산은 고요했다. 도선은 자신이 신성한 구역에 앉아 있음을 깨달았다. 왜 그렇게 뛰어 내려온 걸까. 문득 울고 있던 사람의 얼굴이 떠올랐다. 그 얼굴이 마음에 걸렸다. 분명 울고 있던 사람도 누워 있던 사람처럼 무력한 상태였을 텐데. 그들을 두고 오다니, 정말 안 될 일이었다. 도선은 내려왔던 길을 다시 올라갔다. 내려올 때처럼 한 번을 쉬지 않고 내달려서 올라갔다. 올라갈수록 연기가 짙어졌지만 어쩔 수 없었다. 도선은 탱크에 도착하자마자 망설임 없이 문을 열었다. 울고 있던 사람은 여전히 누워 있는 사람

옆에서 울고 있었다. 도선은 헉헉거리며 말했다. "빨리 나와요!"
그 말에 울고 있는 사람이 도선을 보지도 않고 말했다. "그냥 나
가세요." 도선은 어처구니가 없어서 그를 빤히 바라보았다. 이 위
급한 상황에 도망가다 말고 온 사람에게 그냥 나가라니. 도선은
고집스레 버티고 서서 소리를 질렀다. 정신 차리라고, 지금 나가
지 않으면 불이 여기까지 올 거라고, 그러면 다 죽는다고. 그는 또
말했다. "그냥 나가요. 나가라고요." 그 말에 도선은 짜증이 확 치
밀었다. 하지만 진짜로 짜증을 낼 수는 없었다. 도선은 그가 어
떤 상태인지 알았다. 그는 슬픔과 충격에 매몰된 상태였다. 그래
서 사리 분별이 가능하지 않은 상태였다. 이럴 때는 따귀를 때려
서라도 정신을 차리게끔 만들어야 했다. 도선은 울고 있던 사람
에게 다가갔다. "어떻게 된 일인지는 모르겠지만 나가야 해요. 여
기서 다 같이 화장될 일 있어요?" 도선은 말해놓고 깜짝 놀랐다.
자극을 주려던 건 맞지만 '화장'이란 단어는 완전히 실수였다. 하
지만 실수라고 말하기도 전에 울고 있던 사람의 얼굴이 일그러지
면서 벌겋게 타올랐다. 그는 소리를 지르며 발을 굴렀다. "나가!
나가! 나가!" 컨테이너가 텅텅 울리면서 흔들렸다. "나가! 나가!"
누워 있는 사람의 발이 컨테이너의 쾅쾅거리는 흔들림에 맞추어
덜덜거렸다. "나가!" 도선은 뒷걸음질 쳤고 컨테이너 밖으로 밀
려 나왔다. 울고 있던 사람은 거칠게 문을 닫아버렸다. 띠리릭 소
리를 내며 도어락이 잠겼다. 이어서 보조잠금장치가 철컥하고 내

려가는 소리도 들렸다. 도선은 문을 앞에 두고 멍하니 서 있었다. 규칙에 따르면 보조잠금장치는 건드리면 안 되었다. 보조잠금장치는 열쇠로만 열 수 있는데 그 열쇠를 가지고 있는 사람은 탱크의 운영자뿐이기 때문에 이용자는 오로지 도어락만 사용해야 했다. 하지만 이제 와 규칙이 무슨 소용이 있는가. 규칙에 따르면 지금의 모든 일이 일어나선 안 되었다. 그래서 도선은 규칙을 어기기로, 그중에서도 가장 중요한 규칙, 모든 규칙의 가장 위에 있는 제1번 규칙을 어기기로 결심했다. 도선은 탱크 주위에서 그나마 단단해 보이고 무거워 보이고 날카로워 보이는, 거의 바위에 가까운 돌을 들어 올렸다. 도선은 탱크에서 좀 떨어진 곳에 창문을 보고 섰다. 문득 제1번 규칙이 도선의 머릿속을 스쳐 지나갔다. **탱크는 어떠한 경우에도 훼손되어선 안 된다.** 도선은 바위를 머리 위로 번쩍 들어 올렸다. **탱크가 훼손되면 나의 믿음뿐 아니라 모두의 믿음이 훼손된다.** 도선은 바위에 가까운 돌을 창문으로 힘껏 던졌다. **지금의 기도뿐 아니라 모든 기도가 물거품이 된다.** 돌이 유리에 부딪치는 굉음, 창문이 깨지는 굉음, 유리 파편이 흩어지는 굉음, 컨테이너 바닥에 돌이 떨어지는 굉음이 연속적으로 산속에 울려 퍼지며 파동을 만들었다. 마치 탱크 안에 있던 에너지가 폭발한 것 같은 느낌이었다. 아니, 찰나였지만 확실히 그런 환영을 본 것만 같았다. 도선은 자신도 모르게 몸을 숙였고 중심을 잃었고 엉덩방아를 찧었다. 그러나 파동이 탱크 주변을 한 바퀴 휩쓸고 지나간 후, 도선은 바로 엉덩이를 털고 일어나 창문으로 달려갔다. 그리고 한쪽 팔을 조심스럽게 깨진 창문 안으로 집어넣었다. 창문 옆에 위치한 문의 보조잠금장치를 풀려는 것이었다. 그러나 그 순간, 도선은 움직일 수 없었다. 창문을 통해 환하게 밝아진 탱크 안을 보았기 때문이다. 그 안에 누워 있던 사람의 얼굴을 보았기 때문이다. 입술부터 푸르스름한 기운이 번지고 있는 하얀 얼굴. 오전의 햇빛을 가득 받은 평화로운 그 얼굴이 너무나 낯익었다. 도선은 숨을 쉴 수가 없었다. 몸 안의 산소가 역류하는 것만 같았고 속이 메슥거렸다. 누워 있는 사람의 얼굴 위로 어떤 남자의 얼굴이, 한여름의 햇빛을 받으면서 누워 있던 사람의 얼굴이 너무나 빠르게 겹쳤다. 도선은 인정했다. 자신이 그를 안다는 사실을. 그와 언젠가 만난 적이 있고 대화를 나눈 적이 있으며 그의 이야기를 들은 적이 있다는 사실을. 그러나 이해할 수 없었다. 어떻게 그 사람이 지금 여기에 있는지. 아니, 그때 거기에 누워 있던 사람이 지금 왜 여기에 누워 있는지. 왜 저런 모습으로, 죽은 것처럼 파랗게 언 모습으로 누워 있는 건지 도무지 이해할 수 없었다. 도선은 천천히 뒷걸음질 쳤다. 창문의 깨진 유리 조각에 살이 죽 찢어졌지만 아무 감각도 느낄 수 없었다. 무언가가 도선의 몸속에서 빠져나가고 있었다. 도선은 천천히 돌아섰고 뛰기 시작했다.

아침이 되자 붉은 담요를 뚫고 해가 들어왔다. 담요 밑은 따뜻하고 안락했다. 도선은 손안에 가득 차는 붉은 빛을 보고서야 자신이 눈을 뜨고 있다는 사실을 깨달았다. 잠을 자거나 꿈을 꾼 적이 없다는 사실을 깨달았다. 이것이 꿈이 될 수도 없다는 사실을 깨달았다.

3

강규산이 다시 아이를 만난 건 정확히 68일 후였다.

아이는 지난여름에 보았던 것보다 더 작아져 있었다. 아이를 덮은 하얀 천은 전처럼 들썩이지 않았다. 아이의 쌔근대는 호흡 소리도 들리지 않았다. 강규산은 아이의 차가운 발등에 손을 올렸다. 마음이 끝도 없이 내려앉았다. 68일 동안 매일 속으로 곱씹던 말이 있었는데 입 밖으로 나오지 않았다. 가슴에 남아 있는 문장이 하나도 없었다.

사건

양우가 탱크의 문을 활짝 열어젖히자 빛이 탱크 안으로 쏟아졌다. 5평이 될까 말까 한 텅 빈 컨테이너 안에 둡둡이 있었다. 양우는 너무 반가운 마음에 그만 울컥해버렸고 그래서 둡둡의 이름을 부르지 못했다. 양우는 의자에 앉아 있는 둡둡의 어깨에 손을 올렸다. 그사이 등 뒤에서 탱크의 문이 닫혔고 빛이 사라졌다.

"둡둡."

양우는 둡둡을 불렀다. 둡둡은 대답하지 않았다. 양우는 둡둡을 살짝 흔들었다.

"나 왔어."

그러자 둡둡이 양우가 몸을 흔든 방향으로 쓰러졌다.

꽝음이 컨테이너 안에 메아리쳤다. 양우는 둡둡을 일으켜 세우려 가까이 갔다. 그리고 뭔가 이상하다는 것을 알았다. 둡둡이 차가웠다. 딱딱했고 무거웠다. 그리고 조용했다. 컨테이너 안에서 반향 하는 건 양우가 내는 소리뿐이었다. 그 안에서 숨을 쉬고 있는 건 양우뿐이었다. 양우는 쓰러진 둡둡의 얼굴에 자신의 얼굴을 갖다 대었다. 어두워서 잘 보이지 않는 둡둡의 얼굴에 이마를 대고 흔들었다. 그러나 둡둡은 미동도 없었다. 아무리 뺨을 치고 흔들어도 눈을 뜨지 않았다. 양우는 숨을 죽였다. 최대한 숨을 쉬지 않으려고 애썼다. 소리를 내지 않으려고 애썼고 배 속에서 긴 울음이 새어 나오지 않게 하려고 안간힘을 썼다.

3부

8월의 대화

경찰서에 도착했을 때, 도선은 자신이 본 것과 자신이 한 것을 어떻게 말해야 할지, 아니 그 전에 이것이 어떻게 하면 말이 되는지 생각하느라 머리가 터질 것만 같았다. 어떤 장면들은 여전히 눈앞에 있는 것처럼 선명했다. 바위 같은 돌을 던진 것, 울고 있던 남자가 소리를 지른 것, 누워 있던 남자의 얼굴이 햇빛 아래 환히 드러난 것……. 그러나 선명하다고 해서 그것들을 다 이해할 수 있는 건 아니었다. 도선은 이해할 수 없었다. 왜 그가 거기에 누워 있는지, 대체 왜 그런 선택을 한 건지. 도선은 혼자 중얼거리면서 아직 그에게 보내지 못한 자신의 이야기를 떠올렸다. 이야기 속엔 미래가 있었다. 그 미래에선 누구도 죽거나 사라지지 않았다.

조사관은 물었다.

"혹시 컨테이너 안에 있던 사람들 얼굴은 기억나십니까?"

울고 있는 사람의 붉은 피부, 너무 울어서 팽팽해진 그의 눈두
덩이가 떠올랐다. 동시에 누워 있던 사람의 하얗고 평화로운 얼굴
도 떠올랐고 그 얼굴 위로 뜨거운 태양과 바위와 목소리가 겹쳐
졌다. 도선은 머뭇거렸다. 그것을 어떻게 설명할 수 있을까. 어떻
게 말해야 내가 받은 충격을 그대로 전할 수 있을까. 아니, 애초
에 이것을 전해야 할 이유가 있을까. 그러나 도선은 이미 경찰서
에 와 있었다. 자신이 본 것을 말하기 위해 제 발로 찾아온 터였
다. 그러니 사실 중의 사실, 할 수 있는 말 중에서도 해야 하는 말
은 꼭 해야 했다. 도선은 말했다.

"탱크는 너무 어두워요."

*

반면 탱크 밖은 늘 밝았다. 이 극명한 빛의 격차는 누구에게나
평등했다. 탱크의 주인은 말했다. 탱크 안팎의 어둠과 빛이 우리
의 현재와 미래 같은 거라고. 빛은 바로 밖에, 우리와 맞닿아 있
고 그것이 바로 우리의 미래라고. 그러나 유독 맑고 화창한 날 탱
크를 찾은 어떤 기도자들은 안팎의 빛과 어둠의 격차가 너무 커
서 절망스러워하기도 했다. 한 시간이 지나도 익숙해지지 않는 어

둠에 끔찍한 생각을 하거나 기도를 하기 전보다 더 비관적인 상태가 되기도 했다. 도선 역시 그런 적이 있었다.

지난 8월, 세 번째 기도를 하러 간 날이었다. 그날 역시 기도를 시작하기도 전에 눈물이 쏟아졌다. 탱크의 어둠이 너무 절대적이어서 더 막막해진 것이다. 아무리 기도를 해도 빛을 끌어올 수 없을 것 같았고 가만히 앉아 기도만 하는 것이 대체 무슨 소용인가 싶기도 했다. 도선도 노력하지 않는 것은 아니었다. 솔직히 말해 한국에 돌아온 이후 쉰 적이 없었다. 집을 구하고 학원 일을 알아보는 사이 숨 돌릴 새도 없이 시간이 갔다. 그 와중에 글도 썼다. 자신을 다시 일으킬 수 있는 것은 시나리오라는 생각을 버릴 수 없었다. 매일 새벽, 도선은 일을 나가기 전에 책상에 앉았고 뭐라도 써보려고 텅 빈 화면을 견뎠다. 퇴근하고 나서도 마찬가지였다. 매일 졸음을 쫓아내며 버티고 쓰고 지우고 다시 썼다. 하지만 도선은 점점 지쳐갔다. 자신이 뭘 쓰고 있는 건지도 알 수 없었고 무엇보다 이 노력과 시간들이 아무런 가치가 없는 것일까 봐 두려웠다. 이걸로 뭘 할 수 있으리라는 확신도 사라졌다. 애초에 꿈꿨던 미래는 점점 흐릿해져서 탱크 안에서도 그것을 선명하게 그릴 수 없게 되었다. 그럼에도 도선이 탱크에 가는 것을 멈출 수 없었던 이유는 탱크에 갈 때마다 어떻게든 꿈을 상기할 수 있었기 때문이다. 그것이 바로 희망의 실체였기 때문이다. 도선은 탱크 안에서 꿈과 미래를 언어로 바꾸려 애썼다. 그 언어를 발화하고 되새기며 그것이 언젠가 '진짜'가 되리라 믿었다. 그리하여 그날도 도선은 소리 내어 기도했다. 겨우 울음을 멈추고 원하는 것을 말했다. 도선 자신의 목소리를 들었다.

기도를 끝내고 밖으로 나왔을 때, 도선은 뜨거운 열기 대신 시원한 바람을 먼저 느꼈다. 탱크 안이 너무 더웠던 탓이다. 얇은 티셔츠는 땀에 푹 절어 있었고 눈물 때문인지 땀 때문인지 도선은 탈진할 것 같은 기분이 들었다. 도선은 잠시 탱크에 기대 서서 숨을 골랐다. 눈을 제대로 뜰 수 없을 정도로 밝은 빛이 사방에서 쏟아졌다. 나뭇잎 사이로 뜨거운 여름 바람이 쏴아아 하고 밀려왔고 매미 우는 소리가 그 속에서 모종의 리듬을 만들었다. 그 소리를 듣고 있자니 겨우 잠재웠던 마음이 울렁거리며 또다시 눈물이 터지려 했다.

산속엔 도선 혼자였다. 도선은 산을 내려가면서 엉엉 울었다. 일부러 더 크게 소리를 냈다. 커뮤니티에 이런 내용이 있었다. 적어도 세 번은 실컷 울어야 기도를 시작할 수 있다고. 우는 건 일종의 통과의례라고. 도선은 그 사람의 말이 맞길 바랐다. 자신이 너무 절망적이어서가 아니라 이것이 통과의례이기 때문에 우는 것이기를 바랐다.

도선이 눈물을 그친 건 앞에서 누군가 걸어오는 소리가 들렸기 때문이었다. 도선은 허겁지겁 눈물을 닦았다. 과연 검은 티에 하안 반바지를 입은 호리호리한 남자가 멀리 걸어 올라오고 있었다. 한눈에 봐도 외지 사람이었다. 뱀과 벌레들이 우글거리는 한여름의 산에 반바지 차림으로 오다니, 어쩌면 산이라는 걸 제대로 타 본 적 없는 사람일지도 몰랐다. 심지어 귀에 이어폰을 꽂고 생각에 잠겨 땅만 보고 걷고 있었다. 도선은 최대한 크게 헛기침을 했다. 바로 앞에서 사람이 놀라 까무러치는 걸 볼 기분이 아니었기 때문이다. 남자는 헛기침 소리에도 펄쩍 뛰어오르다시피 놀랐다. 그리고 모든 동작을 멈춘 채 도선을 쳐다보았다. 도선은 거리를 두고 서서 말했다.

"그렇게 반바지 입고 다니시면 위험해요. 여기 뱀 나와요."

남자는 당황한 얼굴로 끼고 있던 이어폰을 뺐다. 이십 대 초중반 정도 되어 보이는 앳된 얼굴에 피부는 창백하리만치 하얘서 어딘가 처연한 느낌을 주는 남자였다. 남자는 도선이 하는 말을 못 들은 게 분명했다. 도선은 그런 남자의 얼굴을 살피며 같은 말을 그대로 한 번 더 반복하려 했다. 하지만 도선의 입에서 나온 말은 전혀 다른 내용이었다.

"저는 뱀은 못 봤지만 오늘도 엄청 울었어요."

말을 뱉자마자 도선은 당황했다. 왜 갑자기 그런 문장이 튀어나왔는지 모를 일이었다. 남자도 뭐라는 거야, 하는 표정으로 도선을 쳐다보았다. 도선은 애써 못 본 척 계속 말했다.

"그래도 다음번엔 오늘보다 낫겠죠. 계속 울면 기도를 어떻게 하겠어요, 안 그래요?"

남자는 여전히 말없이 도선을 쳐다보고 있었다. 그 표정이 도선을 약간 무서워하는 것 같기도 했다. 왠지 속상해진 도선은 들릴 듯 말 듯 마지막 말을 덧붙였다.

"안이 엄청 더워요. 환기 좀 시켰다가 들어가세요."

도선은 살짝 묵례를 하며 가던 길을 가려는 제스처를 취했다. 남자는 주춤거리면서 길을 비켜주었다. 도선은 최대한 그와 눈이 마주치지 않게 고개를 숙이며 지나갔다. 정확히는 울어서 엉망이 된 얼굴을 보이지 않으려 노력하며 지나갔다. 그때였다.

"저도 처음엔 계속 울었어요."

도선은 남자의 쉰 목소리에 고개를 들었다. 그는 이어폰을 쥔 손을 만지작거리면서 땅을 쳐다보고 있었다. 도선은 버벅거리며 물었다.

"계속, 얼마나요? 세 번 정도, 암튼, 그 정도 울면 괜찮아진다던데, 아닌가."

그러자 여전히 땅을 보고 있는 남자의 입술이 움직였다.

"사람마다 다르죠. 금방 괜찮아지는 날도 있고 아닌 날도 있고. 근데 보통 탱크에 오면 괜찮지 않은 게 더 많이 생각나서…… 그래서 그러는 것 같아요."

도선은 남자를 바라보았다. 가까이서 보니 남자는 더 어리고 많이 지친 듯했다. 게다가 고개를 떨군 자세와 부동의 무표정이 너무 텅 빈 듯해 왠지 안쓰러운 마음마저 들었다. 남자는 계속 말했다.

"저는 여덟 번, 아 오늘로 아홉 번째네요."

"아홉 번째요? 엄청 오셨네요."

도선은 놀란 표정으로 남자를 응시했다. 남자는 약간 민망한 듯 탱크로 시선을 옮겼다.

"탱크를 안 지 오래됐거든요. 기간에 비하면 많이 온 것도 아니에요."

"그럼 효과는 좀 보셨겠네요? 오랜 기간 올 정도면……."

"효과요? 아, 네. 많이 본 것 같기도 하고……."

남자의 말에 도선은 다시 한번 부끄러움을 망각하고 오지랖을 부렸다.

"그럼 어떻게 해야 효과를 많이 보는지 좀 알려주실 수 있어요? 탱크에 가시면서요. 뱀 나올지도 모르니까 제가 같이 올라가 드릴게요."

남자는 가만히 도선을 바라보더니 딱히 거절하지 않고 걸음을 뗐다.

두 사람은 천천히 신성한 구역 쪽으로 올라갔다. 밑창이 얇은 남자의 스니커즈에서 바싹 마른 흙이 걸음마다 먼지를 피워 올렸다. 남자는 먼저 입을 열었다.

"경험상 눈물이 날 때는 울어버리는 편이 낫더라고요. 기도를

143

포기하더라도. 안 울려고 해도 결국 어떻게든 울게 되거든요. 일단 실컷 울고 나면, 어느 날은 시간이 남기도 할 거예요. 덜 우는 날이 오는 거죠. 그럼 그때부터 마음을 가다듬고 기도문을 외우면 돼요."

도선은 되물었다.

"엽서에 있는 그 기도문이요?"

"아니요. 마음속에 있는 각자의 기도문이요. 엽서에 있는 기도문을 외워요?"

남자가 꽤 놀란 듯 물어 도선은 원래 하려던 것보다 더 힘주어 말했다.

"그럼요. 저는 그거 평소에도 줄줄 읊고 다녀요. 힘든 날은 주문처럼 계속 외우고. 이제 이곳에서 우리는 꿈의 미래를 안으로 끌어온다. 믿고 기도하여 결국 가장 좋은 것이 내게 온다."

남자는 잠깐 생각에 빠지더니 다시 물었다.

"정말 그렇게 생각해요?"

남자의 질문에 도선은 잠시 할 말을 잃었다. 정말 그렇게 생각하지 않으면 지금 여기에 왜 있겠는가. 도선의 침묵에 남자는 고개를 끄덕이며 말을 이었다.

"하긴. 저도 엽서 처음 봤을 때 그 문장이 참 좋더라고요. 꿈의 미래를 안으로 끌어온다. 믿고 기도하면 결국 가장 좋은 것이 내게 온다……. 그런데 기도하면 할수록 그런 생각이 들었어요. 만

144

약 내 꿈이 끝끝내 이뤄지지 않는다면, 내 미래가 결국 오지 않는다면 그건 그대로 사라질까, 다른 미래로 대체될까, 아니면 계속 내 세계의 바깥에 존재한 채 다른 삶을 살게 될까."

도선은 남자를 쳐다보았다. 그가 무슨 말을 하고 싶은지 알 것도 같았지만 그걸 아는 척하고 싶진 않았다. 실컷 울고 난 뒤여서 그런지 더 이상의 절망적인 생각을 하고 싶지 않았다. 그래서 도선은 할 수 있는 한 가장 무난하게 대답했다.

"이뤄지지 않은 걸 계속 생각한다면 남아 있겠지만, 다른 꿈을 꾸고 나아가면 다른 미래로 대체될 수도 있겠죠."

"그런가요. 저는 왠지 제가 기도를 멈추고 생각하지 않아도 꿈의 미래들이 영원히 바깥에 머무를 것 같아요. 완전히 별개의, 바깥의 세계로요. 그래서 내가 죽는다 해도…… 내 바깥에 계속 남아 있는 거죠."

도선은 헷갈리기 시작했다. 남자가 무슨 말을 하는지 안다고 생각했는데 모르는 것 같기도 했다. 그가 절망하고 있다고 생각했는데 예상외로 지나치게 희망적인 인간일지도 모른다는 생각이 들었다. 혹은 그 반대거나. 대체 이 사람은 무슨 기도를 하길래 죽음까지 상상하는 걸까. 도선은 자꾸 질문이 튀어나오려는 걸 참느라 입을 앙다물었다. 이미 부린 오지랖이라 해도 초면에 기도에 관해 묻는 건 지나친 일이었다.

"뭐, 죽으면 다 무슨 소용이겠어요. 우리가 생전에 꾸던 꿈을 누가 생각이나 해주나요?"

그러자 남자가 기다렸다는 듯, 아니요, 하고 말을 받았다.

"아니요. 꿈이 꼭 혼자만 꾸는 건 아닐 수 있죠. 다른 사람들이랑 공유하는 꿈도 있잖아요."

"공유요? 꿈을 어떻게 공유해요?"

"어…… 예를 들면 저랑 제 남자친구 같은 경우는 같은 꿈이 있어요. 더 안락한 보금자리를 갖는 꿈. 함께 여행을 다니는 꿈. 부모님 앞에서 서로를 당당히 소개하고 인정받는 꿈. 그 꿈들은 저의 꿈이기도 하지만 동시에 제 남자친구의 꿈이고 우리가 약속한 미래이기도 해요. 저는 그걸 공통의 꿈이라 불러요. 그리고 공통의 꿈이야말로 진정한 우리의 세계를 만들죠."

도선은 할 말을 잃었다. 그가 아무렇지도 않게 '남자친구' 이야기를 한 것에도 놀라긴 했지만 그보다는 그가 말한 공통의 꿈이라는 것을 단 한 번도 생각하지 못했다는 사실이 새삼 충격으로 다가왔기 때문이다. 만족스러운 시나리오를 써서 제작사와 계약을 하는 미래, 자신의 시나리오가 영화로 만들어지는 미래, 당당한 모습으로 로사의 앞에 나타나는 미래, 그 모든 미래는 도선만의 것이었다. 여기에 공통의 미래가 있나? 공통의 꿈이 있나? 물론 도선도 한때는 공통의 꿈을 가진 적이 있었다. 제임스와 막 캐나다로 건너갔을 때, 아이를 가졌을 때, 그들은 분명 공통의 꿈을 가졌다. 화목한 가정, 평안한 일상. 그러나 도선은 그것에 대해서 제임스와 이야기를 나눈 적이 없었다. 그래서 결국 제임스와 헤어지게 된 걸까? 공통의 꿈을 나누지 못해서? 도선은 갑자기 걷는 게 힘에 부치기 시작했다. 앞서 걷는 남자의 스니커즈 주변으로 피어나는 흙먼지가 슬로모션을 건 것처럼 느리고 초현실적으로 느껴졌다. 굳이 떠올리려 하지 않았던 제임스와의 기억까지 뒤늦게 깨어난 감정들처럼 피어올랐다. 도선은 신경을 다른 곳으로 쏟고 싶어 일부러 궁금하지도 않은 것을 물었다.

"그러면 두 분은 같이 탱크를 믿는 거예요?"

남자는 잠시 뜸을 들이다가 말했다.

"아니요. 근데 결국은 같이 믿게 되는 상상을 자주 해요. 그러다 보면 그렇게 되니까. 결국 현실은 우리가 과거에 생각했던 미래랑 닮게 되니까요."

도선은 고개를 저었다. 지금 도선의 삶은 그녀가 과거에 생각했던 미래와는 너무 달랐다. 아이와 떨어지고 제임스와 이혼하고 홀몸으로 한국에 돌아와 버둥거리는 삶은 생각조차 못 했다. 하지만 매일 무언가를 해보려고, 다시 이야기를 써보려고 발버둥 치고 있다는 점에서는, 그렇다, 어쩌면 그의 말이 맞을지도 모른다. 아직 무언가 이뤄졌다고 말하기엔 이르지만 이것이 과거의 내가 바라던 모습과 영 동떨어져 있지는 않은 것이다.

어느새 그들은 신성한 구역의 공터에 서 있었다. 무성하지 않은 소나무 밑엔 마땅한 그늘이 없었다. 남자는 길에서 조금 떨어진 공터 바깥쪽 바위로 향했고 망설임 없이 바위 위에 드러누웠다. 그 동선이 너무 자연스러워 그가 이곳에 올 때마다 바위 위에서 쉬었다는 것을 모를 수가 없었다. 그는 홀로 눈부시게 모든 햇살을 받으며 생명을 내던진 사람처럼 반듯하게 누웠다. 그 모습이 평온해 보이면서도 어딘지 모르게 불안했다. 그에게 곧 무슨 일이라도 생길 것만 같았다. 그러나 도선은 잠자코 그를 보고만 있었다. 탱크에 가야 하지 않느냐고 묻지도 않았다. 도선은 그가 곧 일어나서 자신의 이야기를 시작하기를, 그의 이야기를 들으며 자신이 탱크에 대한 희망을 되찾고 눈물을 멈출 방법을 얻게 되기만을 기다렸다. 그래서 그가 이야기를 시작했을 때, 도선은 그 누구보다 준비된 청중의 자세로 그에게 몰입했다.

물론 이제 그 이야기는 거의 기억나지 않는다. 아니, 기억은 나지만 머릿속에서 조각조각 편집이 되고 재창조되어 도선이 기억하고 있는 이야기가 진짜 그의 삶이었는지 확신할 수 없다. 그러나 그날 신성한 구역에서 들은 이야기가 강렬했다는 것만은 확실하게 말할 수 있다. 그는 그저 자신에 대해서 말했을 뿐이지만 그것은 도선으로선 한 번도 상상해본 적 없는 세계였기에 도선은 그가 한 모든 이야기가 소설이나 영화처럼 비현실적으로 느껴졌다. 현실에 가장 근접한 비현실. 현실을 모방한 비현실. 그러나 가끔은 현실보다 더 현실 같은 비현실. 도선은 그 비현실 속의 고통과 걱정과 고민과 불안과 상실과 작은 기쁨과 사랑을 들으며 조금 절망했다. 자신이 아무리 애써도 이 어린 남자의 짧은 삶만 한 시나리오를 쓸 수 없을 것 같다는 생각이 들었기 때문이다. 그의 세계는 도선이 만들 수 있는 세계가 아니었고 그 역시 도선이 만들어낼 수 있는 캐릭터가 아니었다. 도선은 살짝 우울해졌고 저도 모르게 이렇게 말했다.

"이런 말 실례가 될 수도 있지만 너무 재밌어요. 이거 글로 써도 되겠어요."

남자는 폭소를 터뜨렸다.

"제 친구들처럼 말하네요. 저는 글은 영 못 쓰겠던데요. 사실 커뮤니티에 증언글 올리는 것도 너무 싫어요. 올려야 예약을 할 수 있으니까 올리긴 하는데, 조회 수가 몇 개만 넘어가도 기분이 안 좋아요. 제 스스로를 만천하에 알리는 것 같고……."

도선은 말문이 막혔다. 그가 정말 질색하는 얼굴로 글 쓰는 게 싫다고 했기 때문이다. 그런 그에게 도선은 나는 내가 쓴 것을 만천하에 알리고 싶어서 안달이 나 있는 사람이라고, 흥행 영화의 각본을 써서 일확천금과 입신양명의 꿈을 동시에 이루고 싶어 한다고, 떵떵거리고 사는 엄마의 모습을 딸한테 보여주고 싶어 한다고 말할 수 없었다. 하지만 자신의 이야기를 스스럼없이 공유한 그에게 아무 말도 안 하자니 그것도 마음에 걸렸다. 그래서 도선은 간단하게 말했다. 시나리오를 쓰고 있지만 요즘은 너무 안 써져서 이 일을 좋아하는지 모르겠다고, 그래도 탱크에 기도하러 오는 이유 중에 시나리오가 차지하는 비율이 대부분이라고, 뭔가를 할 수 있다면 시나리오로 하고 싶다고 최대한 납작하게 축약해서 말했다. 예상한 대로 남자는 놀랐다.

"그래요? 혹시 어떤 이야기를 쓰는지 여쭤봐도 돼요?"

도선이 쉽게 대답하지 못하자 남자는 질문을 바꾸었다.

"예전에는 어떤 걸 쓰셨는데요?"

도선은 천천히 예전 시나리오를 복기했다.

"예전에는…… 그 당시 제 나이 또래의 어린 친구들이 분투하는 이야기를 썼어요. 세상에서 살아남으려고 애쓰는 이야기. 어떻게든 사회라는 궤도 안에 들어가려고, 자신들이 생각하는 어른의 모습이 되려고 치열하게 사는 이야기. 그러다가 깨지고 흩어지는 이야기요."

"오, 저 같은 사람들 얘기네요. 그래서 결국 주인공들이 궤도 안에 들어가나요?"

"아니요. 원하던 위치에 딱 들어가진 못해요. 그런데 본인들도 모르는 사이에 어떤 궤도를 만들긴 했어요. 되게 독자적인 궤도요."

아. 남자가 멍한 표정으로 고개를 끄덕였다. 도선은 왠지 민망해져서 덧붙였다.

"뻔하죠 뭐. 뻔하지만 그래도 낙관적인 이야기를 쓰고 싶었나 봐요."

그러자 남자가 여전히 멍한 표정으로 대답했다.

"뻔하지 않은데요. 저는 그게 좋아요."

그게 좋다라. 도선도 한때 그렇게 생각했었다. 나만의 궤도를 만들고 이게 바로 나의 삶이라고 외칠 수 있는 게 더 중요하다고 생각했다. 하지만 지금은 아니다. 지금 이대로가 나의 삶이 되어서는 안 된다. 독자적인 궤도고 뭐고 간에 이것보다는 더 나아야 한다. 도선은 말했다.

"더 나은 삶이 올 거예요."

남자는 고개를 끄덕였다. 그리고 한참 동안 하늘을 바라보더니 입을 뗐다.

"제 인생도 이야기의 한 부분이면 좋겠네요. 아주 낙관적인 작가가 이야기의 끝을 매우 희망적으로 맺어줬으면 좋겠어요. 정확히 제가 바라는 모양은 아니어도 나름 독자적인 궤도로."

남자는 갑자기 도선을 확 돌아봤다.

"그쪽이 그렇게 해줄 수도 있겠네요."

도선은 놀라서 말도 못하고 손만 내저었다. 남자가 말했다.

"왜요. 아까 제 이야기 글로 써도 되겠다면서요. 제 친구들은 각자 자기들 이야기를 그렇게 하거든요. 근데 저는 못하겠더라고요. 누가 써준다면 그것도 좋을 것 같아요."

남자의 표정은 진지했다. 도선은 말없이 고개를 돌렸다. 늦은 오후, 태양의 기세는 조금씩 누그러지고 있었다. 여전히 한낮의 태양이 내리꽂히는 신성한 구역의 공터에서도 그늘과 빛의 경계가 전보다 조금 흐릿해진 것이 보였다. 도선은 대답했다.

"제가 만약 뭔가를 쓴다면요, 만약 오늘 들은 이야기로 뭐라도 쓰게 된다면요, 그거 보내드릴게요."

지금 생각해도 어처구니없는 말이었다. 효과적인 기도법을 알려주면 탱크에 같이 올라가주겠다던 말만큼이나 염치없고 부끄러움을 모르는 것이었다. 그러나 남자는 흔쾌히 대답했다. 좋다고. 완성하면 꼭 보내달라고. 대신 결말이 아주 희망차야 한다고. 말도 안 된다 싶을 정도로 낙관적이어야 한다고. 도선은 고개를 끄덕였다.

"그럼요. 다 쓰면 우편으로 보내드릴까요?"

도선은 또 후회했다. 자꾸 염치를 잊은 말이 튀어나오는 게 이상할 정도였다. 그러나 이번에도 남자는 흔쾌히 대답했다.

"좋아요."

도선은 남자가 적어준 주소를 가만히 바라보았다. 도선이 사는 곳과 멀지 않은 도시였다. 주소 밑엔 그의 닉네임이 적혀 있었다. 둡둡. 긴 대화 끝의 조용한 통성명이었다. 도선은 말했다.

"저는 도선, 정도선이에요. 닉네임도 똑같이 써요. DoSun. 전 남편은 가끔 두-썬이라고 발음하더라고요. 약간 농담처럼요."

도선은 또다시 제임스를 생각했다. 제임스는 도선에게 농담을 하거나 장난을 칠 때마다 늘 이렇게 불렀다. 두써언. 태양을 봐,

햇빛을 쬐어. 제임스는 도선에게 힘을 북돋아야 할 때도 그렇게 불렀다. 두써언, 햇빛을 받아. 기분이 좋아질 거야. 제임스는 도선과 헤어질 때도 그렇게 말했다. 두써언. 항상 햇빛을 봐. 어둠으로 들어가지 마. 가라앉지 마……. 오늘따라 제임스가 많이 떠오르는 게 영 이상하다고 생각할 즈음, 남자는 말했다.

"두-썬이라니. 너무 좋은데요?"

남자는 몇 번이나 두썬, 두-썬, 하고 도선의 이름을 발음했다.

그날 집으로 돌아온 도선은 씻거나 청소를 하거나 밥을 먹는 대신 책상에 앉아 노트북을 펼쳤다. 그리고 완전히 새로운 것, 새로운 이야기를 쓰기 시작했다.

도선은 트리트먼트를 써 내려가면서 자신의 기도가 너무 요란했다는 것을 깨달았다. 글을 쓰는 일은 기도를 하는 것보다 조용했다. 마음속에선 어떤 갈등도 일어나지 않았고 머릿속은 고요했다. 쓰는 동안만큼은 의심도 사라졌다. 아주 당연하고 자연스러운 방식으로 인물들이 움직였고 그들의 동선을 따라 이야기가 저절로 짜였다. 도선은 숨을 죽였다. 자신이라는 존재가 그들의 동선에 방해가 되지 않기를 바라면서 침묵을 지켰다.

트리트먼트는 A4 용지로 마흔 장이나 되었지만 가장 큰 줄기는 꽤 심플했다. 우연히 카페에서 만나 사랑에 빠지게 된 연인이 각자 힘든 일을 겪으며 헤어졌다가 서로가 바라던 바를 이루고 언젠가 함께 가기로 한 여행지에서 다시 만나게 된다는 내용으로, 언뜻 보면 정통 멜로를 표방한 것 같아도 중간에 드러나는 개인적인 상처들과 사회적 문제에 초점을 맞춘 성장 드라마였다. 도선은 트리트먼트가 마음에 들었다. 너무 재밌다거나 완벽하다는 생각이 들진 않았지만 이만하면 괜찮다는 느낌이 들었다. 무엇보다 10년 만에 트리트먼트를 완성했다는 사실이 너무 기뻐서 초고를 보기만 해도 마음이 넉넉해졌다. 덕분에 생활도 한결 수월해졌다. 학원 일도 전보다 할 만했고 잠도 잘 왔다. 다시 탱크에 갔을 땐, 울지도 않았다.

도선은 그 이후로도 탱크에 두 번을 더 갔고 신성한 구역을 지날 때마다 그를 생각했다. 도선의 이야기 속에서 그의 미래가 얼마나 밝고 희망차고 감동적인지 떠올렸다. 그것을 빨리 알려주고 싶어서 참을 수가 없었다. 도선은 뛸 듯이 내려가며 생각했다. 얼른 재교를 보고 얼른 제본해서 얼른 보내줘야지. 도선은 둡둡과 그의 남자친구가 도선의 트리트먼트를 함께 읽고 감동하는 모습을 끊임없이 상상했다. 그 상상이 너무나 선명해서 마치 과거의 모습 같았다.

조사를 마치고 집으로 돌아온 도선은 겉옷을 벗지도 않고 손을 씻지도 않고 불을 켜지도 않고 그대로 책상에 앉아 노트북을 펼쳤다. 바탕화면엔 재교만 보다가 결국 보내지 못한 트리트먼트가 남아 있었다. 도선은 그것을 열어 천천히 읽었다. 처음부터 끝까지 주인공은 낙관의 미래를 향해 달려가고 있었다. 그러나 남자는 이제 세상에 없다. 도선이 그린 낙관의 세계는 영원히 바깥에 머무를 것이다. 도선은 맨 마지막 마침표에 커서를 올려 두고 키보드의 삭제 키를 꾹 눌렀다. 빼곡한 공허가 된 이야기들이 느리게 지워지기 시작했다.

기다리는 사람

산불은 끝나지 않았다.

산불뿐만 아니라 여기저기에서 화재가 끊이지 않았다. 티브이만 틀면 기다렸다는 듯 불 소식이 흘러나왔다. 국내뿐 아니라 해외도 마찬가지였다. 세계 곳곳에서 불이 났고 지구가 탔고 동물들이 죽었다. 그러는 동안 사람들이 할 수 있는 일은 없었다. 왜 이럴까. 사람들은 '왜'에 골몰했다. 지구온난화와 기후위기를 얘기하고 자꾸 불을 내는 사람들을 인터뷰하며 원인을 찾으려 했다. 그러나 양우가 보기에 화재는 그냥 지구의 선택이었다. 지구가 스스로를 불태우고 자신의 생명을 조금씩 죽이고 있는 것이 분명했다. 물론 그런다고 지구가 한 번에 죽지는 않겠지만 지구는 그런 식으로 아주 느린 자살을 하고 있는 게 확실했다.

"그래서, 뭐. 지구가 죽어가고 있기 때문에 일하지 않겠다는 거
야?"

전화기 너머에서 어이없어 하는 두수 씨의 목소리가 들렸다.
양우는 침묵했다. 머릿속에서 혼잣말 하나가 대답했다. 지구가
죽으려 하는데 제가 일할 필요는 없죠.

요즘 들어 양우의 머릿속은 혼잣말들의 속삭임으로 가득 차
있었다. 둡둡이 죽고 내내 혼자 있으면서 혼잣말을 하기 시작한
것이 화근이었다. 혼자 있는 시간이 많아지면 많아질수록, 사위
가 조용하면 조용할수록 그날의 기억이 더 생생하게 떠오르는 바
람에 하루 종일 미치광이처럼 중얼거리게 되었는데, 하도 그러다
보니 언제부턴가 딱히 소리 내지 않아도 머릿속에 중얼거림이 들
리기 시작한 것이다. 마치 머릿속을 부유하던 혼잣말들에 각각
의 자아가 생긴 것 같았다. 이제 양우는 혼잣말들이 저들끼리 이
야기하고 떠들어대는 걸 가만히 듣는 사람이 되어버렸다. 양우도
알았다. 이게 정상이 아니라는 것을. 어쩌면 이러다가 완전히 정
신을 놓을 수도 있으리라는 것을. 하지만 어쩔 수가 없었다. 이러
나저러나 머릿속이 고요한 것보다는 시끄러운 편이 훨씬 나았다.
그러나 양우의 이런 상태를 잘 알지 못하는 두수 씨는 양우가 언
제든 마음만 먹으면 다시 일할 수 있다고 믿었다. 그래서 이미 잘
린 공장에 다시 나오라고 아우성인 것이다. 그때, 핸드폰 너머에

157

서 벨 소리가 들렸다. 점심시간을 알리는 벨이었다. 양우는 반가운 마음으로 말했다.

"어서 가서 점심 드세요."

두수 씨는 한숨을 쉬었다.

"아무튼 생각해봐. 일해야지 뭐 하겠어. 대타하면서 슬쩍 다시 자리 얻어보라고."

전화를 끊고 난 후, 양우는 두수 씨의 말을 곰곰이 생각해보았다. 그게 가능할까? 대타하면서 자리를 얻는 게? 양우는 이미 한 달도 훨씬 전에 해고를 당했다. 두수 씨는 요즘 공장 상황이 힘들어서 다시 일하겠다는 사람을 마다할 것 같지는 않다고 했지만 아무리 생각해도 반장이 자신을 받아들여줄 것 같지 않았다. 그는 양우의 면전에 대고 애가 완전히 맛이 갔다고 소리쳤다. 너 같은 건 들어와봤자 사고만 친다고도 했다. 반장의 말은 틀리지 않았다. 양우는 일할 수 있는 상태가 아니었다. 지금도 마찬가지였다. 다시는 전으로 돌아갈 수 없다는 것을, 양우는 알고 있었다.

사건 다음 날 눈을 떴을 때 양우는 의식을 제외하고 모든 것이 다 돌아오지 않은 불안정한 상태였다. 몸에는 별 이상이 없었으나 좀처럼 정신을 차릴 수 없었고 무슨 일이 있었는지 기억도 온전하지 않았다. 그래서 침대 머리맡까지 찾아온 경찰이나 조사관의 질문에도 제대로 된 대답을 할 수 없었다. 양우의 기억은 듬듬

이 누워 있었던 것, 둡둡을 업은 것, 그리고 누군가가 그들을 발견했다는 것뿐이었다. 너무 울어 앞이 거의 보이지 않았던 것도 흐릿하게 기억났지만 그것이 기억인지 아닌지는 확신할 수 없었다. 양우의 말을 인내심 있게 듣던 조사관은 왜 바로 신고를 하지 않았느냐고 물었다. 신고라니. 그건 무슨 일이 일어났을 때 하는 거 아닌가. 혹은 누군가가 진짜 죽었을 때 하는 게 아닌가. 양우는 둡둡에게 일어난 일을 믿을 수가 없었다. 여전히 그곳에서 일어난 모든 일들이 꿈만 같았다. 양우는 한참 동안 아무 말도 하지 않았다. 조사관은 양우의 침묵을 오해했다. 그는 양우를 달랬다. 유서가 발견되었으니 겁먹을 것 없다고, 양우는 모든 혐의점으로부터 안전하다고.

둡둡의 유서는 둡둡의 개인 사물함에서 발견되었다. 그것을 처음 발견한 사람은 둡둡의 학교 동기였는데 그의 말에 따르면 둡둡은 유서를 놓고 사라지기 전 2주가량을 학생회실에서 지냈다고 한다. 몇몇 동기들이 둡둡을 자취방으로 데려가려 했지만 둡둡은 매일 경비의 눈을 피해 학생회실에 남는 편을 택했다. 그러던 어느 날, 둡둡은 홀연히 사라졌다. 둡둡과 가까이 지내던 학교 동기는 며칠이 지나도 둡둡이 보이지 않자 이곳저곳에 연락을 돌려보다가 혹시나 싶어 사물함을 열어보았고 거기에서 책 한 권과 그 사이에 낀 유서를 발견했다. 하지만 그것이 유서라고는 미처 생각하지 못했다. 거기에 적힌 낙서 같은 글들, '부모님께 미안하다,

나를 믿어준 친구들에게 미안하다, 믿는 건 아무 의미도 없다, 미래는 이미 지나갔다.' 같은 말들은 둡둡이 매일 입버릇처럼 하던 말이었기 때문이다. 둡둡뿐만 아니라 친구들 대부분이 아무렇지도 않게 그런 말을 했다. 그러니까, 그건 그냥 그들이 나누는 일상적인 푸념이었고 그래서 둡둡의 동기도 딱히 그것을 이상하게 생각하지 않았다. 그러나 얼마 지나지 않아 둡둡의 부고를 들었을 때, 그는 사물함 속의 낙서를 생각해내고 그것이 유서였음을 깨달았다. 그는 책과 유서를 둡둡의 부모에게 전하면서 울었다. 빨리 말하지 못해 죄송하다며 오열을 했고 둡둡의 부모가 달래줘야 할 정도로 울음을 그치지 않았다.

조사관은 둡둡의 죽음이 자살이라는 것을 여러 번 강조했고 그러니 겁먹을 것 없다, 당신은 그냥 최초발견자다, 같은 말을 여러 번 했다. 양우는 거의 웃을 뻔했다. 겁을 먹다니. 무엇을? 최초발견자라니. 무엇을? 그런 것 따위는 정말 아무 상관이 없었다. 가장 중요한 건 양우의 손끝에서 아직도 둡둡의 피부가 느껴진다는 것이었다. 등에 업힌 둡둡의 무게가 척추 사이사이에 남아 있다는 사실이었다. 양우가 계속 침묵하자 조사관은 새로운 사실들을 몇 가지 더 알려주었다. 장례식장 주소도 그중 하나였다.

장례식장은 큰 대학병원 안에 있었다. 양우는 둡둡이 있는 8번 방에 가기 위해 11번 방과 10번 방과 9번 방을 지나치면서 입구에 앉아 조의금을 받는 사람들의 시선을 피하려고 애썼다. 그들은 양우를 지나치게 빤히 쳐다봤는데 양우가 자기네 조문객이 아닐까 싶어서는 아니었고 그저 그곳에 멍하니 앉아 있는 게 너무 지루해서 지나가는 사람을 빤히 바라보며 지루함을 벌충하려는 것이었다. 그 눈빛들이 모두 다 엇비슷해서 양우는 그들의 속마음이 훤하게 들리는 듯했다. 저 사람은 누구 장례식에 왔을까. 고인과 무슨 사이였을까. 황망한 마음에 뛰어온 사람일까 그저 의무감에 방문한 지인일까. 저 사람은 얼마나 오래 있다가 갈까. 저 사람이 빈소에 들어가면 갑자기 울음소리가 크게 들려올까, 아무도 들어가지 않은 것처럼 적막이 흐를까.

상주의 역할을 두 번이나 했던 양우도 다른 장례식장의 소리에 귀를 기울이며 그런 생각을 한 적이 있었다. 한 번은 엄마의 장례식이었고 한 번은 할머니의 장례식이었다. 엄마의 장례식 때 양우는 막 열한 살이 된 참이었다. 그때 양우에게 검은 양복을 입히고 완장을 채워준 사람은 할머니였는데 할머니는 아무 생각도 하지 말고 할머니만 따르면 된다고 했다. 그래서 양우는 그 말대로 했다. 정말 아무 생각도 않고 할머니의 움직임만 주시했다. 그러다 할머니가 지인과 이야기를 하러 자리를 비우면 양우는 엄마의 죽음에 대해 생각하지 않으려고 자꾸 딴생각을 했다. 맞은편 장례식장의 사람은 왜 죽었을까. 우리 엄마처럼 사고일까 아니면 병에 걸렸던 걸까. 저 사람에게도 자식이 있을까. 가족은 몇 명이나 남

161

앞을까. 그런 생각을 하다 보면 할머니는 금방 자리로 돌아왔고 양우는 더 이상 딴생각을 하지 않아도 되었다. 그러나 할머니가 돌아가셨을 때는 얘기가 달랐다. 엄마의 장례식 때보다 여덟 살이나 많은 나이였지만 양우는 모든 게 처음처럼 막막했다. 게다가 조문객조차 거의 오지 않아 사흘 내내 완전히 혼자 있어야 했다. 양우는 끝내 병을 이겨내지 못한 할머니를 생각하지 않기 위해 또 한 번 딴생각을 하며 바깥에 귀를 기울였다. 다른 집 조문객들이 걸어오거나 떠나는 소리를 들었고 그들이 떠들고 울고 인사하는 소리를 들었다. 그리고 자신이 앉아 있는 장례식장이 아닌 그들이 앉아 있을 장례식장을 상상했다. 그들은 앉아서 무슨 얘기를 할까. 고인의 삶에 대한 이야기를 할까 아니면 고인의 죽음에 대한 이야기를 할까 아니면 그저 그들의 이야기를 할까. 이야기하면서 속으로는 무슨 생각을 할까. 그런 생각을 하며 사흘 밤을 새운 끝에 양우는 단 하나의 결론에 다다랐다. 결국 떠난 사람은 누군가와 함께한 시간들을 통해서 기억되고 회자된다. 그러므로 누군가와 삶을 나눈다는 것은, 누군가와 어떤 시간을 함께 살아간다는 것은 의미가 있다. 아니, 어쩌면 삶과 죽음을 통틀어 유일하게 의미 있는 것은 그뿐이다. 양우는 사무치게 외로워졌다. 그래서 다짐하듯 자꾸 되뇌었다. 이제 다시는 사랑하는 사람의 죽음을 보지 않겠다고, 다시는 이곳에 앉아 있지 않겠다고.

8번 빈소 입구에 앉아 조의금을 받는 사람은 둡둡의 사촌 형이었다. 양우는 그를 알아보지 못했다. 얘기만 들었지 일면식도 없는 사이였기 때문이다. 하지만 둡둡의 사촌 형은 양우를 알아보았다. 그는 멀리서 오는 양우를 보면서 쟤가 걔인가 생각했다고 했다. 쟤가 걔라면 쟤는 괜찮은가 걱정했다고도 했다. "괜찮아?" 둡둡의 사촌 형은 걱정스럽게 물었다. 양우는 고개를 끄덕였다. 평소 같았으면 그 물음에 감격했을 것이다. 둡둡이 나에 대해 말했구나, 이 사람은 우리 사이를 아는구나, 생각하며 뿌듯한 마음을 가졌을지도 모른다. 하지만 양우는 평소 같은 상태가 아니었기 때문에 감격하기보다 어리둥절했고 뭔가 곤란한 상황에 빠졌다고 생각했다. 그래서 둡둡의 사촌 형을 제대로 쳐다보지 못하고 우물쭈물댔다. 그러는 사이 사촌 형이 양우의 팔을 끌고 장례식장 안으로 들어갔다.

빈소에 들어서자마자 양우는 완전히 할 말을 잃었다. 많이 와 보지 않았지만 이런 장례식장은 처음이었다. 제단에는 흰 국화 대신 색색의 꽃이 왼쪽에서부터 빨주노초파보의 정렬로 가지런하게 꽂혀 있었다. 본인이 봤으면 민망해했을 정도로 크게 웃고 있는 둡둡의 사진은 노랑과 초록이 반반씩 둘러싸고 있었는데 노랑은 국화가, 초록은 둡둡이 좋아하던 유칼립투스로 장식되어 있었다. 자세히 보니 다른 색에도 그에 맞는 다양한 꽃들이 꽂혀 있었다. 빨간색엔 카네이션, 주황색엔 장미, 파란색엔 수국과 수레국화, 그리고 보라색엔 라벤더를 닮은 길쭉한 맥문동이었다. 그

덕분에 흔히 장례식장에서 맡는 향냄새 대신 꽃 시장을 지나갈 때 날 법한 싱싱한 풀 냄새와 꽃향기가 진동을 했다. 그 화려한 전경에 양우는 숨이 막혔다. 형용할 수 없는 복잡한 감정이 목젖까지 밀려 올라왔다. 슬픈 것도 아니고 속상한 것도 아니고 안타까운 것도 아니고 기쁜 것도 아닌데 자꾸 울고 싶어졌다. 머릿속에선 혼잣말이 맴맴 돌았다. 둡둡이 이걸 봤더라면 기뻐했을까. 이게 둡둡이 원하던 게 맞나. 그렇다 해도 지금 와서 이게 다 무슨 소용이란 말인가. 양우는 똑바로 서 있는 것도 버거워져서 가만히 고개를 떨구고 주저앉았다. 그때 누군가 양우 앞으로 다가와 앉았다. 그는 양우를 일으키려 하거나 양우의 상태를 확인하려 하지 않고 그냥 주저앉은 양우의 오른팔을 잡고만 있었다. 그것이 매우 든든해서 양우는 저항 없이 그 팔에 기대어 있다가 한참 후에야 고개를 들었다. 그리고 표정 없이 양우를 내려다보고 있는 중년의 남자와 눈이 마주쳤다. 그 순간 양우는 너무 놀라 몸을 들썩거렸다. 남자의 얼굴이, 특히 코와 입술과 턱이 놀라울 정도로 둡둡과 똑같았기 때문이다. 그는 놀란 양우를 보고 쉰 목소리로 이렇게 물었다.

"나가서 얘기 좀 할까요?"

바깥 공기는 선선했다. 좋은 날이었다. 가을치고 그리 쌀쌀하지 않은 저녁 날씨에 뭉게구름까지 떠다니는 것이 꼭 여름이 돌아올 것만 같았다. 맞은편 도로 너머로는 해가 부드럽게 내려앉

164

왔고 분홍빛 석양 아래 줄지은 차들은 거의 움직이지 않는 것처럼 굴러가고 있었다. 양우는 둡둡의 아버지에게 언제 인사를 하고 자기소개를 해야 할지 망설이다가 둡둡의 아버지가 담배를 꺼내 무는 것을 보고서야 완전히 타이밍을 놓쳤다는 것을 알았다. 담배 끝에 불이 붙자마자 둡둡의 아버지는 숨을 깊게 빨아들였다. 양우는 연기가 피어오르는 것을 가만히 보았다. 달리 할 수 있는 게 없었다. 둡둡의 아버지도 계속 말이 없었다. 양우는 언젠가 둡둡이 아버지에 대해서 했던 말을 떠올렸다. 원래 답답할 정도로 말수가 없으신 분이라고, 어머니가 심심해서 결혼한 걸 후회한다고 말씀하신 적이 있을 정도라고. 하지만 아무리 과묵해도 둡둡과 함께 있을 때면 어떻게든 대화를 이어가려던 사람이 바로 둡둡의 아버지였다. 그래서 둡둡은 아버지의 침묵에 더 상처받았던 것이리라. 양우는 그때 그 말을 하던 둡둡의 쓸쓸한 표정을 떠올리며 자기도 모르게 한숨을 쉬었다. 맞은편에서 담배를 태우던 둡둡의 아버지가 그 소리를 듣고 양우를 한 번 쳐다보더니 다 태우지도 않은 담배꽁초를 신발로 짓뭉갰다. 둡둡의 아버지는 남은 연기를 입으로 내뱉으며 말했다.

"저건. 저렇게라도 해야 할 것 같아서."

양우는 둡둡의 아버지가 꽃 제단 얘기를 하고 있다는 사실을 바로 알아채지 못했다. 둡둡의 아버지가 덧붙였다.

"애 친구들이 찾아와 말하길래 그렇게 하긴 했는데⋯⋯."

둡둡의 아버지는 민망해하고 있었다. 사람들이 제단을 두고 보이는 반응을 의식하는 게 분명했다. 그래서 그게 자의는 아니었다고 굳이 양우 앞에서 말하고 있는 것이다. 양우는 가슴이 아팠다. 둡둡의 얼굴을 한 사람이 그런 표정을 짓는 게 보기 힘들었다. 적어도 양우 앞에선 그런 표정을 짓지 않았으면 했다. 그래서 양우는 고개를 열심히 끄덕였다. 둡둡의 아버지는 말을 이었다.

"그래서 말인데 양우 군이 저 자리에 있으면 애 엄마가 더 힘들어할 것 같아요."

양우는 그 뜻밖의 말에 아래턱에 힘이 빠지고 동공이 풀린 명청한 표정으로 고개 숙인 둡둡의 아버지를 쳐다보았다.

"다 알고 있어요. 지난 1년간 우리 애 옆에 있었던 것도 들어 알고 있고. 거기서 가장 처음 애를 발견한 것도, 다 압니다. 여러 가지로 고맙게 생각합니다. 그런데 지금은 그냥 서로 보지 않는 게 나을 것 같아요."

둡둡의 아버지는 말을 하는 동안 단 한 번도 양우를 보지 않았다. 계속 땅만 쳐다봤다. 그런 그를 보며 양우는 생각했다. 나를 원망하고 있을 수도 있겠다. 1년간 집에 들어오지 않던 아들이 어느 날 시체로 돌아왔는데 그런 아들과 함께 살았던 남자가, 그것도 아들의 시신을 발견한 남자가 장례식장에 찾아온다면 보기 거북할 수도 있겠다. 과장 조금 보태서 끔찍할 수도 있겠다. 하지만 동시에 원통한 마음도 들었다. 아들의 사진을 올려놓은 제단은

166

무지개색으로 한껏 화려하게 치장해놓고, 어떻게 자신에게는 이럴 수 있나 싶었다. 양우는 자신도 왜 둡둡이 그런 선택을 했는지 모르겠다고, 그러니 지금 당장 유서라도 보여달라고 말하고 싶었다. 하지만 양우는 두 번째 담배를 꺼내는 둡둡의 아버지의 손이 이상하리만치 떨리는 것을 보았다. 라이터를 찾는 손이, 불을 붙이는 두 손이 벌벌 떨리고 있는 것을 보았다. 그래서 양우는 그냥 뒤돌아섰다.

양우는 걸으면서 둡둡에게 국화 하나 건네지 못한 것을 생각했다. 제대로 인사를 하기는커녕 영정 사진을 마주 보지도 못한 것을 생각했다. 양우는 억울했다. 억울하다고 표현하기 억울할 정도로 억울했다. 서로를 사랑했고 미래를 약속했고 그러면서도 전투적으로 싸웠던 두 사람의 시간들을 오직 양우만 기억한다는 것이 억울했다. 세상 그 누구와도 그 시간을 추억하지 못하게 된 것이 억울했다. 너무 억울해서 자꾸 힘이 빠졌다.

밤인데도 집은 환했다. 밖에서 들어온 가로등 불빛만으로도 구석구석이 충분히 보였다. 양우는 불을 켜지 않고 소파에 앉았다. 그때 검은 무엇이 슈슈슉 소파를 빠져나와 선반과 벽 틈으로 미끄러져 들어갔다. 양우는 대충 그것이 무엇인지 알았지만 일어서지 않았다. 둡둡이라면 기겁하며 소리를 질러대고 사람까지 죽을 정도로 약을 뿌려댔을 텐데. 하지만 그런 둡둡은 없다. 이제 영원히 없다. 양우는 그 사실을 생각하지 않으려고 눈을 감았다.

알람이 울리고 나서야 양우는 자신이 잠들었다는 사실을 알았다. 알람은 작업장에 가야 할 시간에 맞춰져 있었다. 10분 뒤면 집 앞에 버스가 설 것이다. 양우는 손가락을 두어 개 접으면서 자신이 총 며칠이나 무단결근을 했는지 세어보았다. 두수 씨가 대타를 해준 날을 제외하고는 4일 무단결근이었다. 이틀째까지 걸려 오던 반장의 전화는 완전히 끊겼다. 물론 지금이라도 나가서 전후 사정을 말한다면, 사고를 당해서 의식을 잃었고 동거인도 잃었고 그 와중에 조사까지 받았다는 사실을 잘만 설명한다면 다시 일을 할 수 있으리란 걸 잘 알고 있었다. 하지만 그러고 싶지 않았다. 지금 이 상황에서 꼭 일을 해야 하나, 둡둡도 없는데 밤새도록 일해서 무엇 하나. 그런 생각에 양우는 다시 눈을 감아버렸다.

양우가 눈을 떴을 때 핸드폰엔 총 두 통의 전화와 하나의 메시지가 와 있었다. 전화는 전부 두수 씨가 건 것이었고 메시지는 모르는 번호로 온 것이었다. 양우는 메시지를 들여다보다가 몸을 벌떡 일으켰다. 둡둡의 학교 동기였다.

그는 장례식장에서 양우를 잠깐 보았다고 했다. 그때 전해줄 말이 있었는데 양우가 너무 갑자기 사라져서 둡둡의 사촌 형에게 양우의 연락처를 물었고 이렇게 문자를 보낸다고 했다. 그는 둡둡의 물건 중 몇 개가 3층 학생회실에 남아 있다고, 가져가고 싶으면 가져가라고 했다. 양우가 와서 연락한다면 직접 꺼내주겠다고

168

도 했다. 양우는 힘겹게 일어섰다. 둡둡의 물건이라니. 가지 않을
수 없었다.

 학교는 어두침침하고 딱딱했다. 멋없는 시멘트벽과 대충 올린
벽돌 계단 사이의 철제 난간은 어딘가 으스스한 분위기를 풍겼
다. 게다가 수상할 정도로 조용하기까지 했다. 1층을 통과해서
계단을 올라가는 동안 단 두어 사람밖에 마주치지 않은 것도 너
무 이상했다. 양우는 복도를 가로질러 아무도 없는 강의실들을
기웃거렸다. 그러다가 한 강의실 앞에 멈춰섰다. 문에는 휴강 안
내서가 붙어 있었는데 사유는 '개교기념일'이었다. 양우는 헛웃
음을 내뱉었다. 대학도 개교기념일에 쉬나. 순간 힘이 죽 빠지는
것 같았다. 그러나 아무도 없는 복도를 걸으며 양우는 마음을 다
독였다. 솔직히 둡둡이 다닌 학교를 마음껏 돌아다니기에 이보다
더 좋은 기회는 없었다. 양우는 화장실의 거울을 보고 자판기에
서 음료수를 뽑으며 둡둡을 생각했다. 복도 끝 테라스에 버려진
담배꽁초들을 발로 툭툭 건드려보며 담배라면 질색했던 둡둡을
생각했다. 복도에 늘어선 사물함들을 하나하나 훑으며 여기 어
딘가 있을 둡둡의 사물함을 생각했다. 그러다가 진짜 둡둡의 사
물함을 발견했다. 이름은 적혀 있지 않았지만 양우는 그것이 둡
둡의 사물함이라는 걸 바로 알아보았다. 익숙한 스티커 덕분이었
다. 초록색 개구리가 무지개 위에서 점프하는 그 스티커는 양우네
집 냉장고에도, 양우의 핸드폰에도 붙어 있었다. 양우는 스티커

를 손가락으로 톡톡 쳐보았다. 사물함이 텅텅 소리를 내었다. 양우는 조심스럽게 사물함을 열었다. 안이 텅 비어 있었다. 양우는 왠지 아쉬웠다. 둡둡이 남겨놓았다는 물품이 지금 여기에 있으면 좋았을 텐데. 만약 그랬다면 둡둡의 물품을 꺼내고 그 자리에 양우의 물건 중 하나를 놓아두었을 텐데. 동전 하나라도, 모자라도, 주머니에 든 이어폰이라도. 양우는 그런 생각을 하면서 정말 주머니를 뒤졌고 백 원짜리 동전 두 개를 사물함에 넣었다. 그런 행동이 아무 의미가 없다는 걸 알면서도 뭔가 하지 않을 수 없었다.

학생회실은 잠겨 있었다. 양우는 둡둡의 동기에게 전화를 걸었다. 그는 전화는 받지 않았지만 바로 문자를 보내왔다. 지금 학교가 아니라는 메시지였다. 양우는 기다리겠다고 했지만 그는 답장을 보내지 않았다. 양우는 어쩌면 오늘 둡둡의 물건을 받지 못할 수도 있겠다는 생각을 하며 초조한 마음으로 학생회실 앞을 서성였다. 5분쯤, 아니 10분쯤 지났을까. 누군가 3층으로 올라오는 소리가 들렸다. 운동복을 입은 남자가 핸드폰을 보느라 고개를 숙인 채로 걸어오고 있었다. 양우는 그가 학생회실로 오는 사람이길 바라면서 조용히 그를 지켜보았고 그는 학생회실 앞에서야 양우의 존재를 눈치챘다. 그는 뚫어져라 자신을 쳐다보는 양우를 보고 흠칫 놀라더니 조심스럽게 학생회실로 다가갔다. 양우는 그런 그에게 우물쭈물 둡둡의 이름을 대며 그 애의 물건만 가지고 나가겠다고 말했다. 그러자 운동복을 입은 남자가 아까

보다 좀 더 놀랐다. 그게 둡둡의 이름을 말했기 때문인지 학생회실에 들어가서 물건을 가지고 나오겠다는 말을 했기 때문인지는 알 수 없었다. 양우는 재빨리 핸드폰을 들어 둡둡의 동기라는 사람의 문자를 보여줬다. 이 사람이, 둡둡의 물건을 가져가라고 했다고. 그러자 한참 동안 핸드폰을 들여다보던 남자가 학생회실에는 아무나 들어올 수 없으니 기다려라, 내가 물건이 있는지 보겠다고 했다. 하지만 2분 만에 나온 그 남자는 아무것도 없다고 했다. 둡둡이 남긴 물품이 없다고, 그것처럼 보이는 물건조차도 없다고, 아마 학생회가 다 정리해서 집에 전달했을 거라고 했다. 양우는 그럴 리 없다고 말하며 다시 한번 동기의 문자를 들이댔다. 이거 보라고. 물건 가져가라고 온 게 바로 어제 문자라고. 하지만 그는 고개를 저으며 이제 개 물건은 없다고 말했다. 양우는 마음이 급해져서 둡둡의 동기에게 문자를 보냈다. 여기 물건이 없다고 한다고, 물건이 있는 게 맞지 않느냐고. 5분이나 지나서야 둡둡의 동기에게서 답이 왔다. 「그래요? 그새 치웠나?」 양우는 그 문자를 그대로 따라 했다. "그새 치웠나." 앞에 서 있던 남자는 세상 귀찮다는 눈으로 양우를 쳐다봤다. 들어와서 한번 보라거나 같이 찾아보자거나 하는 말도 없이 양우가 뒤돌아 갈 때까지 학생회실 문을 지킬 작정으로 뻣뻣하게 서 있었다.

양우는 아무것도 찾지 못하고 학교를 빠져나왔다. 밖은 학교만큼이나 어둡고 흐릿했다. 양우는 더 이상 생각이란 것을 하고 싶지 않았고 잠깐이라도 기계적으로 몸만 움직이고 싶었다. 그래서 공장으로 향했다. 무단결근을 한 데다 반장의 전화까지 받지 않은 게 조금 걸리긴 했지만 6년 넘게 일한 공장이었다. 지금 상황에서 양우를 받아줄 수 있는 곳은 공장밖에 없었다. 적어도 양우는 그렇게 믿었다. 그러나 작업장 문 앞에서 반장은 양우를 막아섰다. 여기가 놀러 다니는 곳인 줄 아냐, 어디서 마음대로 왔다 갔다 하냐, 성실한 맛에 계속 썼는데 애가 완전히 못 쓰게 됐네, 너 같은 건 들어와봤자……. 반장의 말을 듣던 양우는 조용히 돌아섰다. 두수 씨에게 대타를 못 해줘서 미안하다고 말하고 싶었는데 그러지 못한 것이 마음에 걸렸다. 반장은 어디 버릇없이 말하는데 등을 돌리느냐고 바락바락 소리를 질렀다. 그 고함 뒤로 쉬는 시간 벨이 울렸다.

양우는 다시 혼자가 되었다.

삶은 더 이상 흐르지 않았다. 양우는 하루 종일 씻지 않았고 옷을 갈아입지도 않았고 밥도 먹지 않았다. 창문을 꼭꼭 닫은 방안에서 누워만 있었다. 혼수상태에 가까운 잠이 이어졌다. 귀나 코, 피부 표면은 여전히 현실의 감각을 느끼는 상태로 빠져든 가수면이었다. 아주 가끔 일어나 앉기도 했는데 그건 오로지 담배 때문이었다. 1년 가까이 피우지 않았던 담배는 이제 산소호흡기 같은 존재가 되었다. 연기를 들이마시고 내뿜어야 폐가 있다는 것이, 숨을 쉰다는 것이, 살아 있다는 것이 느껴졌다. 양우는 방 안에 연기가 꽉 찰 때까지 담배를 피우다가 허공이 희뿌옇게 되면 다시 누웠다. 그러면 연기만큼이나 뿌연 질문들이 눈앞을 떠돌아 다녔다. 둡둡은 왜 갑자기 죽을 생각을 한 걸까. 그게 과연 갑자기 한 생각일까. 왜 죽기 전에야 나를 찾은 걸까. 나 때문에 그런 선택을 한 걸까. 그래서 보란 듯이 나를 불러놓고 죽어버린 걸까. 둡둡의 유서에는 미안하다는 말과 지쳤다는 말밖에 없었다고 했다. 양우는 그것을 믿을 수가 없었다. 나한테 미안하다는 건가? 나한테 지쳤다는 건가? 아니면 기도를 이루어주지 않는 탱크에게 지쳤나? 아니. 그것은 아닐 것이다. 양우는 둡둡이 탱크 때문에 죽었을 리가 없다고 생각했다. 하지만 사람들은 탱크를 탓했다. 탱크 때문에 헛바람이 든 둡둡이 기도가 이루어지지 않자 절망해서 자살한 거라고 했다. 그 말을 입증하듯 책임을 묻고 벌을 내리고 커뮤니티가 폐쇄되는 일은 잘 짜인 군무처럼 순식간에 일어났고 모든 일은 막이 내리듯 한 번에 끝났다. 양우는 일이 그렇게 쉽게 해결되어선 안 된다고, 마치 둡둡의 죽음이 정리될 수 있는 무엇인 양 그렇게 말끔하게 마무리되어버리면 안 된다고 생각했다. 양우는 둡둡의 자살에 대한 정확한 이유를 알고 싶었다. 정말 탱크 때문인지, 탱크 때문이라면 일전에 둡둡이 말했던 것처럼 가족이 자신을 받아들일 수 있게 해달라고 기도한 것이 이루어지지 않아서인지, 또 다른 이유가 있는 것인지, 혹시 양우에게 너무 큰 상처를 받아서 그런 것인지, 아니면 이 모든 게 복합적으로 작용했는지 알고 싶었다. 듐듐이 죽을 수밖에 없었던 이유를 알지 않고서는 무엇도 끝낼 수 없었다. 그러나 아무도 그것엔 관심이 없었다. 양우가 보기에, 그걸 신경 쓰는 사람은 양우 자신밖에 없었고 그래서 양우는 점점 절망과 슬픔과 분노와 우울과 무력감에 휩싸였다. 이제 담배를 피워도 폐가 있다는 것이 느껴지지 않았고 현실이 아득하게 멀어졌다. 무언가가 양우를 조금씩 삶에서 밀어내는 것 같았다. 듐듐도 이랬을까. 듐듐도 이렇게 조금씩 삶에서 밀려나다가 어느 순간 어어, 하면서 완전히 밀려나게 됐을까. 양우는 후회했다. 듐듐과 같이 기도하지 않았던 것을. 듐듐이 떠나게 둔 것을. 결국 듐듐 혼자 있게 한 것을. 그리하여 무엇이 듐듐을 삶에서 밀어냈는지 영영 알지 못하게 된 것을.

양우는 두수 씨에게 대타를 뛰지 못해 미안하다는 문자를 보내려다 다시 핸드폰을 꺼버렸다. 그리고 벽시계를 보았다. 며칠째 시곗바늘이 6시 10분 전을 가리키고 있었다. 5시 50분. 좋은 시간이었다. 매주 주말, 나란히 앉아 이른 저녁을 먹으며 영화를 보곤 했던 시간이었다. 대개는 마테라가 나오는 영화를 찾아보거나 봤던 액션 영화를 또 보곤 했지만 가끔씩 다른 영화를 틀기도 했다. 듐듐이 집을 나가기 전, 가장 마지막으로 함께 봤던 영화는 홀로코스트 영화였다. 밥 먹으면서 보기에 적합한 영화는 아니었지만 듐듐은 그걸 보고 싶어 했고 양우는 늘 그랬듯 듐듐의 선택에 따랐다. 거기엔 아우슈비츠에서 풀려난 사람들이 나왔다. 그들은 집에 돌아와서 계속 잠만 잤다. 먹거나 일어서서 돌아다니거나 자유를 만끽할 생각을 하지 않고 비정상적으로 잠만 잤고 잠을 자지 않는 시간에는 아무것도 하지 못했다. 양우는 그들이 회복을 하는 중이라고, 완전히 괜찮아질 때까지 에너지를 충전하는 거라고 생각했다. 하지만 둡둡은 그게 아니라고, 그들은 기다리는 중이라고 했다. 안팎으로 자신들을 갉아먹었던 전쟁의 상처와 충격이 지나가기를 기다리고 있는 거라고, 몸을 웅크리고 한없이 잠으로 빠져드는 것은 영락없는 기다리는 사람의 자세라고 했다. 그러면서 누구나 한 번쯤은 다 기다리는 사람이 된다고 말했다. 양우는 너도 기다리는 사람이 되어본 적이 있느냐고 묻고 싶었지만 그러지 않았다. 혹시라도 그렇다고 말할까 봐 무서웠기 때문이다.

이제 양우는 기다리는 사람이 되었다. 둡둡의 죽음이, 이 고통이 지나가기를 기다리는 사람. 고통은 지나갈 수 있을 것이다. 어느 날 다시 밖을 나갈 수 있을 것이고 일을 찾을 수 있을 것이고 사람들과 말도 할 수 있을 것이다. 하지만 둡둡의 죽음은 결코 지나가지 않을 것이다. 아무리 오래 기다리고 잠을 많이 자도 양우가 기다리는 것은 결코 오지 않을 것이다.

양우는 천천히 일어나 박스 하나를 집어 들었다. 거기에 둡둡의 물건들을 모으기 시작했다. 칫솔, 양말, 노트, 화장품…… 물건들은 많지 않았다. 둡둡이 집을 나가면서 웬만한 것은 다 들고 나갔기 때문이다. 양우는 입고 있던 반팔을 벗었다. 둡둡의 것이었다. 서랍을 열어 초록색 추리닝 반바지도 꺼냈다. 역시 둡둡의 것이었다. 양우는 둡둡이 애용했던 머그잔도 박스에 넣었다. 이 것들을 모두 둡둡의 부모님 집으로 보낼 생각이었다. 그리고 둡둡에게로 갈 생각이었다. 스스로의 몸에 불을 내는 지구처럼, 혼자 어둠 속에 잠긴 둡둡처럼. 양우는 둡둡 앞으로 온 우편물들도 정리했다. 1층으로 내려가 우편함에 있는 것들까지 모두 가지고 올라왔다. 양우는 주인 없는 우편물들을 하나하나 확인하며 버렸다. 가장 먼저 고지서들을 버렸다. 학교에서 온 우편물, 소식지도 모두 버렸다. 카탈로그? 버렸다. 설문지? 버렸다. 마지막으로 남은 건 정체를 알 수 없는 갈색 서류 봉투였다. 양우는 아무 생각 없이 봉투를 죽 찢었다. 그러자 스프링 제본된 B5 사이즈의 얇은 책이 나왔다. 양우는 책을 집어 들어 하늘색 표지를 살폈다. 그 순간, 심장에 끓는 물이 끼얹어진 것처럼 가슴이 덜컹했다. 숨을 쉬기가 힘들었고 순식간에 눈물이 차올랐다. 양우는 눈을 비비며 다시 한번 책을 보았다. 한 번도 기다린 적 없던 것이 평생을 기다린 것의 모양을 하고 양우의 눈앞에 있었다.

편지

    탱크가 전소되고 일어난 일 중에서 이해할 수 있는 일은 그리 많지 않았지만 그중 가장 이해할 수 없는 일은 폐컨테이너를 손부경이 직접 처리해야 한다는 것이었다. 산불은 명백한 재해고 탱크는 엄연히 법적으로 금지된 불법 건축물이 되었는데 왜 그것을 내가 직접 처리해야 하느냐, 라고 손부경이 물었을 때 돌아온 말은 법이 그렇다는 것이었다. 법이 그렇다, 불만스러우면 소송이라도 걸어보시든가.

    폐컨테이너 처리는 생각보다 훨씬 귀찮은 일이었다. 손부경은 폐컨테이너 처리확인서에 사인을 하기 위해서 탱크가 있는 도시를 또 방문해야 했고 철거를 진행할 고철상을 직접 알아보느라 꼬박 이틀을 고철상 검색에 할애해야 했다. 그러나 흔쾌히 철거 작업을 해주겠다는 고철상이 없어서 또 한참 애를 먹었는데 겨우 찾은 고철상의 주인은 컨테이너의 가장 최근 사진을 요구하기까지 했다. 그리하여 손부경은 새까맣게 타버린 탱크의 사진을 찍기 위해 다시 한번 그곳에 가야 했다.

그게 가능할까.

그날 이후 손부경은 어떻게든 탱크를 생각하지 않으려 애썼다. 그러나 불길이 타오르던 능선의 모습은 아직도 눈에 훤했고 새까맣게 타버린 컨테이너의 모습은 때때로 악몽으로 출현했다. 심지어 그날 탱크에서 벌어진 사건이 계속 꿈에 나타나 손부경을 괴롭히는 바람에 땀에 흠뻑 젖은 채로 잠에서 깬 것이 한두 번이 아니었다. 손부경은 자신의 유별남에 진절머리를 쳤다. 손부경은 산불이 번졌을 때 산에 있지도 않았을뿐더러 전소한 탱크를 실제로 보지도 않았다. 탱크에서 일어난 사건 역시 전해 들은 것이 전부였다. 그런데도 외상후 스트레스 장애 환자처럼 트라우마가 생긴 것이다. 물론 이유가 없진 않았다. 손부경은 그날의 모든 사건이 자신 때문이라고 생각하고 있었다. 산불 사실을 알고 있었음에도 10시 예약자의 입산을 막지 않았던 것, 8시 예약자의 입산과 하산을 제대로 확인하지 않은 것, 그로 인해 8시 예약자의 자살에 대해서 까맣게 모르고 있었던 것의 책임을 달리 누구에게 물을 수 있을까. 손부경은 시도 때도 없이 그날의 부주의를 자책

했다. 조금만 더 꼼꼼하게 예약자들의 동태를 살폈더라면. 이장의 전화를 받자마자 10시 예약자의 입산을 막았더라면. 그러나 '만약'을 위시한 가정들은 죄책감을 심화시킬 뿐이었다. 손부경은 누군가에게 자신이 느끼는 감정을 가감 없이 털어놓고 싶었다. 차라리 혼이라도 나고 싶었다. 하지만 손부경을 혼내고 그녀와 탱크 이야기를 할 수 있는 유일한 사람은 감옥에 있었다.

사기죄로 징역을 살게 된 황영경은 교도소 안에서도 황영경답게 잘 살고 있었다. 특히 믿음을 잃지 않은 곧은 자세로 타 수감자들에게 귀감이 되고 있었는데 그 사실은 황영경이 편지를 통해 직접 알려온 내용이었다. 황영경은 수감 이후 손부경에게 벌써 세 번째 편지를 보낸 터였다. 손부경은 거기에 한 번도 답장하지 않았다. 무얼 써야 할지, 무슨 말을 해야 할지 알 수 없었기 때문이다. 하지만 왠지 지금은 쓸 수 있을 것 같았다. 다시 탱크를 보러 가야 하는 이 시점, 누구에게라도 마음을 털어놓고 싶은 지금이야말로 답장을 할 최적의 시기였다. 손부경은 바로 사흘 전에 도착한 황영경의 세 번째 편지를 다시 한번 펼쳤다.

부경아.

날씨가 제법 쌀쌀해졌지?

그래도 여기는 살 만해. 얼어 죽으면 어쩌나 걱정했는데 그럴 일은 없을 것 같다.

어제는 루벤에게 편지를 받았어. 요즘 루벤은 상황이 그리 좋지 않은 것 같더라고. 회사가 정리 단계에 있다는데 한국 지점만 그런 게 아니라 미국 본사 상황도 마찬가지래. 하지만 루벤은 나를 걱정했어. 괜찮냐고, 좀 어떠냐고. 그래서 난 답장에 솔직하게 적기로 했어. 괜찮지 않다고. 한동안 괴로웠다고. 사실 왜 그 사람이 탱크에서 죽기로 한 건지, 대체 그 사람에게 무슨 일이 있었던 건지, 거기에 내 책임이 어느 정도나 있는 건지 알 수 없었거든. 하지만 중요한 건 책임이 아니라 그 사람이 끝까지 무얼 믿었느냐라고 생각해. 나는 그 사람의 믿음이 아직 이 세계에 남아 있을 거라고 생각하고 그 믿음이 언젠가는 이뤄질 거라고 생각하거든. 그래서 나는 궁극적으로 탱크에서 염원했던 각각의 믿음들이 어떤 형태로든 이루어질 것이라 믿는다고 썼어. 어떤 것은 영원히 없어지지 않는다고…… 그걸 쓰면서 뭐랄까, 루벤의 표정이 눈앞에 떠오르는 것 같더라. 덤덤해 보이지만 어쩐지 감동을 받은 것 같은 표정 말이야. 루벤이 보낸 편지 말미엔 이런 말도 적혀 있었어. 이 모든 일이 자기 때문에 일어난 것 같다는 생각이 들어서 괴로웠고 내가 자신을 원망할까 봐 걱정이 되었다고. 하지만 나 같은 믿음의 동행이 있어서 든든하다고. 믿음의 동행. 그 단어가 참 좋아서 나는 한참 동안 그걸 되뇌었어.

부경아. 너와 나는 믿음의 동행이 될 수 있을까.

탱크의 일을 너한테 맡긴 건 너와 더 가까워지고 싶다는 생각에서였어. 하지만 너는 좀처럼 나한테 마음을 툭 터놓지 못하더라. 언젠가 너는 물었지. 정확히 뭘 믿는 거냐고. 그때 나는 우리가 믿고 있는 것을 믿는다, 그것이 이루어지리라는 것을 믿는다, 라고 대답했어. 그러자 네가 또 물었어. 그러면 탱크는 왜 필요한 거냐고. 나는 기도를 올릴 공간이 필요했다고 말했지. 그러니까 네가 뭐라고 했는지 기억나니. 너는 그게 나만의 생각이라고 했지. 사람들은 자신의 믿음을 믿는 게 아니라 탱크를 믿는다고. 그리고 바로 그것 때문에 잘못된 숭배가 시작될 수 있다고 말이야. 너는 언젠가 사람들이 탱크를 신으로 모시게 될 거라고 했지. 어쩌면 아무것도 하지 않고 탱크 안에 가만히 앉아 억만장자가 되게 해달라고 비는 신자들만 남을 수도 있다고 했어. 그때 난 네가 나를 믿지 않는 것만큼이나 기도하는 이들을 믿지 못한다는 걸 알았어. 사람들이 스스로에 대해 얼마나 강한 믿음을 가질 수 있는지 너는 전혀 모르고 있었지. 그런데 부경아, 그거 아니. 그렇게 사람을 믿지 않는 것도 하나의 습관이라는 거. 너는 삶을 방어하듯 살지. 늘 최악의 것을 먼저 상상하고 그래야 최악의 것으로부터 안전할 수 있다고, 실제로 최악의 것이 오더라도 깊이 상심하지 않을 수 있다고 믿지. 네가 틀렸다고 말하는 게 아니야. 가끔은 미리 마음의 준비를 하는 네가 정말 대단하다고 느낄 때가 많았어. 하지만 자꾸만 최악을 상상하는 것 역시 습관이고 습관은 종국에 인생을 바꾼다. 최악을 상상하며 사는 인생이라니. 그건 좀 슬프지 않니. 나는 네 인생이 슬프지 않았으면 한다.

시간을 가져봐 부경아. 네가 진짜 원하는 걸 제대로 생각해보는 시간. 원하는 게 없으면 없는 대로 그냥 네 자신을 제대로 생각해보는 시간. 분명 너의 안에도 무언가를 향한 믿음이 있어. 그 무언가가 무엇일지는 아무도 모르지만 그걸 타고 가장 밑으로 내려가다 보면 거기에 너도 모르던 네 자신이 있을 거야.

밤이 깊어서 그런지 자꾸 말이 길어지려고 하네. 이만 줄일게. 항상 몸조심하고 집은 따뜻하게 해놓고 있어.

아, 혹시 엽서 좀 보내줄 수 있어? 아마 창고에 있을 거야.

언니가.

편지를 접자 뒷면에 반듯하고 곧은 글씨가 비쳤다. 내용도 그랬다. 너무 반듯하고 곧은데 그 곧음이 자신에게만 통용되는 논리로 이루어져 있어 여전히 뭐라고 답장을 해야 할지 알 수가 없었다. 하지만 언제까지 답장 한 통 하지 않고 있을 수는 없는 일이었다. 손부경은 결국 펜을 들었다.

언니.

답장이 늦었지? 미안해. 이것저것 해야 할 일이 많아서 정신이 없었어. 사실 정신이 없다기보다 정신을 놓고 있었어. 왜, 할 일이 너무 많으면 뭘 먼저 해야 할지 잘 모르는 멍한 상태가 되잖아. 요 한 달간 계속 그런 상태였던 것 같아. 내가 어떻게 시간을 보냈는지 도 기억이 잘 안 나네.

언니는 잘 지낸다니 정말 다행이야. 안 그래도 날이 점점 추워져 서 면회 갈 때 뭘 갖고 가야 하나 걱정하고 있던 참이었는데 필요 한 게 있다면 꼭 알려줘. 전화로 말해줘도 좋고.

사실 저번에 전화 걸었을 때, 내가 너무 말없이 가만있었던 게 마음에 걸렸어. 고생하고 있는 건 언닌데, 정작 통화 내내 언니는 나를 달래려 애썼지. 그걸 생각하면 지금도 민망하고 부끄럽다. 그 런데 사실. 그땐 머리가 너무 복잡했어.

손부경은 여기까지 쓰고 잠시 펜을 놓았다. 마지막 문장 뒤에 '왜냐하면'이라고 이어 쓰고 싶었지만 그럴 수 없었기 때문이다. 왜냐하면, 그 단어를 쓴 순간 손부경이 말하고 싶지 않았던 것들 까지 주체하지 못하고 쏟아져 나올 것 같았기 때문이다. 하지만 '왜냐하면'을 한번 떠올리고 나니 다른 것은 아무것도 떠오르지 않았다. 그래서 손부경은 다시 펜을 들었다.

왜냐하면,
사건의 전말을 알고 나서 당신의 고개 숙인 뒷모습이 계속 머릿속을 떠나지 않았기 때문입니다. 저는 정말 아무것도 몰랐습니다. 그날 마을에 도착했을 때도 탱크에서 무슨 일이 일어났을 거라고는 생각도 못 했어요. 사실 불타는 능선을 보는 것만으로도 마음이 너무 무거워서 다른 생각을 할 수가 없었습니다. 저는 한참 동안 넋을 놓고 불길이 번지는 것을 바라봤습니다. 그게 조금씩 길어지고 넓어지는 것을 보며 자꾸 멍해졌어요. 그래서 이장님이 당신이 사라졌다고 말해주었을 때도 그냥 당신이 너무 지쳐서 집으로 돌아갔다고만 생각했죠. 일단 당신이 저 산에 없다는 사실이, 탱크에서 무사히 빠져나왔다는 사실이 너무 다행스러워서 별다른 생각은 하지 못하고 있었거든요. 그런데 오후 늦게, 갑자기 마을에 경찰차가 들어오더군요. 경찰들은 신고를 받고 출동했다고 했어요. 경찰은 두 남자를 찾으러 가야 한다고 말했고 신고자로 당신의 이름을 댔어요. 그 순간, 저는 당신이 전화로 했던 말을 떠올렸어요. 제가 제대로 들었다고 생각하지 않은 말, 당신도 너무 정신이 없어 횡설수설했던 거라고 여겼던 말, 탱크에 사람이 있다는 말. 저는 그제야 당신이 고개를 숙이고 침묵을 지켰던 이유가 산불로 인한 충격 때문이 아닐 수도 있겠다는 것을 깨달았어요. 경찰이 두 사람을 찾았다는 소식을 들었을 때, 산 반대쪽 마을도 아니고 우리가 있던 마을도 아니고 아예 북서쪽 아래의 후미진 작은 계곡 근처에 널브러져 있던 두 사람을 찾았다고 했을 때, 저는 안도와 공포를 동시에 느꼈어요. 태어나서 그런 감정은 처음이었습니다.

저는 아주 나중에서야 모든 자초지종을 알게 되었어요. 당신이 그날 탱크에 가서 무엇을 봤는지, 어떤 일이 있었는지를요. 제가 직접 보지도 겪지도 못한 일이어서 그랬을까요. 저는 그 사실들이 온통 뜬구름 잡는 소리처럼 느껴졌어요. 어떻게 그런 일이 있을 수 있나, 정말 하나도 이해가 가지 않았어요. 그런데 참 이상하죠. 말이 되지 않는 걸 이해하려고 애쓰다 보면, 아니 이해는 안 되어도 계속 생각하고 상상하고 머릿속으로 그리다 보면 어느새 말이 되더라고요. 진짜 내 경험인 것처럼 또렷해지더라고요. 그래서 요즘은 꿈까지 꿔요. 꿈에서 저는 당신이 되었다가 죽은 사람의 친구가 되었다가 그들을 최초로 발견하는 경찰관이 되었다가 먼 옛날 잿마을이 되었던 때를 떠올리는 마을 이장님이 되었다가 언니가 되었다……. 그러면서 그 모두가 느끼는 수만 가지 감정을 느껴요. 그 감정들은 꿈에서 깨도 금방 사라지지 않죠. 그러나 그중에 진짜 제 감정이라고 할 수 있는 건 딱 하나밖에 없습니다. 모든 게 저 때문이라는 생각. 자책감이에요.

사실 당신이 그날 그 일을 겪은 건 저 때문이죠. 제가 이장님을 통해서 당신의 입산을 막았더라면 그 참사를 보지 않았을 거고 산불 때문에 고생하지 않았을 테니까요. 가끔은 8시 예약자가 그곳에서 죽은 것에도 자책을 느껴요. 만약 제가 8시 예약자의 출입을 제대로 확인했더라면, 그가 한 시간 만에 나오지 않은 것을 이상하게 생각했다면 어땠을까요. 그랬다면 그는 지금 살아 있을 수도 있지 않을까요. 소용없는 후회지만 그런 생각을 떨칠 수가 없어요. 어쩌면 꿈을 꾸는 것도 그런 마음 때문이 아닌가 싶습니다.

제가 얼마나 후회를 하고 괴로워하는지 구구절절 설명하려고 쓴 것은 아니지만 언젠가 그날 당신에게 벌어진 일에 대해 제가 할 수 있는 방법으로 사죄를 하고 싶다는 생각이 들어 이 편지를 씁니다. 부디 그날의 일이 당신에게 큰 트라우마로 남지 않길 바랍니다.

탱크 매니저, 손부경 올림.

손부경은 편지를 반듯하게 세 번에 나누어 접었다. 이것을 언니에게 보낼 수도 없고 그 사람에게 보낼 수도 없겠지만 마음 한 구석이 후련했다. 아니, 어쩌면 이 편지를 정말 그 여자에게 보낼 수 있지 않을까 싶었다. 언니에게 쓴 앞부분만 적절한 인사말로 고친다면 불가능한 것도 아니었다. 하지만 손부경은 그러지 않기로 했다. 자책감 때문에 꿈까지 꾼다고 하면서 달랑 편지 한 장써서 부칠 순 없었다. 당장 만나지는 못해도 전화로라도 성의를 보여야 했다. 그때, 문득 돌무더기로 지어 올린 고대도시에서 토가와 갑옷을 입고 거니는 사람들의 모습이 떠올랐다. 예수의 등장에 경고를 던지는 장군이 떠올랐고 그 순간 울리던 진동이 기억났다. 그렇다. 손부경은 그녀의 번호를 알고 있었다. 편지에도 그날 그녀와 나누었던 짧은 통화에 관해 쓰지 않았던가. 그날 아침, 손부경이 〈벤허〉를 보고 있을 때 걸려 온 전화는 바로 그녀가 자신의 핸드폰으로 건 것이었다.

손부경은 핸드폰을 들어 통화 목록을 살폈다. 번호를 찾는 것은 어렵지 않았다. 그날 오전에 걸려 온 전화 중에서 이름이 입력되지 않은 번호는 딱 하나였다. 10시 7분. 44초 만에 끊긴 통화. 손부경은 엄지손가락으로 번호를 누르려다 망설였다. 그때, 문자 메시지 하나가 떴다. 고철상이었다.

「주말 전으로는 폐컨테이너 사진을 보내주십시오, 사면 상태, 창문, 문손잡이 상태 근접촬영」

손부경은 한숨을 쉬었다. 여전히 그곳에 가는 게 엄두가 나지 않았지만, 폐컨테이너를 처리하려면 방법이 없었다. 손부경은 고철상 주인에게 내일 중으로 보내드리겠다고 답장을 하며 천천히 일어섰다.

*

잿빛 하늘 아래에 헐벗은 산은 볼품없었다. 나뭇잎도 거의 다 떨어지고 날도 흐려 민둥해진 모양은 폐허의 기운을 풍겼다. 그러나 가장 볼품없는 것은 불에 탄 탱크였다. 불에 잔뜩 그을려 까맣게 된 컨테이너는 너무 보잘것없어서 폐허가 풍길 법한 오싹함은 커녕 안쓰러움만 불러일으켰다. 같이 올라가주겠다며 따라온 마

187

을 이장 역시 혀를 차며 말했다.

"이것을 언넝 치우지 않고 뭣 허러 사진을 찍는디야."

손부경은 말없이 핸드폰을 꺼내 폐허가 된 그곳을 찍었다. 멀리서 한 번, 가까이에서 한 번, 창문과 문 가까이에서 또 한 번. 손부경은 꼼꼼하게 컨테이너의 곳곳을 담았다. 그렇게 찍는 데에 5분이 채 걸리지 않았다. 손부경은 사진들을 체크하며 함께 와준 이장에게 말했다.

"일주일 안으로 컨테이너 수거해주실 분들이 오실 거예요. 그간 정말 고생 많으셨어요."

"고생은 무슨. 쌔 거 들어오면 그때 또 봐."

손부경은 이장을 물끄러미 쳐다보았다. 잘못 들었나 싶어 대꾸할 수 없었다. 이장은 고개를 갸웃이 하고 손부경을 보며 물었다.

"몰러?"

손부경이 가까스로 대답했다.

"뭐를요?"

"아, 왜, 요것이랑 똑같은 거 들여온다며. 언니랑 말 안 했는가? 탱큰지 뭔지 쌔 걸로 다시 세운다고 하지 않었어?"

손부경은 멍하니 이장을 쳐다보았다. 이장이 농담을 하는 것 같지는 않았다. 손부경은 전소된 컨테이너를 다시 바라보았다. 한결 세진 바람 때문에 손잡이를 잃은 컨테이너의 문이 무겁게 삐거덕거렸다. 손부경은 황영경이 보낸 편지가 떠올랐다. **어떤 것은**

영원히 없어지지 않는다고. 하지만 어떻게 그럴 수 있지. 어떻게 그런 일이 있었는데 다시 컨테이너를 들여올 수 있지. 어떻게 그 컨테이너에서 또 기도를 하게 할 수 있지. 손부경은 당황하여 발밑만 바라보았다. 그사이 바람이 바닥을 쓸며 올라왔고 컨테이너의 문이 또 한 번 삐거덕거렸다.

4부

가능한 미래

1

거의 한 달 만에 거울을 마주한 도선은 소스라치게 놀랐다. 웬 낯선 여자가 멀거니 서서 누렇게 뜬 얼굴로 도선을 응시하고 있었다. 어깨를 한껏 구부리고 선 작은 여자는 잔뜩 지쳐 보였다. 피부와 머리카락이 푸석푸석해져서 생기라곤 없었고 한때나마 귀여운 인상을 풍겼을 법한 둥근 얼굴과 물고기 모양의 작은 눈은 보기 싫게 처져 있었다. 도저히 눈을 뗄 수가 없는 몰골이었다. 무엇보다 거울 속 여자에게선 도선이 사랑하는 사람의 흔적이 보이지 않았다. 도선은 문득 걱정이 되었다. 나중에 로사가 나를 못 알아보면 어떡하지. 엄마가 어딨냐고 되물으면 어떡하지. 먹지도 자지도 않고 컴퓨터 앞에서 손가락만 놀렸으니 상태가 엉망이 되는 게 당연한 일이지만 자신 안에 있던 사랑하는 이의 얼굴마저 사라지는 건 슬픈 일이었다. 도선은 애써 거울에서 눈을 떼고 물을 틀었다. 물 흐르는 소리가 들리자 충격받았던 마음이 그나마 조금 나아졌다. 도선은 의식적으로 턱과 뒷목을 집어넣었다. 뒷목에서 어깨로 떨어지는 근육의 통증이 뒤통수까지 뻐근하게 퍼지는 걸 느끼면서 뜨거운 물에 손을 담갔다. 그러자 방금 전 주소를 쓰며 묻은 사인펜의 잉크가 옅어지기 시작했다.

도선이 그에게 우편을 보낸 것은 계획에 없던 일이었다. 기껏 열심히 썼던 트리트먼트를 다 지워버린 데다 다시는 그와 관련된 걸 쓸 수 없으리라 생각했기 때문이다.

그날 이후, 도선은 고요하게 잠든 것처럼 누워 있던 그의 얼굴을 수십 번씩 떠올렸고 그가 했던 말들을 하루에도 수차례 곱씹었다. 왜 그는 도선에게 자신의 이야기를 쓰라고 했을까. 왜 그걸 보내달라고 했을까. 그런 말을 한 지 겨우 한 계절이 지났을 뿐인데 왜 죽어버렸을까. 도선은 그를 이해할 수 없다기보다 이런 일이 일어난 것 자체를 이해할 수 없었다. 도선은 생각했다. 그가 입으로 내뱉은 무수한 사실들의 안쪽에 그가 차마 말하지 못한 것들이 숨겨졌던 게 분명하다고. 끝내 듣지 못한 속사정을 도선은 결국 그의 죽음으로 마주하게 된 거라고. 그러자 문득 그의 말 하나하나가 전부 의심스러워졌고 생소해졌다. 그의 이야기가 완전히 다르게 읽히기 시작했다. 어쩌면 그는 꿈이고 미래고 탱크고 뭐고 사실은 하나도 믿지 않았을 수 있다. 그날도 죽으러 왔다가 도선에 의해서 가로막혔던 걸지도 모른다. 그래서 탱크에 기도하러 가는 대신 순순히 자신의 이야기를 털어놨던 걸 수도 있다. 그러나 한 가지만은 사실이 분명했다. 그는 공통의 꿈과 공통의 미래를 믿었다. 자신이 죽더라도 이 세계에 자신이 꿨던 꿈이 남아 있으리라는 것을 믿고 싶어 했다. 그래서 도선은 다시 쓰기 시작했다. 그 믿음을 어떤 식으로든 증명해볼 생각이었다.

두 번째 트리트먼트는 한 달 만에 완성되었다. 도선은 자신이 모르는 완전한 타인에 대해서 썼다. 그는 사랑하는 이를 떠나 보낸 사람이었고 그가 보낸 1년간의 일상이 내용의 전부였다. 그러나 그 1년이란 시간 동안 그에게 딱히 별일이 일어나지 않은 탓에, 글은 트리트먼트라기보다 산문에 가까워졌고 산문보다는 일기에 가까워졌으며 일기보다는 중얼거림에 더 가까워졌다. 물론 이야기 속 주인공은 실제로 중얼거리지 않는다. 그냥 1년 내내 자고 먹고 남는 시간엔 봤던 영화를 다시 볼 뿐이다. 그렇게 시간을 흘려보내지만 시간이 흐르는 것만으로도 어떤 미래는 오고 그 미래의 모양은 매우 익숙해서 주인공은 그것이 누군가의 꿈이었고 바깥이었던 것을 알아차린다.

도선은 자신이 왜 이런 이야기를 쓰는지 몰랐고, 이것을 아무리 잘 다듬고 각색한다 해도 팔릴 수 있는 시나리오가 되지 못하리라는 사실을 알았음에도 극도로 정적인 생활과 비참할수록 더 고요해지는 감정을 최대한 세밀하게 그리려고 노력했다. 동시에 표면적인 일상 밑에서 출렁거리는 다양한 감정을 배제하려 했다. 그리하여 이 일이 아무것도 아닌 것처럼 보이도록 했고 동시에 아무것도 아니어서 어디에든 있을 수 있는 일처럼 보이게 했다.

초고가 완성되었을 때, 도선은 맞춤법과 띄어쓰기를 훑어보고 바로 USB에 담아서 동네 문구점으로 갔다. 그리고 조금 망설이다가 B5 용지에 인쇄하기로 결정했고 스프링 제본을 맡겼다. 문구점 주인이 표지는 어떻게 할 거냐고 물었다. 도선은 흰 끼가 많이 도는 하늘색 종이를 집어 들었다. 제본된 책의 무게는 가벼웠다. 도선은 갈색 서류 봉투를 하나 산 뒤 거기에 그의 이름과 주소를 적었다. 그리고 제본한 책을 넣고 우체국으로 향했다.

바람이 센 날이었다. 우체국에서 돌아오는 길은 유독 맞바람이 쳐서 추웠다. 코트 안쪽으로 초겨울의 바람이 스며들었고 바람에선 지나간 계절이 거의 느껴지지 않았다.

도선은 집에 돌아오자마자 겉옷도 벗지 않고 잠시 거실 바닥에 앉았다. 바닥이 너무 차가웠지만 힘이 없어서 일어설 수 없었다. 우편을 보냈다는 사실만으로도 뭔가 큰 것이 떨어져 나간 기분이 들었다. 하지만 그것은 아직 아무것도 아니었다. 도선은 그것을 계속 고쳐야 했다. 계속 써야 했다. 그 생각만으로도 조금 지쳐서 도선은 한참을 더 앉아 있다가 손을 씻기 위해 미적미적 일어났다. 그리고 화장실 불을 켠 순간, 거울 속의 낯선 여자를 보고 주춤한 것이다. 머리는 바람에 헝클어지고 볼은 빨개져서 보풀이 인 얇은 코트를 입고 멍청하게 선 여자는 자신이 벌인 일을 자각하지 못하는 순진하고 둔한 사람의 얼굴을 하고 있었다. 도선은 조심스레 그 여자 앞으로 다가가 손을 씻기 시작했다. 따뜻한 물이 손등과 손바닥을 휘감았고, 그제야 초고의 문장들이 떠오르기 시작했다. 마음에 걸리는 게 한두 개가 아니었다. 특히 마지막 부분에서 너무 노골적으로 주제 의식을 드러낸 게 걸렸다. 그런 건 지우고 보냈어야 했는데. 도선은 수도꼭지를 잠그고 손을 탁탁 털면서 고치고 지워야 할 문장들을 계속 생각했다. 거울 속 얇은 코트 위로 물방울이 맺혔다.

2

강규산은 이제 오전 6시 반에 일어나지 못한다. 장례를 마친 후부터 기상 시간이 점점 늦어진 탓이다. 장례가 지난 첫 주엔 오전 8시에 일어났다. 그다음 주부터는 오전 9시에 일어났고 그 다다음 주부터는 오전 10시에 일어났다. 그리고 오늘, 강규산이 일어난 시간은 오전 11시였다. 해가 중천에 떴음에도 강규산의 집은 윗집 화장실에서 내린 물소리가 바로 귀 옆에서 들릴 정도로 조용했다. 강규산은 한참을 더 누워 있다가 요의 때문에 가만히 있지 못할 정도가 되어서야 이불을 걷고 일어났다. 강규산은 화장실에 들르는 대신 가장 먼저 아이의 방에 가보았다. 아내는 아직 자고 있었다. 평화로운 숨소리가 들렸다. 아마 오늘도 아침이 되어서야 잠이 들었을 게 분명했다. 강규산의 취침 시간이 점점 늦어진 이유는 아내의 취침 시간과도 연관이 있었다. 아들이 죽고 난 후, 아내는 밤마다 아이의 방에 가서 이불을 뒤집어쓰고 흐느꼈는데 그 소리 때문에 강규산도 새벽 늦게까지 잠에 들 수 없었던 것이다. 아내는 어제도 똑같이 울음소리를 냈다. 강규산은 아내에게 더 나올 눈물이 없다는 것을 알았고 아내가 그저 목소리로만 흐느낀다는 것도 알았지만 그것이 강규산 들으라고 일부러 그러는 것은 아니고 그렇게 해야만 잠들 수 있기 때문이라는 것도 알았다. 강규산은 조용히 거실로 나와 소파에 앉아서 정신을 차리려 애썼다. 그리고 아, 내가 요의 때문에 일어났지, 생각하며 천천히 화장실로 향했다. 강규산은 느릿느릿 볼일을 보고 손을 씻고 양치질을 하고 세수를 하고 샤워기를 한 번 보고 망설이다가 화장실을 나왔다. 부쩍 추워진 날씨 때문에 아침 샤워를 하고 싶은 마음이 들지 않았다. 강규산은 이런 적이 한 번도 없었다. 그는 한겨울에도 일어나자마자 조금 차갑다 싶을 정도의 온

도로 샤워를 하곤 했다. 그것이 일종의 의식이라는 것을 그도 알고 아내도 알고 아들도 알았다. 그러나 이제 강규산은 의식을 치르지 않는다. 아내는 강규산이 더 이상 일찍 일어나지도 않고 의식을 치르지도 않고 아침에 하던 모든 루틴을 깡그리 무시하고 살기 시작했다는 걸 알았지만 한마디도 하지 않았다. 아내는 강규산에게 말을 걸지 않았고 강규산의 말을 듣지도 않았다. 강규산은 그런 아내를 그냥 내버려 두었다.

강규산은 커피포트에 물을 올렸다. 그리고 현관문 앞에 놓인 신문을 들고 들어왔다. 그러나 신문을 펼치진 않았다. 신문은 바로 재활용 박스 안으로 들어갔다. 강규산은 소파에 앉았다. 거실에 냉랭한 기운이 가득했다. 팔과 목에 닭살이 돋았다. 강규산은 창밖을 보았다. 나뭇가지엔 나뭇잎이 거의 없었고 떨어진 나뭇잎들이 집 앞 주차장과 인도에 수북이 깔려 있었다. 어느새 가을의 정취 대신 초겨울 기운이 거리를 휘감고 있었다. 강규산은 티브이를 틀었다. 티브이에선 아무 소리도 나지 않았다. 강규산이 지난밤에 음소거를 해놓았던 탓이다. 요즘 들어 강규산은 소리를 듣는 것이 괴로웠다. 음악 소리, 사람들의 말소리, 각종 생활소음 전부 괴로웠다. 그중 가장 괴로운 것은 아내의 울음소리였지만 그건 강규산이 어쩔 수 있는 것이 아닌 데다 가끔은 그 울음소리가 아내의 생사처럼 느껴져 안도감이 들기도 했다. 티브이 화면에는 키 낮은 상가 건물들과 좁은 골목이 퍼즐처럼 들어찬 구역이 펼쳐졌다. 화면이 바뀌고 같은 구역의 밤 사진이 나왔는데 거기엔 붉은 화마와 검은 연기가 가득 차 있었다. 이어지는 영상에서는 기자가 마이크를 들고 굵어진 연기를 등지고 서 있었다. 기자가 입을 벙긋거리며 손으로 뒤를 가리켰고 화면이 바뀌면서 소방관들이 불을 진압하려 애쓰는 모습과 멀리서 그걸 지켜보는 사람들이 나왔다. 그 위로 자막이 떴다. '가스 사고 아닌 방화, 삼십대 남 술 취해 담배꽁초 던져' 화면 밑으로 검은 글씨들이 지나갔다. '계속되는 건조한 날씨에 산불재난부터 각종 화재사고 잇따라…… 국가위기경보발령…….' 이어 화면에는 능선을 타고 번지는 불길과 그 위를 날아다니는 헬리콥터의 모습이 비쳤고 그 위로 커피포트가 요란하게 김을 뿜는 소리가 입혀졌다. 강규산은 커피를 가지러 부엌 쪽으로 향했다. 그때 방문이 열리는 소리가 들렸다. 아내가 깨어난 것이다. 강규산은 황급히 리모컨 쪽으로 달려가 티브이를 껐다. 등 뒤에서 아내의 발소리가 들렸다. 강규산이 아내를 보며 말했다. "일어났네." 아내는 말없이 화장실로 들어갔다. 강규산은 다시 부엌으로 가 컵을 두 개 꺼내어 하나엔 커피를 따르고 하나엔 물을 따랐다. 그리고 커피가 든 컵을 들고 조용히 안방으로 들어갔다. 커튼을 걷지 않아 안방은 아직 어둑했다. 강규산은 그 어둑한 안방의 침대 끄트머리에 앉아 커피를 마셨다. 그리고 하루를 생각했다. 늦게 일어나고 신문도 읽지 않고 운동도 하지 않고 제대로 씻지도 않고 제대로 챙겨 먹지도 않고 무엇을 할 수 있을지 생각했다. 그러다가 침대 옆 협탁에 있는 다이어리에 시선이 갔다. 언젠가 은행에서 받은 것으로 1년이 다 가도록 펼쳐보지도 않은 것이었다. 강규산은 다이어리를 펴서 지금 그가 어느 때에 있는지를 가늠해보았다. 그는 협탁 안에서 볼펜을 꺼내 날짜를 적었고 동그라미를 쳤다. 강규산은 한참 동안 볼펜을 들고 있다가 디지털 시계에 적힌 시간을 모서리에 적었다. 그리고 기상 시간을 적었다. 일어나서 무엇을 했는지 적었고 티브이에서 무엇을 보았는지 적었다. 아내가 몇 시에 일어났는지 적었고 자신이 커피를 가지고 안방에 다시 들어왔다는 사실을 적었다. 왜 그렇게 했는지를 적었다. 그리고 남은 하루를, 남은 낮과 밤을 어떻게 버틸지 생각하고 있다는 사실을 적었다. 왜 그런 생각을 해야만 하는지 적었다. 한 페이지가 금방 넘어갔다. 일과만을 쓰려 했는데 과거가 계속 범람하는 바람에 펜을 놓을 수가 없었다. 쓰는 동안, 강규산은 전에 없이 마음이 고요해졌음을 깨달았다. 갑자기 감각의 한 부분이 되살아나 감히 헤아릴 수 없을 정도로 깊고 넓었던 공허의 어떤 부분이 조금 느껴지는 것 같기도 했다. 강규산은 손에 쥐가 날 때까지 계속 썼다. 밖에서 조그맣게 덜그럭거리는 소리가 들렸지만 펜을 멈출 수가 없었고 계속 쓰는 사이 바깥은 다시 조용해졌다.

3

밤이 되었다. 양우는 스탠드 불빛 아래 앉아 있었다. 불빛은 따스하고 조금 생소했다. 양우는 둠둠이 떠나고 집에 불을 잘 켜지 않았다. 사실 계속 누워만 있었으니 따로 불을 켤 필요도 없었다. 양우는 낮이든 밤이든 화장실이든 부엌이든 불을 켜지 않았고 집 안에 아무도 없는 것처럼 조용히 살았다. 허기를 달래기 위해 통조림 음식을 꺼내 먹을 때도 어둠 속에서 먹었다. 딱히 무슨 이유가 있어서는 아니었다. 그저 밝아지는 게 싫었다. 세상이 보이는 것보다 보이지 않는 것이 훨씬 편했다. 하지만 지금은 불을 켜지 않을 수 없었다. 책을 손에서 놓을 수가 없었기 때문이었다. 책이라고 부르기엔 만듦새가 너무 허술하긴 했지만 양우는 그 책을 소중하게 들고 앉은 자리에서 몇 번이나 읽었다. 마지막 문장을 읽은 후에 다시 맨 앞으로 돌아왔고 남은 책장이 줄어드는 것을 손으로 세면서 또 마지막 문장까지 달렸다. 양우에게 이런 경험은 처음이었다. 양우는 글이라는 것을 거의 읽지 않았다. 집으로 날아오는 고지서와 공장 게시판에 걸린 시간표 및 공지사항, 집과 공장 사이를 잇는 통근길에 매달린 현수막 정도가 양우가 읽는 글의 전부였다. 중학생 때 만화책을 본 적이 있기는 했지만 별 감흥은 없었다. 종이 속의 인물들은 어딘가 조금씩 현실 감각이 결여된 것 같았고 그 과장된 행동과 감정들에 양우는 전혀 공감할 수 없었다. 그러나 이 책은 달랐다. 주인공은 극단적일 정도로 아무것도 하지 않았다. 극히 제한된 동선과 행동들이 전부였다. 감정에도 큰 변화가 없었다. 그는 무감한 사람처럼 살았다. 그의 그런 태도가 삶의 방식 중 하나로 보이지는 않았다. 만약 그것을 삶의 방식이라고 할 수 있다면 그 방식은 주인공이 선택한 것이 아니라 어쩔 수 없이 받아들여야만 하는 종류의 것이었다. 그리고 주인공은 그걸 꽤 잘 받아들이는 것처럼 보였다. 살다 보면 누군가를 잃게 마련이고 그러면 계속 이렇게 사는 것밖에 방법이 없다고 믿는 듯했다. 그러니까, 그는 그저 버티는 사람이었다. 최소한의 음식과 최대한의 잠, 약간의 햇빛, 사치라고는 매일 보는 똑같은 영화가 전부인 사람. 그는 남아 있는 사람이었고 기다리는 사람이었다. 그는 거의 양우였다.

양우는 한참 만에 고개를 들었다. 시계가 멈춰 있어서 대체 몇 시간 동안이나 글을 보고 있었는지도 알 수 없었다. 하지만 마지막으로 책을 덮으면서 자신이 꽤 오랫동안 혼잣말을 하지 않았다는 사실을 깨달았다. 양우의 머릿속은 고요했다. 아주 오랜만에 누군가의 이야기를 깊게 경청한 기분이었다. 양우는 스프링 사이로 손가락을 끼우면서 제목을 유심히 들여다보았다. 어떻게 이게 가능하지. 이것은 둡둡과 양우의 일을 아는 사람이 아니라면 쓸 수 없는 제목이었다. 양우는 답답한 마음에 책이 들어 있던 갈색 봉투를 뒤집어 흔들어보기도 했다. 봉투에선 아무것도 나오지 않았다. 양우는 책 표지에 쓰인 '도선'이라는 두 글자를 다시 보았다. 학교 동기일까. 둡둡의 학교에서는 서로가 만든 것을 봐주고 읽어주고 들어주고 피드백을 해주는 일이 허다하다고 했다. 이것도 그래서 온 걸까. 하지만 이제 여기에 피드백을 줄 둡둡은 없다. 만약 이 사람이 학교 사람이라면 그것을 모를 리가 없다. 그리고 무엇보다 둡둡이 학교 사람에게 이 제목에 관련한 이야기를 하고 다녔을 리 없다. 양우는 이 글을 쓴 사람이 둡둡과 어떻게 알고 지내는 사이인지보다 어떻게 이런 제목을 썼는지가 더 궁금했고, 둡둡이 죽은 것을 알면서도 죽은 둡둡의 이름으로 우편물을 보낸 이유도 궁금했다. 하지만 한편으로는 알고 싶지 않기도 했는데 그건 책의 마지막 페이지에 적힌 한 문장 때문이었다.

이야기의 마지막 부분에서 주인공은 찌는 듯이 더운 한여름 폭염 속에 우두커니 서 있었다. 그는 길을 걷는 사람들 속에서 유독 눈길을 끄는 사람을 발견하고 그가 언젠가 자신과 마주쳤던 사람이라는 것을 알아챈다. 주인공은 그를 따라간다. 그러면서 지난밤에 썼던 일기의 가장 마지막 줄을 곱씹는다. 늘 그랬듯 모든 미래는 **빠짐없이 과거가 된다는 사실을 믿으며, 그 희망을 잃지 않기 위해 계속 쓴다.**

양우는 그 문장을 몇 번이나 다시 읽어보았다. 그리고 계속 눈에 밟히는 단어를 발견했다. 늘 그랬듯 모든 **미래**는 빠짐없이 과거가 된다는 사실을 **믿으며** 그 **희망**을 잃지 않기 위해 계속 쓴다. 미래. 믿으며.

희망. 양우는 문득 기시감이 들었다. 미래와 믿음과 희망이 한 문장에, 그것도 마지막 문장에 함께 들어간다는 사실이 너무 이상한 우연처럼 느껴졌다. 혹시…… 양우는 한동안 떠올리고 싶지 않았던 것을 떠올렸다가 이내 고개를 저었다. 그럴 리가 없지. 정말로 그럴 리는 없다. 탱크는 개인 정보를 요구하지 않는다고 했다. 그러므로 탱크와 관련된 누구라도 둡둡의 집 주소를 알고 있을 리 없다. 그러나 이 책의 마지막 문장은 너무나도 탱크스럽다. 탱크의 슬로건, 주제, 혹은 기도문이라 해도 이상하지 않다. 머릿속에서 가장 큰 목소리의 혼잣말이 소리 질렀다. 혹시 이거 탱크에서 온 거 아니야? 다른 혼잣말들은 모두 침묵했다.

탱크 커뮤니티의 회원들이 얼마나 불만을 품고 있는지 양우는 모르지 않았다. 그들은 열심히 기도하는 회원들이 둡둡 때문에 피해를 입었다고 불만을 터뜨렸고, 산불이 일어난 것도 사실 둡둡의 계획 중 하나라는 음모론을 퍼뜨렸다. 어떤 사람들은 탱크가 둡둡의 죽음에 책임을 질 것이 아니라 둡둡이 탱크의 폐쇄에 책임을 져야 한다고 말했다. 그런 사람들을 보며 양우는 환멸을 느꼈다. 스스로 목숨을 끊은 사람 앞에서 자신의 욕망을 분출할 곳이 사라졌다는 사실에만 격하게 반응하는 사람들이 무섭기도 했다. 양우는 종종 탱크의 테러를 상상했다. 아무리 둡둡이 죽고 없다 할지라도 탱크에 미친 사람들이라면 둡둡의 지인을 찾아와서 해코지를 하고도 남을 것 같았다. 그러나 이 작은 책은 테러로 보기엔 너무 약하고 슬펐다. 무엇보다 이것은 둡둡을 향한 분노와 원망이 아니었다. 이 글은 상실과 슬픔에 대한 글이었다. 그렇다면 이것은 탱크 커뮤니티의 누군가가 둡둡의 절박함과 절망에 공감하고 있다는 뜻이 아닐까? 양우는 혼잣말들이 내린 결론에 고개를 저었다. 몸과 마음이 너무 쇠약해져 아무거나 섣부르게 호의라고 여기는 것일지도 모른다. 그러나 한번 확인해볼 필요는 있었다. 양우는 핸드폰을 들었다. 그리고 아주 오랜만에 '탱크'라는 두 글자를 검색했다.

4

면회를 가기로 한 날 아침, 공기는 밤새 내린 진눈깨비 때문에 축축했고 매끄러운 겨울 냄새가 집 안까지 밀고 들어와 허공에 부유했다. 손부경은 새벽부터 일어나 부산하게 준비를 했다. 내의와 양말, 담요, 그리고 영치금. 또 중요한 건 없나? 손부경은 황영경의 집에서 갖고 온 물건들을 쭉 훑어보았다. 화장품. 화장품이 필요하려나? 편지에 화장품 얘기는 딱히 없었지만 손부경은 에센스와 크림, 선크림을 챙겼다. 무엇이 필요할지 모르니 일단 전부 가져가고 볼 일이었다. 물론 황영경이 따로 부탁한 것도 잊지 않았다.

편지를 읽을 때만 해도 손부경은 황영경이 왜 엽서를 가져다 달라는 건지 몰랐다. 해봤자 주변 수감자들에게 돌릴 생각이겠거니 했을 뿐이다. 아니, 사실 그런 생각을 한 것도 찰나에 불과했다. 황영경이 엽서가 필요하든 말든 손부경은 별 관심이 없었다. 그러나 이제는 아니었다. 마을 이장은 새로운 탱크가 들어온다고 했다. 그때도 관리를 부탁한다고 이장에게 전한 사람은 황영경이다. 고로 황영경은 새로운 탱크를 세울 계획이다, 혹은 그 계획을 이미 실행에 옮기고 있다. 그렇다면 이 엽서도 새로운 탱크를 위해 필요한 것일 가능성이 컸다. 하지만 손부경은 자신의 추측을 믿고 싶지 않았다. 어떻게? 어떻게 그게 가능하지? 황영경은 교도소 안에 있고 탱크는 법적 제재 대상으로 분류되어 철거 직전이다. '탱크의 세기' 커뮤니티는 진작에 폐쇄되었다. 무엇보다 여타 다른 사이비 종교 단체처럼 촘촘한 조직망이 있는 것도 아니고 돈이 많은 것도 아닌 탱크가, 사기꾼이 만든 엉성한 집단 취급을 받는 탱크가 어떻게 또 같은 자리에 세워질 수 있는지, 어떻게 황영경은 그런 생각을 할 수 있는지, 손부경의 상식으로는 도저히 납득하기 힘들었다.

그런 생각을 하면서도 손부경은 황영경이 부탁한 것을 찾기 위해 짐 더미를 뒤졌고 한참 만에 책을 모아둔 박스 두 개를 발견했다. 그 두 개 중 아래쪽 박스에 백 장씩 묶어놓은 엽서 뭉치가 차곡차곡 쌓여 있었다. 손부경은 엽서 뭉치에서 한 장을 뽑아 들었다. 사시사철 푸른 소나무로 둘러싸인 공터와 그 안에 놓인 컨테이너 사진이 앞면에, 황영경이 몇 날 며칠을 생각하여 만든 다섯 행의 선언문이자 기도문이 뒷면에 보였다. 말이 좋아 엽서지, 솔직히 빳빳한 찌라시에 불과했다. 그러나 황영경은 그 엽서를 만드는 것에 열과 성을 다했고 그 때문에 인쇄된 엽서를 받아들자마자 머리를 싸매고 드러눕고 말았다. 사진이 너무 어둡게 인쇄되었다는 것이다. 황영경은 엽서가 너무 어두워서 컨테이너 위로 떨어지는 빛기둥이 보이지 않는다고 말하며 절망했다. 손부경은 엽서를 들어 형광등 아래에서 비춰보았다. 과연 사진은 어두웠고 분명 원본에선 보였다고 주장하는 빛기둥 같은 건 보이지도 않았다. 황영경은 가벼운 느낌이 들까 봐 마지막에 색 보정을 다시 한 게 실수였다면서 망연자실했다. 그러나 이미 엽서는 수백 장이나 인쇄된 후였다. 황영경은 거실을 왔다 갔다 하면서 몇 번이나 물었다. 다시 인쇄할까. 손부경은 고개를 저었다. 탱크를 세운 목적은 사람들에게 믿음의 힘과 기도의 힘을 알리는 것이고 이 엽서는 그것을 홍보하기 위해 만든 수단일 뿐이었다. 인쇄의 질이 완벽해야 할 이유는 어디에도 없었다. 손부경은 황영경의 등에 손을 얹고 이렇게 말했다.

"컨테이너 주변이 어두운 게 오히려 좋은데? 미래의 꿈이 바깥에 있다면서. 그럼 컨테이너 바깥을 우주라고 볼 수도 있잖아."

황영경은 대단히 감명받은 눈길로 손부경을 바라보았다. 당장이라도 손부경이 믿음을 가지기 시작했다고 믿을 기세였다. 손부경은 얼른 덧붙였다.

"그러니까 인쇄를 다시 할 필요는 없어."

정말 인쇄를 다시 할 필요는 없었다. 엽서는 생각보다 쓰임이 없었고 황영경과 손부경은 금방 엽서의 존재를 잊었다. 황영경이 엽서에 대해 말하지 않았더라면 손부경은 엽서가 집에 있는지도 몰랐을 것이다.

대기실은 어둡고 작았다. 차가운 콘크리트 벽이 한낮의 겨울빛을 반사해서 번들거리고 있었고 그 빛이 고개 숙인 대기자들의 정수리를 윤기 없이 비췄다. 순서를 기다리는 사람들은 하나같이 핸드폰을 바라보고 있었다. 액정에서 새어 나오는 불빛이 아니었더라면 모두 고개를 숙이고 기도하는 것처럼 보였을 것이다. 손부경은 그들을 보면서 황영경에게 할 말을 골랐다. 주어진 시간은 10분. 안부를 묻고 건강을 당부하고 필요한 것을 묻고 또 오겠노라 약속하는 것만으로도 금세 흘러갈 시간이었다. 그럼에도 손부경은 새로운 탱크에 대해서 어떻게 물을지, 어떻게 물어야 황영경이 모든 것을 말해줄지, 그 모든 것이 10분 안에 축약될 수 있는 내용일지에 대해서 생각하느라 정신이 하나도 없었다. 손부경은 이로 볼을 잘근잘근 씹으면서 황영경이 눈앞에 앉아 있다고 생각해보았다. 그러자 순식간에 마음속에 불이 붙었다. 상상 속의 손부경이 황영경을 무섭게 몰아붙였다. 대체 무슨 정신이야? 그날 일을 잊었어? 거기에서 사람이 죽은 걸 잊었어? 10시 예약자를 잊었어? 바로 그 사건 때문에 이 꼴이 된 언니 처지는 완전히 잊었어? 그러나 교도관이 손부경을 불렀을 때, 면회실의 문이 열리고 그 사이로 황영경의 깍지 낀 손이 보였을 때, 손부경은 놀라울 만큼 빠르게 마음이 가라앉았다. 깍지 낀 손 위로 마른 어깨가, 그 어깨 위로 마른 목이, 그 위로 마른 턱, 그 위로 웃음기 어린 입꼬리와 왠지 창백해 보이는 볼과 눈을 보자마자 가라앉은 마음 위로 뭔가 묵직한 것이 내려앉는 듯했다. 손부경이 자리에 앉자 황영경은 수화기를 들었다. 수화기 너머로 황영경의 따뜻한 목소리가 들려왔다.

"오느라 고생했어."

손부경은 가슴이 먹먹해졌다. 황영경은 늘 고생했다고 말했다. 엄마의 집으로 돌아갔을 적에도, 엄마의 장례를 치르고 나서도 고생했다고 말했고 마지막 임용시험을 치렀을 때도, 처음 함께 탱크를 보고 온 날에도 고생했다는 말을 했다. 그러나 손부경은 한 번도 황영경에게 고생했다고 말한 적이 없었다. 고생은 언제나 황영경이 더 많이 했지만 그 말을 먼저 하는 사람은 늘 황영경이었고 그걸 아는 손부경은 더더욱 고생했다는 말을 돌려줄 수 없었다. 그래서 손부경은 늘 하던 대로 대답했다.

"고생은 무슨."

5

황영경은 교정 시설 안에 있었지만 자신이 그 안에 있다고 생각하지 않았다. 육체가 일정 공간에 묶여 있다는 감각을 완전히 무시하려 했고 실제로 그랬다. 사방이 막힌 곳에서 바깥의 열린 움직임을 생각하기. 이것이 매일 아침 점심 저녁으로 황영경이 실천하는 것이었고 그것은 거의 수련에 가까웠다. 그러다 보니 어느 순간, 황영경은 진정으로 바깥의 흐름을 느낄 수 있게 되었다. 미세한 공기 입자처럼 자신의 정신을 수감 시설의 밖으로 빼냈다가 다시 들여올 수도 있었다. 황영경은 더 이상 갇혀 있는 사람이 아니었다. 황영경은 어디에든 닿을 수 있는 사람이었고 자신이 진실로 그렇게 할 수 있다는 것을 믿었다. 물론 그 믿음을 황영경 혼자서만 이룩한 것은 아니었다. 황영경에겐 그녀가 다시 일어설 수 있도록 용기를 북돋아줄 뿐 아니라 다양한 소식을 전하며 안팎의 끈을 이어주는 사람들이 있었다. 바로 '탱크의 세기' 회원들이었다. 그들은 여러 소식 중에서도 황영경이 가장 궁금해하는 소식을 적극적으로 전했다. 커뮤니티가 폐쇄된 후에도 블로그나 SNS 등 다양한 경로를 통해 여전히 탱크와 믿음에 관한 관심을 이어나가는 회원들에 대한 소식뿐 아니라, 사건 이후 탱크에 대한 일반인의 관심이 어느 정도인지, 탱크에 관련된 제재는 얼마나 까다로운지도 알아봐주었다. 덕분에 황영경은 다시 믿음의 길을 뚫을 계획을 시작했고 그 과정에서 몇 가지 새로운 결심을 하게 되었다. 그중 하나가 손부경을 이번 일에서 제외시키는 것이었다. 황영경은 손부경을 보면서 세상에는 믿음을 가지는 데에 생각보다 훨씬 더 많은 시간이 걸리는 사람이 있다는 것을 알게 되었다. 그래서 손부경에게 다시 탱크 일을 해달라고 할 수 없겠다고 결론을 내리고 새로운 매니저를 뽑았다. 바로 황영경에게 가장 많은 소식을 전달해준 커뮤니티의 회원이었다. 황영경은 징역 동안 그에게 모든 운영권을 위임하고 면회를 통해 새로운 커뮤니티와 새로운 탱크에 관한 논의를 할 생각이었다. 그렇게 새로운 매니저로 임명된 회원은 한 달에 주어진 여섯 번의 면회를 모두 신청하겠다고 약속했고 다섯 번의 면회를 성실히 와주었다. 만약 손부경이 면회를 신청하지 않았더라면 오늘도 황영경 앞엔 새로운 매니저가 앉아 있었을 것이다.

오랜만에 본 손부경은 황영경의 예상보다 훨씬 더 많이 황영경을 반가워했다. 황영경을 보자마자 눈가가 촉촉해지는 것이, 혼자 지내는 동안 마음고생을 많이 한 모양이었다. 손부경은 앉자마자 바리바리 싸 온 물품들을 꺼내 보여주었다. 추운 겨울을 대비한 다양한 실내복과 담요, 그리고 엽서. 황영경은 칸막이 너머로 손부경이 들고 있는 엽서를 찬찬히 들여다보았다. 그때 손부경이 말했다.

"언니, 이 엽서는 실패작이야."

그 뜬금없는 소리에 황영경이 놀란 눈빛으로 쳐다보자 손부경이 덧붙였다.

"사진이 너무 깨끗하고 선명해. 쓸데없이 다 드러난 기분이야. 애초에 사진이 아니라 그림을 그려 넣었어야 했는데. 믿는 사람들은 그림 너머로 진짜 탱크를 볼 수 있는 반면 믿지 못하는 사람들은 이름 모를 이가 그린 조악한 그림만 보게 될 테니까. 게다가 사진은 무슨 일이 생겼을 때 증거가 될 수 있잖아."

황영경은 손부경을 빤히 쳐다보았다. 그리고 어느새 굳은 표정으로 돌아온 동생을 보며 확신했다. 무엇을 어떻게 알았는지는 몰라도 손부경은 뭔가를 알고 있었다. 두 사람은 침묵했다. 남은 시간을 가리키는 숫자는 점점 줄어들었고 황영경은 아직 말하지 못한 사실들, 새로운 탱크를 준비하고 있다는 것과 새로운 매니저가 생겼다는 사실을 말해야겠다고 생각했지만 입이 잘 떨어지지 않았다. 그때 손부경이 다시 입을 열었다.

"증거라고 하니까 갑자기 생각났는데, 그날 말이야…… 집에서 영화 하나를 보고 있었거든. 〈벤허〉라고, 옛날 영화야. 59년 작인가. 아무튼 최근에 그게 자꾸 생각나더라고. 그래서 찾아보다가 새로운 사실을 알게 됐어. 이게 사실 루이스 월리스라는 작가가 쓴 동명의 소설을 원작으로 만들어졌는데 이 작가가 원래는 신앙이 거의 없다시피 했대. 그런데 이 소설을 쓰면서 아주 신실해져서 그리스도의 삶을 따라 걷겠다는 다짐까지 하게 됐다는 거

213

야. 그리스도에 대한 연구와 기록을 찾아보다가 그렇게 된 거지. 그걸 보고 바로 언니가 떠오르더라. 비슷하지 않아? 어떤 증거를 보고 믿음이 생기고 그 믿음을 바탕으로 내 것을 만들면서 다시 믿음을 증명하게 되는 순환이? 언니는 그 작가랑 똑같은 길을 걸은 거야. 바로 옆에서 그걸 봤으니 나는 그 믿음의 증인이라고 할 수도 있겠네."

남은 시간을 가리키는 숫자가 1로 바뀌었고 손부경이 그것을 바라보면서 계속 말했다.

"그런데 만약에 말이야, 내가 결국 어떤 믿음을 받아들이기로 한다면, 그래서 내가 그걸 스스로 증명해내기로 결심한다면 언니도 내 증인이 될 수 있을까? 믿음의 동행. 그거는 서로 믿음이 달라도 가능할까?"

황영경은 부경아, 하고 불렀다. 그러나 그 뒤로 아무 말도 할 수 없었고 그사이 숫자는 사라졌다. 칸막이 너머 소리가 완전히 차단된 후, 손부경은 천천히 일어섰다. 목도리와 가방을 챙기고 뒤돌아서 가지고 온 황영경의 물품들을 맡겼다. 그리고 무언가를 말했다. 아마도 "잘 있어, 나 갈게." 하는 인사였을 것이다. 아니면 "잘 있어, 건강해"일지도 모른다. 그게 무엇이든 마지막 작별 인사라는 것을, 황영경은 알고 있었다.

214

새로운 탱크

1

도선이 마을에 도착했을 때, 가장 먼저 눈에 들어온 것은 현수막이었다. 현수막은 마을버스에서 내리자마자 뒤로 돌면 보이는 전봇대에 단단히 묶여 있었는데 대문짝만 하고 시뻘건 글씨 덕에 멀리서도 한눈에 들어왔다. 쓰레기 소각 금지. 그래, 그럴 만하지. 도선은 중얼거렸다. 항상 저런 식이지. 일이 벌어지고 나서야……. 도선은 계속 걸었다. 몇 분 후, 산 입구 쪽 임도로 넘어가는 작은 개다리 입구에 걸린 또 다른 현수막이 눈에 들어왔다. 겨울철 입산 금지. 이게 뭐야. 도선은 저도 모르게 소리 내어 말하

215

곤 잠시 걸음을 멈췄다. 빳빳한 천에 붉은 글씨가 깔끔하게 프린트되어 팽팽하게 걸린 현수막은 건 지 얼마 되지 않아 보였다. 도선은 혼란스러웠다. 새로운 탱크가 재개되는 것은 12월 7일, 절기상으로 대설이었고 대설은 바로 내일이었다. 그리고 대설은 겨울이다. 한마디로, 당장 내일부터 기도자들이 탱크를 방문할 텐데 산 앞에 겨울철 입산 금지라는 현수막이 걸려 있는 것이었다. 물론 사람들은 현수막에 적힌 말을 곧이곧대로 따르지 않을 것이다. 탱크 측도 언제나처럼 회원들의 편의를 살필 것이고 외부로는 컨테이너의 용도를 적극적으로 은폐할 것이다. 그렇다면 이 현수막은 뭘까. 이것도 역시 탱크를 은폐하려고 내건 일종의 페이크일까. 만약 그런 용도로 만들어진 거라면 충분히 이해할 만했다. 어쩌면 이것은 믿음의 기폭제 역할을 할 수도 있을 것이다. 입산 금지 현수막을 멀쩡히 보면서도 산으로 들어가는 탱크의 회원들은 그들이 속한 사회 위에 더 큰 존재, 바로 탱크가 있음을 강하게 깨닫고 그 사실에 쾌감을 느낄지도 모른다. 그런 감정 하나하나가 탱크의 존재에 힘을 실어줄 것이다. 도선은 왠지 불쾌해졌다. 생전 처음으로 현수막을 난도질하고 싶다는 생각이 들었다. 하지만 오늘만큼은 눈에 띄는 어떤 행동도 해선 안 된다. 그저 산행을 하는 사람처럼(이런 동네 야산을 산행하러 멀리에서 오는 사람이 있을 리 없지만) 평범하게 산에 들어가야 한다. 그런 의미에서 길가에 사람들이 한 명도 보이지 않는 것, 특히 마을 이장이 눈에 띄지 않는 것은 다행한 일이었다. 도선은 경보하듯 빠르게 산으로 들어갔다.

도선이 새로운 탱크의 존재를 알게 된 것은 예상치도 못한 두 개의 연락 때문이었다. 그 연락이 오던 날, 도선은 이렇다 할 진척이 없는 트리트먼트를 보고 있었다. 트리트먼트는 초고 이후 거의 그대로였다. 1년짜리 주인공의 이야기를 어떻게 확장시켜 나가야 할지 길이 보이지 않았기 때문이다. 무엇보다 주인공이 어떻게 '그 순간'을 효과적으로 맞이할 수 있을지 도무지 떠오르지 않았다. '그 순간'이란 주인공이 떠나 보낸 사람의 꿈을 우연처럼 눈앞에서 마주하게 되는 순간이었다. 떠난 사람이 생전에 누군가와 공유했던 공통의 미래가 현실이 되어 펼쳐지는 순간이었다. 그래서 굳이 알 필요 없어 보였던 이야기가 굳이 알아야 할 이야기로 바뀌는 순간이었고 예상치 못한 때 예고 없는 울림을 주는 순간이었다. 물론 초고에도 어느 정도 극적인 장치는 있었다. 그러나 도선은 그것으론 부족하다고 생각했다. '그 순간'은 더 극적이어야 했다. 지루하게 나열되었던 주인공의 일상을 하나하나 되살릴 수 있을 정도는 되어야 했다. 그래서 도선은 '그 순간'을 위한 우연의 장치를 억지로 쥐어짜내기 시작했는데, 그중 가장 처음으로 떠오른 소재가 불이었다.

도선이 보기에, 불은 붙으려고 마음만 먹으면 다 붙을 수 있는

217

장치였다. 게다가 계속되는 건조한 날씨로 산불재난국가위기경보 '경계' 단계가 발령되며 소각 행위를 금지하고 불씨 관리에 유의하라는 재난경고 알림이 허다하게 울리는 통에 화재 말고는 다른 소재를 생각할 수도 없었다. 도선은 주인공의 신변에 아주 약간의 위험을 가할 수 있는 화재사고를 찾기 위해 인터넷을 켰고 '화재'라는 두 글자를 검색하자마자 그리 크지 않은 건물 두 채가 나란히 불타고 있는 어마어마한 사진을 마주했다. 오전에 발생한 목재 공장의 화재였다. 용접을 하던 중에 튄 불똥이 나무에 붙는 바람에 공장의 작업장 하나가 완전히 전소되었고 그 작업장과 붙어 있던 다른 공장의 작업장에도 피해가 갔다는 내용이었다. 다행히 죽거나 다친 사람은 없었지만 나무 공장은 당분간 문을 닫아야 할 터였다. 도선은 불이 난 공장의 소재지를 보았다. 여기와도 멀지 않은 공장단지였다. 목재 공장뿐 아니라 각종 부품 공장, 필터 공장이 많이 몰려 있는 그곳엔 해마다 안전사고와 인명 피해가 잇따랐다. 도선은 공장의 소재지가 어쩐지 많이 익숙하다고 느꼈고 그래서 그곳을 검색해보려 했다. 그때 두 개의 벨이 동시에 울렸다. 하나는 핸드폰이었고 하나는 초인종이었다. 도선은 두 개의 벨 사이에서 잠시 우왕좌왕하다가 일단 전화를 받았다. 그리고 현관문으로 달려갔다. 그사이 전화기에서 머뭇거리는 여자의 목소리가 흘러나왔다.

"저…… 안녕하세요. 도선 님 맞으시죠? 닉네임 D-O-S-

U-N. 도선이요."

밖에선 초인종에 이어 쾅쾅 문 두드리는 소리가 들렸다. 우체부가 말했다. "등기요! 등기!" 도선은 갑자기 튀어나온 닉네임 얘기에 잠시 뜸을 들이다가 대답했다.

"네 맞아요, 네 나가요!"

도선이 문을 열자 핸드폰 너머에서 여자가 말했다.

"저, 기억하실지 모르겠지만 제가 그날 전화를 받았던 매니저예요."

우체부가 도선을 보지도 않고 웬 봉투를 불쑥 내밀며 물었다.

"본인 맞으세요?"

도선은 고개를 끄덕였고 사인을 하면서 여자에게 되물었다.

"네? 누구시라고요?"

도선의 질문에 우체부가 도선을 힐끔 쳐다보며 "네?"라고 했고 도선이 아무것도 아니라는 듯 고개를 저었다. 그때 핸드폰 너머에서 여자가 말했다.

"저 그 탱크 예약 매니저인데요."

어깨로 현관문을 지탱하고 있던 도선은 잠시 멈췄고 그사이 우체부는 도선의 손에서 패드를 가져갔다. 도선은 한참을 가만히 서 있다가 우체부의 발걸음 소리가 완전히 사라진 후에야 편지 봉투를 바라보았다. 낯선 이름이 눈에 들어왔다. 최양우. 누구지? 핸드폰 너머에서 다시 여자의 목소리가 들렸다.

"그때 저한테 전화하셨고, 그날 제가 가서 잠깐 뵙기도 했는데…… 혹시 기억나시나요?"

도선은 쉽사리 대답할 수 없었다. 도선은 기억을 더듬으려는 사람처럼 어…… 음…… 하는 소리를 내면서 봉투에 표기된 발송지를 훑었다. 어디지. 혹시 이것도 탱크에서 보낸 건가. 순간 도선은 재미있는 아이디어가 떠올랐다. 주인공이 화재를 겪게 할 게 아니라 지금 같은 상황을 만들면 어떨까. 핸드폰으로 전화가 오면서 동시에 등기 우편물이 날라오는데 둘 다 일반적인 연락은 아니었고 결국 그 연락들이 어떤 사건의 도화선으로 작용하는 장면 말이다. 주인공은 낯선 이로부터 받은 전화에 당황하고 낯선 이로부터 받은 우편물에 더 당황한다. 주인공은 전화를 이어가면서 낯선 이의 정체를 스무고개 하듯 알게 되고 덩달아 우편물을 보낸 사람에 대해서도 짐작하게 되는데……. 그때였다. 도선은 언젠가 손으로 적어 내려갔던 주소를 떠올렸다. 그곳으로 제본한 책을 보내고 완전히 방전되었던 얼마 전의 일들을 기억해냈다. 도선의 추측이 맞다면 이것은 그 책을 읽은 사람이 보내온 답장이었다. 도선은 한숨을 내쉬면서 대답했다.

"네, 완전히 기억납니다."

도선이 기억난다고 대답하자마자 탱크 매니저였던 손부경이란 여자는 횡설수설하기 시작했다. 자기소개를 하다가 그날의 일에 대해서 설명하다가 문득 뜬금없는 연락을 사과하는 식이었다. 그러고도 한참 뒤에서야 자신이 전화한 이유를 밝혔는데, 첫 번째는 그날 도선을 위험에 빠트린 것을 사과하기 위해서였고(여자는 죄송하다는 말을 모든 문장에 끼워 넣었다) 두 번째는 도선에게 새로운 소식을 알리기 위해서였다. 그건 바로 탱크가 철거된 공터에 새로운 컨테이너가 들어설 거란 내용이었다. 대단한 소식이라도 전하는 것처럼 한 단어 한 단어 힘주어 말하는 손부경의 태도에 도선은 왠지 삐딱한 마음이 들었지만 그녀가 하는 말을 잠자코 들었다. 손부경은 새로운 탱크에 대한 새로운 정보를 길게 쏟아낸 후 마지막에 이렇게 덧붙였다.

"그런데요. 거기서 사람이 죽었잖아요. 그런 일이 있은 지 얼마 되지도 않았잖아요."

도선은 대답하지 않고 속으로 생각했다. 그랬지, 그런 일이 있었지, 그런 곳에 또 탱크가 생기다니 듣고도 못 믿을 일이네, 하지만 뭐 어쩌란 말인가, 그걸 왜 나한테 전화해서 말한단 말인가. 도선의 생각을 듣기라도 한 듯 핸드폰 너머에서 손부경이 말했다.

"이 말씀을 드리는 건, 탱크가 생겨선 안 되는 이유를 그 누구보다 도선 님이 제일 잘 알고 계실 거라고 생각하기 때문이에요. 탱크에 오는 사람들은 다 간절해요. 도선 님도 아실 겁니다. 그래서 그날 연기를 보고도 산으로 향하신 걸 테고요. 그런데 그렇게 찾아간 탱크에서 사람이 죽은 걸 보셨고 산불 때문에 큰 변

221

을 당하실 뻔했잖아요. 그래서 새로운 탱크가 생긴다고 해도 도선 님만큼은 다시 그곳에 기도하러 갈 거라고 생각하지 않았습니다. 굳이 트라우마 때문이 아니더라도, 거기서 사람이 죽었고 그걸 보셨잖아요. 솔직히 그건 다른 기도자들에게도 해선 안 되는 짓이죠. 사람이 죽은 자리에서 계속 기도를 하다니, 그건 말도 안 되죠."

도선은 손부경이 무슨 생각을 하는지 대충 알 것 같았다. 그녀는 도선이 새로운 탱크에 대해 자신과 같은 의견을 가지리라 믿고 있었다. 탱크를 믿었던 누군가가 절망하고 자살했던 곳에서 기도를 할 수는 없다, 그런 일은 일어나선 안 된다, 너도 그렇게 생각하지 않느냐, 하고 정해진 답을 묻고 그렇게 얻어낸 답을 통해 자신의 생각에 타당성을 부여하고 싶어 했다. 한마디로 손부경은 도선에게 쓸데없는 죄책감을 갖고 있었고 더 쓸데없는 연대감까지 갖고 있었다. 하지만 도선은 손부경과 엮이고 싶지 않았다. 도선은 대답했다.

"그래서요?"

도선의 반응에 손부경은 잠깐 침묵했다. 그러나 곧이어 결의에 찬 목소리로 말을 이었다.

"그래서 말인데, 제가 그걸 못하게 할 겁니다. 혹시라도 아직 탱크를 믿고 계신다면, 아니 새로운 탱크에 대한 소식을 듣고 다시 기도하러 가실 계획이시라면 헛걸음 마시라고 미리 알려드리고 싶어서요. 새로운 탱크가 절대 운영될 수 없게 할 거거든요."

"어떻게요? 산불이라도 내시게요?"

맹세컨대, 비꼴 생각은 없었다. 하지만 도선은 필요 이상으로 날카롭게 대답했다. 그만큼 화가 났기 때문이었다. 도선은 글을 쓰면서 평화를 되찾고 있었다. 탱크를 생각하지 않는 시간이 점점 늘어나고 있었고 생각하더라도 전처럼 괴롭지 않았다. 그런데 이 여자가 전화를 걸어서 지난 기억을 상기시켰다. 그뿐만 아니라 굳이 새로운 탱크가 생긴다는 사실을 알리고 또 탱크를 없애겠다는 다짐까지 들려주고 있는 것이다. 도선은 자꾸 숨이 차올라서 숨을 몰아쉬었다. 그때 건너편에서 손부경이 대답했다.

"어떻게 할지는 몰라요. 하지만 어떻게 해서든 탱크가 운영되지 못하게 할 거예요. 그러려면."

손부경은 갑자기 말을 끊었다. 마치 그 방법을 지금 생각해내려는 듯이, 혹은 도선의 궁금증을 유발하려는 듯이. 도선은 기가 차서 가만히 있었다. 손부경이 무슨 말을 하든 장단을 맞춰주고 싶은 생각은 없었다. 하지만 결국 도선은 (손부경의 의도대로) 그 짧은 시간이 흐르는 동안 점점 뒷말이 궁금해졌고 애가 탔다. 참다못한 도선이 입을 열기 직전에서야 손부경은 입을 뗐다.

"그러려면, 도선 님 도움이 좀 필요해요. 새로운 탱크에 대한 자세한 정보를 원합니다."

도선이 그걸 왜 나한테서 찾느냐고 쏘아붙이려는데 손부경이 계속 말했다.

"아마 지금쯤 새로운 컨테이너는 들어섰을 거예요. 하지만 정확히 언제 오픈하고 어떻게 예약되는지는 모릅니다. 그걸 알 수 있는 건 기존 회원뿐이거든요. 아마 도선 님께도 메일이 갔을 거예요. 새로운 커뮤니티가 만들어졌다고요. 저한테는 메일이 안 와서 도선 님께 부탁드리는 거예요. 메일 확인이 되면 커뮤니티에 들어갈 수 있고 커뮤니티에 가면 정확히 탱크가 언제부터 운영되는지 알 수 있어서요."

손부경은 숨도 쉬지 않고 말했다. 마치 어딘가에 적어놓고 읽는 사람처럼. 마치 이 문장만을 생각하고 말해온 사람처럼. 도선은 더욱 어이가 없어졌다. 대체 내가 왜 정보를 알려줘야 해? 무엇 때문에? 그러나 도선은 한 번 더 말을 삼켰다. 문득 궁금해졌기 때문이다. 새로운 탱크는 그렇다 쳐도 커뮤니티까지 새로 생기다니, 궁금하지 않을 수가 없었다. 도선은 물었다.

"새로운 커뮤니티 이름이 뭔데요?"

"잘은 모르겠는데 제 예상이 맞다면……. 아마 '탱크의 시대'일 거예요."

탱크의 시대라. 도선은 당장 노트북을 열고 메일에 접속해보고 싶었지만 왠지 그럴 엄두가 나질 않았다. 안 그래도 복잡한 머리가 더 복잡해질까 봐 무서웠다. 겨우 찾은 평온이 무너질까 봐 두려웠다. 도선은 이제 탱크로부터 벗어나고 싶었다. 그토록 믿었던 탱크가 점점 부담스러워졌다. 그 끔찍한 일이 벌어지고 한 달이 넘게 지났음에도, 도선은 여전히 탱크에 둘러싸여 있었다. 탱크 매니저에게 걸려 온 전화, 탱크에서 만난 사람의 남자친구에게서 온 편지, 그리고 지금 붙잡고 있는 새로운 이야기까지. 그러나 도선은 알고 있었다. 탱크가 아직도 도선을 둘러싸고 있다는 사실은 탱크의 못 다한 역할이 남았다는 뜻이다. 그 순간, 도선은 이야기에 무엇이 필요한지 깨달았다. 자신이 무엇에 대해 써야 하는지 깨달았다. 주인공이, 도선이, 아니 그들이 어디로 가야 하는지 깨달았다.

빠른 걸음으로 걷자 금방 신성한 구역의 공터가 보였다. 모든 것이 그대로였다. 전부 다 타버렸을 거라 생각한 나무들도 많이 남아 있었고 그때 그 바위도 그대로였다.

도선은 바위 앞으로 다가갔다. 남자가 그랬던 것처럼 바위 위에 올라가 등을 대고 드러누웠다. 숨을 크게 들이마시고 아주 천천히 내뱉었다. 코와 입으로 얇은 입김이 새어 나왔다. 그때였다. 도선의 코로 아주 익숙한 냄새가 들어왔다. 매캐하고 뜨거운 냄새. 온몸에 경고음을 울리는 냄새, 공포를 몰고 오는 냄새. 불 냄새였다. 도선은 너무 놀라 바위에서 뛰어내렸지만 다리에 힘이 풀려 그대로 땅에 나뒹굴고 말았다. 도선은 중심을 잃은 몸을 가누며 코를 문질렀다. 입으로 숨을 몇 번 불어보았다. 그리고 다시 냄새를 맡았다. 어쩌면 트라우마가 되살아나 뇌가 착각한 것일 수도 있었다. 그러나 이것은 틀림없이 재와 가스의 입자가 천천히 퍼지는 냄새였다. 도선은 절망적으로 확신했다.

어딘가 불이 붙은 게 분명했다.

2

양우가 탱크를 검색한 것은 실수였다. 그 실수 때문에 모든 계획이 어그러졌다. 만약 탱크를 검색하지 않았더라면, 그래서 〈드디어 다시 탱크〉라는 제목의 블로그 글이 눈에 들어오지 않았더라면, 그 블로그 글에서 '탱크가 사라져도 완전히 없어지진 않을 거라고 믿은 것이 결국 옳았다'라고 쓴 문장을 발견하지 않았더라면, 그 블로그의 이웃 블로그까지 하나하나 다 방문해서 '탱크가 돌아왔다'라고 쓰인 글을 발견하지 않았더라면, 양우는 원래의 계획대로 둡둡의 짐을 정리하고 죽음을 준비했을 것이다. 하지만 양우는 끝내 탱크의 부활 소식을 보고야 말았고 이성의 끈이 툭 끊어지고 말았다. 어떻게 그런 일이 일어났는데 탱크가 다시 생길 수 있지? 어떻게 커뮤니티가 다시 생길 수가 있지? 양우는 벌떡 일어나 새로 만들어졌다는 커뮤니티를 찾기 시작했다. 하지만 어떤 검색어를 넣어도 탱크 관련 카페나 갤러리 같은 건 찾을

226

수 없었다. 나중에는 해당 글을 올렸던 블로그까지 검색되지 않았다. 그래서 양우는 탱크와는 관련이 없지만 믿음을 이야기하는 카페나 커뮤니티를 찾아다니기 시작했고 집요한 검색 결과 마침내 한 카페에서 탱크에 관련된 정보를 얻을 수 있었다.

일단 탱크의 부활은 사실이었다. 어떻게 그것이 가능한지는 모르겠지만 탱크는 다시 세워질 것이고 새로 만들어진 탱크 커뮤니티는 '탱크의 세기' 기존 회원들만 가입이 가능하도록 비공개로 운영될 것이다. 그 말은, 양우가 이 이상의 정보를 알 수는 없으리란 뜻이었다. 양우는 어두컴컴한 방에 가만히 앉아서 끝도 없이 가라앉는 마음을 어떻게든 흘려보내려 애썼다. 혼잣말들이 양우를 도와주었다. 이제 둡둡도 없잖아. 탱크가 수십 개 더 생기든 수백 개 더 생기든 니가 상관할 일은 아니야. 물론 어이가 없고 열은 받겠지만 탱크에 집착하는 게 무슨 소용이겠어. 게다가 너는 둡둡의 자살이 탱크 잘못이라고 생각하지도 않았잖아. 오히려 탱크의 잘못이라고 축약해버린 사람들을 원망했었잖아……. 그러나 마음은 아무리 애써도 흘러가지 않았고 시간이 흐를수록 양우는 새로운 탱크의 존재를 더더욱 참을 수 없었다. 그때 하늘색 표지의 작은 책이 생각났다. 만약 그것이 탱크와 관련된 사람이 보낸 거라면 책을 쓴 사람은 탱크의 부활을 알고 있지 않을까. 양우는 급하게 책을 찾았다. 그리고 온 집 안을 뒤지던 끝에, 둡둡의 집에 보내려고 준비하던 박스 안에서 갈색 봉투를 발견했다.

거기엔 '도선'의 주소가 적혀 있었다. 양우는 급하게 빈 종이를 찾았다. 하지만 어찌 된 일인지 집에 종이나 공책 같은 것이 하나도 없었다. 그래서 급한 마음에 책의 뒤표지를 찢었다. 그리고 자기 소개나 인사도 없이 바로 새로운 탱크에 대해서 아느냐고, 언제 어디에 세워지는지 정확한 정보를 알려줄 수 있느냐고 쓴 후 마지막엔 자신의 핸드폰 번호를 남겼는데 덕분에 그것은 편지라기보다 전보나 쪽지에 가깝게 느껴졌다. 다행히 양우는 이 짧은 편지가 몹시 무례해 보인다는 사실을 금방 깨달았다. 도선은 책을 써서 보내준 사람이었다. 그런 사람에게 책에 대해서는 일언반구도 없이 대뜸 탱크 이야기부터 하는 게, 그것도 뒤표지를 찢어다가 편지를 쓰는 게 상식적인 행동은 아니었다. 양우는 망설이다가 변명 같은 메모를 덧붙였다. **혹시 누구인지 모르실까 봐 이 책의 마지막 장을 찢어 보냅니다. 저는 둡둡의 동거인입니다.** 그리고 조금 더 고민하다가 책에 대한 감상도 덧붙였다. **보내주신 글은 감명 깊게 읽었습니다. 계속 더 읽고 싶을 정도로요.** 양우는 주인공이 마치 자신처럼 느껴졌다는 말을 덧붙이고 싶었다. 대체 어떻게 이런 제목을 지었는지, 둡둡과 어떻게 아는 사이인지도 묻고 싶었다. 하지만 그러는 사이 다시 새로운 탱크가 떠올랐고 양우는 힘없이 펜을 내렸다.

바깥을 보니 사위가 조금씩 밝아지고 있었다. 언제 밤이 왔다 갔는지도 모르게 동이 트고 있었다. 양우는 창문을 향해 앉았다. 해가 평소보다 느리게 뜨고 있었고 양우는 괜히 초조해졌다. 도선이란 사람에게 탱크 얘기를 해도 괜찮은 걸까. 아니 그것보다, 새로운 탱크에 이렇게까지 관심을 가져도 괜찮은 걸까. 혼잣말들도 대답해주지 않는 질문이 끝도 없이 솟았다.

양우가 '도선'이라는 여자의 전화를 받은 건 우편을 보낸 바로 다음 날이었다. 여자는 염소처럼 떨리는 목소리로 자신이 그날 거기에, 양우가 울면서 죽은 둡둡을 안고 있던 그 자리에 있었다고 고백했다. 그 말에 양우는 어렴풋이 떠오르는 어떤 여자의 실루엣을 기억해내려 애썼다. 그러나 양우가 그러든 말든 도선은 계속 제 할 말만 했고, 양우도 별다른 노력 없이 이어지는 얘기를 가만히 듣게 되었다. 도선의 말에 따르면,

그녀는 8월의 어느 날 탱크에서 내려가는 길에 우연히 둡둡을 마주쳤고 둡둡과 대화를 나누게 되었다. 둡둡의 내밀한 이야기를 들은 그녀는 그 이야기를 바탕으로 시나리오를 쓰겠노라 약속을 했고 실제로 그 약속을 지키기 위해 그날 이후 열심히 트리트먼트를 썼다. 하지만 트리트먼트를 완성하기도 전에 둡둡이 죽었고 우연히 그 죽음을 목격하게 되었다. 충격을 받은 그녀는 쓰던 트리트먼트를 모두 지워버렸지만 둡둡의 생각을 떨칠 수 없었고 결국 새로운 이야기를 쓰기 시작했다. 그것이 바로 양우에게 보낸 책이었다.

양우는 생각지도 못한 이야기에 잠시 할 말을 잃었다. 반면 한

바탕 말을 쏟아낸 도선의 목소리는 한결 가벼워진 듯했다.

"감명 깊게 읽었다고 해주신 거 보고 눈물이 나더라고요. 감사해요."

양우는 여전히 멍한 기분으로 대답했다.

"책 보내주셔서 제가 감사하죠."

그러자 도선이 말했다.

"그 이야기 거기서 끝나는 거 아니에요. 뒤에 다른 일이 일어날 거고 거기서부터가 진짜 시작이 될 거예요."

양우는 침묵했다. 책에 대해 이야기하는 것도 나쁘지 않았지만 지금 양우의 관심사는 오직 새로운 탱크였다. 그 마음을 읽기라도 했는지 여자가 말했다.

"그건 그렇고, 우리 서로 할 얘기가 많은 것 같은데 얼굴 보고 얘기 나눌까요?"

"얼굴 보고요?"

"네, 탱크에서요."

양우는 숨이 턱 막혀서 아무 말도 하지 못했다. 탱크에서 만나자고? 결국 탱크가 다시 세워진 건가? 양우의 혼잣말들이 웅성대는 동안 여자는 말했다.

"새로운 탱크 궁금해했잖아요. 안 그래도 저도 한 번 보고 올 생각이었거든요."

양우는 머뭇대면서 물었다.

"그…… 새로운 탱크가 생기는 게 확실한가요? 바로 그 자리에 다시 들어서는 게 맞는지……."

"커뮤니티 보니까 그렇다고 하더라고요. 이미 새 컨테이너는 들어섰고요. 참…… 대단하죠?"

여자가 말하는 '참 대단하죠'의 뉘앙스에 양우는 울컥하고 말았다. 양우는 다시 말을 잃었다. 물론 혼잣말들은 머릿속에서 끊임없이 의견을 주고받고 있었다. 가봐, 가보자. 그래도 이 여자가 둡둡이랑 내밀한 이야기를 했다는데 그게 뭔지는 들어봐야 하지 않겠어? 게다가 그 책도 말이야, 제목은 또 어떻게 지었는지 물어봐야지. 탱크에서 둡둡을 만났다니까 둡둡이 무슨 기도를 했는지 알지도 몰라. 그렇겠네. 둡둡이 왜 죽었는지 알 수도 있겠네. 아니지, 그것까진 모를 거야. 뭐, 그래, 그것까진 몰라도 힌트는 줄 수 있지. 그런데 탱크라니. 거기에 또 갈 수 있겠어? 못 가지. 못 가, 못 가. 거길 무슨 수로 가.

양우가 혼잣말들의 탁상공론에 귀 기울이는 사이 도선이 말했다.

"만약 탱크가 정 그러면 신성한 구역에서 봐도 돼요. 신성한 구역이 어디냐면……."

"알아요, 신성한 구역. 거기가 더 낫겠네요."

여자는 선선히 대답했다.

"좋아요. 그럼 모레 아침 어때요?"

양우는 그날도 아침이었다는 말을 하려다가 삼켰다. 양우는 고개를 끄덕였다. 핸드폰 너머에서 양우의 모습이 보일 리가 없는데도 계속 고개만 끄덕였다.

심야 버스는 텅텅 비어 있었고 버스 기사는 조금 성급한 사람이었다. 출발 시간이 2분이나 남았지만 문이 닫히고 바로 불이 꺼지더니 플랫폼의 불빛이 멀어지기 시작했다. 버스 안에는 사람들의 숨소리밖에 들리지 않았다. 양우는 오랜만에 잠들 수 있을 것 같은 기분이 들었다. 아니나 다를까 가방을 안고 창밖에서 스며드는 밤의 불빛들을 피해 고개를 돌리자마자 절로 눈이 감겼다.

잠에서 깨어났을 때, 버스는 휴게소에 정차해 있었다. 열린 문으로 차가운 공기가 밀려 들어온 탓에 양우는 가방을 이불처럼 목까지 끌어 올리고 다시 눈을 감았다. 하지만 달리지 않는 버스는 잠을 자기에 적합한 공간이 아니었다. 결국 양우는 가방을 메고 천천히 일어나 버스에서 내렸다.

아무도 없는 휴게소의 밤공기는 예상보다 훨씬 차가웠다. 처음엔 담배나 한 대 피우고 말 생각이었던 양우는 결국 휴게소 안으로 들어갔다. 휴게소는 밝고 따뜻했지만 영업 중은 아니었다. 음식을 파는 곳은 한 군데도 없었고 그나마 켜져 있는 무인판매기에도 매진이라는 팻말이 붙어 있었다. 열린 곳은 편의점뿐이었다. 양우는 몇몇 사람들이 텅 빈 푸드코트에 띄엄띄엄 앉아 컵라면을 먹는 걸 보고 편의점으로 향했다. 푸드코트와 편의점 사이 기둥에 붙어 있는 티브이에서 뉴스 앵커의 목소리가 희미하게 들렸다. 벌써 같은 공장단지에서만 네 번째 일어난 화재로…… 총 다섯 명의 사상자 발생…… 세 명은 중경상을 입고 두 명은…… 이번 사고는 직전에 보수 작업을 마친 에어탱크의 폭발이 원인이 되어…… 피해자 신원은 아직 밝혀지지 않아…… 다행히 옆 건물로 불이 옮겨붙기 전에 화재를 진압해 총 두 개 동만 전소하였고. 현장 리포터로 넘어간 화면에선 소방관들의 다급한 목소리가 들렸다. "뒤로 뒤로, 들어가시면 안 돼요! 이쪽, 이쪽!" 그 소리에 양우는 홀린 듯 티브이 앞으로 걸어갔다. 티브이는 아주 익숙한 장소를 비춰주었고 그것을 본 양우는 온몸이 얼어 움직일 수가 없었다. 닭살이 두드러기처럼 등줄기를 따라 번졌고 심장이 벌렁거리기 시작했다. 그때였다. 티브이에서 아주 익숙한 벨 소리가 흘러나왔다. 소방관들이 고함을 치고 뛰어다니고 리포터가 상황을 전달하는 와중에도 그 벨 소리는 정확하게 양우의 귀에 와 꽂혔다. 점심시간과 교대 시간을 알리는 벨. 그 벨이 울리면 사람들은 환하게 풀어진 얼굴로 밖으로 나가곤 했다. 양우는 눈을 감았다. 둡둡의 장례식장에서처럼 저절로 허리가 굽었다. 두 손으로 무릎을 잡았지만 무릎이 너무 떨리는 바람에 온몸이 같이 진동하기 시작했다. 양우는 한참 동안 무릎을 붙잡고 덜덜 떨었다. 뉴스가 지나가고 시끌벅적한 광고가 들려올 때까지, 스피커에서 8798번 버스가 출발한다는 안내 방송이 나오고 문 쪽에 앉았던 사람이 드르륵 의자 끄는 소리를 내며 후다닥 밖으로 나갈 때까지 계속 그렇게 있었다. 티브이에서 울렸던 벨 소리는 여전히 뒷목에 착 달라붙어 있었다. 양우는 끝까지 떠올리고 싶지 않았던 누군가를 떠올렸다. 그와 나눈 대화를 떠올렸고 가끔씩 슬퍼지던 그의 얼굴을 떠올렸다. 그러자 무릎을 잡은 손에 절로 힘이 들어갔다. 힘을 주면 줄수록 무릎은 더 크게 흔들리고 손등은 더 깊게 꺾였다.

누군가 어깨를 톡톡 치는 느낌에 양우는 정신을 차렸다. 잠을 자고 있던 것도 아닌데 잠에서 막 깬 기분이 들었다. 돌아보니 웬 중년의 여자가 자신을 빤히 바라보고 있었다.

"여기서 뭐 해요? 버스 놓쳤나?"

양우는 그녀를 빤히 바라보았다. 그녀는 양우의 대답 따윈 들을 생각도 없다는 듯 버스를 놓친 사람을 한두 명 본 게 아니라고 말을 이었다. 대부분의 사람이 놀라거나 당황해 목적 없이 휴게소에 앉아 있곤 한다고. 하지만 양우처럼 이렇게 오랫동안 넋을 놓고 있는 사람은 없다고 했다. 양우는 주위를 둘러보았다. 주변은 환했다. 문을 닫아걸었던 매장 안에 사람들이 하나둘 식기를 정리하고 있었고 어디선가 기름 끓는 고소한 냄새가 났다. 양우는 눈으로 시계를 찾았다. 약속 시간이 8시인데 벌써 해가 뜬 것이 불길했다. 양우가 두리번거리며 시계를 찾는 사이, 여자는 다시 한번 양우의 어깨를 툭툭 쳤다.

"티켓. 티켓 줘봐요."

양우는 얼결에 티켓을 내밀었다. 여자는 티켓의 밑부분을 손가락으로 가리켰다.

"여기 전화번호 보여요? 여기로 전화 걸어서 다음 거 타겠다고 해."

양우는 고개를 끄덕였다. 여자는 제자리로 돌아가지 않고 그대로 서서 양우를 바라보았다. 양우가 핸드폰을 꺼내 들고 전화를 거는 것까지 지켜볼 셈인 듯했다. 그래서 양우는 명한 표정으로 그녀가 시키는 대로 했다. 그녀는 양우가 통화를 마치는 것까지 유심히 듣더니 그 버스가 오면 알려주겠다고도 했다. 양우는 여전히 넋이 빠진 상태였음에도 이 친절한 타인의 적극적인 등쌀에 떠밀려 겨우 다음 버스에 탈 수 있었다. 여자는 버스에 오르는 양우의 등 뒤에 대고 걱정인지 격려인지 모를 말을 던졌다.

"에그 젊은 사람이…… 정신 바짝 차리고 집에 가야지!"

버스 안은 따뜻했고 밖은 너무 환했다. 양우는 혼란스러웠다. 그곳으로 향하면서도 여전히 그곳에 가기를 원하는지 알 수 없었다. 이제 무슨 일이 일어나든 아무 상관없다는 생각이 자꾸 들었고 인생이 스스로 망하기로 마음먹은 이상 쉽게 항로를 바꿀 수도 없다는 사실을 받아들여야 할 것 같았다. 생각해보면 이야기의 주인공도 그랬다. 그는 기다리는 사람이 아니라 받아들인 사람이었다. 양우는 이야기 속에서 한 번도 제대로 묘사된 적 없는 주인공의 얼굴을 떠올리기 위해 눈을 감았다. 그러자 언젠가 아침 햇살에 물들어가던 두수 씨의 슬픈 얼굴이 떠올랐다.

3

늘 최악의 시나리오를 상상하는 손부경의 버릇은 어디에나 똑같이 적용됐다. 그래서 어저께 도선에게 전화하기 직전에도 손부경은 이미 최악의 상황들을 머릿속에 나열하고 있었다.

첫 번째로 예상한 최악의 시나리오는 도선이 손부경의 전화를 끝까지 받지 않는 것이었다. 하지만 도선은 너무나도 빨리 손부경의 전화를 받았다. 그리고 정신이 없었다. 분주한 소리가 핸드폰 너머로 들려왔다. 손부경은 그녀가 정신없는 틈을 타 '탱크'라는 단어를 꺼냈고 그녀가 놀라서 대답을 못하고 있는 틈을 타 새로운 탱크에 관해 말했다.

손부경이 예상한 두 번째 최악의 시나리오는 도선이 새로운 탱크 소식에 반색하는 것이었다. 그래서 새로운 탱크를 막아야 한다는 손부경의 제안을 무시하는 것이었다. 하지만 도선은 새로운 탱크의 소식에 반색하지 않았다. 오히려 화가 난 듯했다. 손부경이 무슨 말만 하면 그걸 어떻게 할 거냐고 다그쳤는데 그게 꼭 새로운 탱크를 두려워하는 것처럼 느껴지기도 했다. 그러나 두 번째 시나리오의 방향을 틀어버린 건 도선의 반응뿐이 아니었다. 손부경 자신의 의도치 않은 선전포고야말로 두 번째 시나리오의 예상 항로를 꺾은 핵심 요소 중 하나였다. 손부경은 차마 황영경 앞에서 하지 못했던 말, 그러나 황영경의 면회를 다녀오면서 수도 없이 곱씹고 다짐했던 결심을 도선 앞에서 내뱉었다. 거기에, 새로운 탱크를 향한 반감을 가감 없이 드러냈다. 왜 그랬는지는 손부경도 알 수 없었다. 어쩌면 손부경은 도선이 자신과 같은 생각을 하길 바랐는지도 모른다. 그날 그런 일을 겪은 사람이라면, 충분히 손부경과 같은 생각을 하고도 남으리라 믿었는지도 모른다. 그래서 그런 부탁을 했나? 도선이 부탁을 들어줌으로써 자신과 같은 생각을 가졌다는 사실을 보여주길 바란 걸까? 이 마음이 충분히 지지받을 만하다는 것을 확인받고 싶었나? 손부경은 전화를 끊고 나서도 꽤 오래 자신이 한 말들을 곱씹으며 검열에 검열을 거듭했다. 그리고 그것을 후회하지 않기로 결론 내렸다. 뒤늦게나마 속마음을 직시하고 인정하게 된 것을, 본인이 무슨 생각을 하고 있는지 비로소 알게 된 것을 다행스럽게 여기자고 결론 내렸다. 이제 손부경은 분명히 말할 수 있었다. 탱크는 아무것도 아니다. 탱크가 특별해진 것은 탱크가 꼭 있어야 한다고 믿는 사람들 때문이다. 그것을 증명하기 위해서라도 탱크는 없어져야 했다. 새로운 탱크는 절대 생겨선 안 된다.

손부경은 고민할 때마다 노트북의 메모장에 이것저것 적어 내려가던 습관대로 노트북을 열었다. 바탕화면 구석엔 예약 현황 엑셀 파일이 아직도 남아 있었다. 몇 번이나 지우려고 했지만 지우지 못한 파일이었다. 사실 손부경이 아무리 탱크를 믿지 않는다 해도 빼곡한 예약 내역을 보면서까지 기도자들의 마음을 느끼지 않을 수는 없었다. 건강과 행복과 사랑과 성취와 성공과 기타 수많은 욕망을 향한 간절함이 그들의 닉네임과 방문 시간, 방문 횟수 같은 것을 통해 뿜어져 나오는 것 같았고 그래서 더더욱 파일을 건드릴 수 없었다. 그러나 이제는 이것도 끝이었다. 탱크를 없앨 생각인 마당에 예약 내역이라고 못 지울 것 없지 않은가. 손부경은 파일을 지우기 전에 마지막으로 클릭해보았다. 단 몇 초 만에 분기별 시트가 주르륵 뜨면서 예약자들의 닉네임이 펼쳐졌다.

가장 먼저 마지막 칸이 보였다. 거기엔 맨 마지막 예약, 도선의 정보가 적혀 있었다. 손부경은 그녀의 닉네임을 검색해보았다. 9월의 둘째 주와 넷째 주, 그리고 8월의 넷째 주에 'DoSun'이 적혀 있었다. 꾸준히도 왔구나. 손부경은 문득 불안해졌다. 이렇게 꾸준히 탱크를 다니던 사람이라면 새로운 탱크 소식이 반가울 수도 있지 않을까 싶었다. 어쩌면 새로운 커뮤니티에 들어가자마자 냅다 탱크 방문을 예약해버릴 수도 있다. 혹은 그날 경찰서에 달려가 신고했던 것처럼 현 매니저에게 손부경에게 들은 것을 죄다 일러바칠 수도 있다. 예전 매니저가 새로운 탱크를 어떻게 하려고 한다고, 그러니 조심하라고……. 늘 그렇듯 최악의 시나리오는 애쓰지 않아도 술술 풀린다. 어떤 개연성이나 인과도 없이 그럴듯한 장면을 선사하고 믿게 한다. 반면 낙관적인 상상은 어딘가 엉성하다. 생각해보자. 도선은 내일 아침 연락이 온다. 그리고 새로운 탱크에 대한 정보를 알려주며 이렇게 말한다. "무슨 수를 써서라도 그 자리에 탱크가 생기는 걸 막아요." 그러면 손부경은 웅장해지는 마음으로 대답한다. "무슨 수를 써서라도 그렇게 할게요." 두 사람은 서로를 응원하고 탱크 타도를 외치며 전화를 끊는다……. 그렇다. 확실히 이상하다. 분명 이것이 가장 이상적인 결말이지만 왠지 최악의 시나리오보다 불편하고 의심스럽다.

손부경은 엑셀 표를 더 올려보았다. 8월 둘째 주에도 DoSun이 있었다. 그때도 오전 10시였다. 손부경은 8월의 날씨를 떠올렸다. 탱크가 있는 지방은 유례없는 가뭄으로 바싹바싹 말라가고 있었다. 이런 날씨에 거길 갔다니. 손부경은 뜨거운 태양을 이고 컨테이너로 향하는 도선의 모습을 상상했다. 상상만으로도 머리가 아팠다. 그래도 오전 10시면 그나마 괜찮았을지 모른다. 손부경은 그녀 바로 다음 순서인 정오에 탱크를 예약한 회원의 닉네임으로 시선을 옮겼다. 문제는 이 사람이다. 누구인지는 모르겠지만 8월의 정오에 쇳덩어리 안으로 들어갈 생각을 하다니, 정말 어지간하다는 말이 절로 나왔다. 그런데 그때 손부경은 정오 예약자의 닉네임이 어쩐지 눈에 익다는 걸 느꼈다. 동그라미가 주르륵 연결되듯 이어진 아이디. doobdoob. 이걸 어디서 봤더라. 손부경은 무심히 그 아이디 위에 커서를 갖다 댔다. 그리고 그 순간, 뒷목이 뻣뻣해지는 걸 느꼈다. 그럴 리가. 손부경은 자기도 모르게 엑셀 표를 가장 밑으로 내렸다. 그리고 거기에도 같은 모양의 아이디가 있는 것을 보았다. doobdoob. 정확히 같은 철자였다.

손부경은 허리를 뻣뻣하게 폈다. 그리고 뚫어져라 엑셀을 바라보았다. 스크롤을 미친 듯이 올렸다 내리면서 자신이 뒤늦게 발견한 새로운 사실을 몇 번이나 다시 보았다. 하지만 두 사람의 예약이 두 번이나 겹치는 것이 단순한 우연인지 아니면 그들의 계획인지, 엑셀로 봐서는 알 수가 없었다. 손부경은 마을 회관에서 넋놓고 앉아 있던 도선의 뒷모습부터 최근의 통화까지 하나하나 떠올리며 그녀의 말과 행동을 기억 속에서 톺아보았다. 그러자 금세 다채로운 추측들에 선명한 장면들이 덧입혀지며 도선과 죽은 남자의 관계에 여러 갈래의 가능성이 엉겨붙기 시작했다. 그러나 그것도 잠시였다. 손부경은 이내 스스로가 우습게 느껴졌다. 가만히 앉아 엑셀을 바라보며 온갖 시나리오를 만들어내고 있는 자신이 한없이 어리석게 느껴졌다. 솔직히 말해서, 손부경은 구태여 이런 추측들을 펼칠 필요가 없다는 걸 잘 알고 있었다. 그저 어제처럼 전화를 걸어 물어보면 그만이었다. 도선이 전화를 일부러 피하지 않는 이상에야 손부경은 어렵지 않게 진실을 알 수 있을 것이다. 하지만 그게 이제 와서 무슨 상관이란 말인가. 남자는 이미 죽고 없다. 그들이 예약을 연이어 잡은 게 우연이든 아니든 그것은 이제 중요하지 않았다. 중요한 것은 지금 손부경 자신이 무엇을 믿고 무엇을 원하느냐다. 손부경은 탱크가 영원히 없어지길 원했다. 결국 그렇게 되리라고 믿었다.

손부경은 자리에서 일어났다. 시계가 벌써 새벽 2시를 향해 가고 있었다. 손부경은 평소 들고 다니던 작은 핸드백에 지갑과 핸드폰을 챙겨 넣고 겉옷을 걸쳤다. 장갑과 목도리를 챙기고 모자를 찾았다. 밖은 추울 것이다. 산은 더 추울 것이다. 심야 버스가 있을까? 있겠지. 손부경은 이것저것을 생각했고 그러면서도 움직이는 걸 멈추지 않았다. 황영경의 말이 맞았다. 아무것도 하지 않고 머릿속으로 갖가지 시나리오만 끊임없이 굴리는 것도 습관이다. 무언가 달라지길 원한다면 일단 움직여야 한다. 손부경은 라이터를 챙겼다. 그리고 생각했다. 가만히 앉아서 바깥의 미래가 저절로 안으로 들어오길 바라고 싶지 않다고. 스스로 원하는 것을 만들고 그걸로 자신이 믿는 것을 증명해 보이고 싶다고.

손부경은 현관문을 열기 전, 캄캄한 엄마의 집을 돌아보았다. 바깥의 가로등 불빛이 거실 소파 밑까지 퍼져 있었다. 언젠가 거기에 앉아 이야기를 나누던 엄마와 언니와 자신의 모습이 흐릿하게 떠올랐다. 엄마는 건강했고 언니는 젊었고 자신은 어렸다. 그런 일이 있었다. 있었나? 사실은 없었지만 늘 있었기를 바랐는지도 모른다. 손부경은 자신이 한 번도 꿈꾼 적 없는 꿈이 여전히 그곳에 남아 있는 것을 보았고 한 번도 온 적 없던 과거에 잠시 향수를 느꼈다. 그리고 그것마저 뒤에 남겨둔 채 현관문을 열었다.

두 번째 산불

산불이 났던 곳에 또 산불이 일어날 확률, 그것도 수개월 내에 다시 일어날 확률은 0에 가깝다. 어쩌다 불이 붙는다 하더라도 더 이상 탈 것들이 남아 있지 않기 때문에 불이 크게 번질 일도 없다. 그게 아니더라도 큰불이 났던 곳에서 몇 개월 만에 또 불이 붙는 일은 없어야 옳았다. 그래서 도선은 신성한 구역의 바위 옆에 앉아 어떻게 이런 일이 가능한지를 거듭 생각했다. 물론 그 답을 알 수는 없었다.

도선은 시계를 보았다. 8시가 넘었는데 남자는 여전히 오지 않고 불 냄새는 점점 강해졌다. 왠지 주변에 뿌연 연기가 퍼지는 것 같기도 했다. 도선은 불안한 마음에 신성한 구역의 공터를 돌아다니다가 문득 그가 탱크 앞에 있을 수도 있겠다는 생각을 했다. 그는 너무 일찍 와서 새로운 탱크를 먼저 보고 싶은 마음에 신성한 구역을 지나쳐 올라갔을 수도 있다. 그리고 자신의 연인을 앗아간 곳에 생긴 새로운 컨테이너의 모습에 망연자실했을 것이다. 혹은 격분했을 수도 있다. 너무 격분해서 그만 이 컨테이너를 어떻게 하고 싶다는 생각이 들었고 그래서 어떤 위험한 일을 저질렀을 수도 있다……. 도선은 아연해졌다. 도선은 다시 주변을 살폈다. 확실히 청명한 하늘과 이곳의 공기는 달랐다. 신성한 구역과 산길을 경계로 떠다니는 뿌연 연기가 육안으로도 보이는 것 같았다. 왠지 나무 타는 냄새까지 나는 것 같았다. 도선은 자꾸 다리에 힘이 풀렸다. 만약, 정말로 그가 탱크에 불을 질렀다면 지금 당장 뛰어 내려가야 한다. 신성한 구역과 탱크는 생각보다 가까웠고 도선이 겪은 바로 불길의 속도는 바람의 속도에 비견할 만했다. 게다가 지금은 건조주의보가 발령된 겨울철이 아닌가. 하지만 도선은 쉽게 바위를 떠날 수 없었다. 양우를 만나 꼭 확인하고 싶은 것이 있었기 때문이다. 도선과의 만남 이후 그에게 일어났던 일들, 그가 절망할 수밖에 없었던 이유, 그럼에도 그가 다시 여기 올 수밖에 없었던 이유. 도선은 그런 것들을 알아야만 했다. 그런 것들을 알지 못하고선 지금 쓰고 있는 이야기를 끝맺을 수 없었다. 게다가 새로운 탱크의 실물도 꼭 보고 싶었다. 탱크를 본다고 딱히 달라질 건 없었지만 도선은 확인하고 싶었다. 탱크를 향한 자신의 마음이 얼마나 변했는지, 탱크가 아닌 자기 스스로를 믿는 마음이 얼마나 강해졌는지, 그날의 기억으로부터 얼마나 벗어났는지. 그러나 연기와 냄새는 점점 더 심해졌고 어디선가 바스락거리는 소리, 쿵쿵거리는 소리까지 들리며 종내엔 진동이 느껴졌다. 도선은 갑자기 공포가 엄습하는 걸 느끼면서 천천히 산길 쪽으로 나왔고 멀리 솟아오르는 검은 연기를 보았다. 확실히 뭔가 잘못되어가고 있었다.

*

양우 역시 마을버스에서 내리기도 전에 뭔가 잘못되었다는 사실을 알았다. 양우는 사이렌 소리를 듣고 창문 너머로 마을 쪽을 바라보았다. 마을 어귀에 세워진 소방차 주변에 사람들이 모여 있었다. "이것이 다 뭣이여……." 버스 기사의 중얼거림에 사람들의 고개가 한쪽으로 돌아갔다.

버스는 정류장에 서려고 하지 않았다. 양우는 버스 기사에게 두 차례나 내려달라고 말하고서야 정류장에서 조금 많이 떨어진 곳, 그래서 오히려 탱크로 들어가는 임도와 더 가까운 쪽에서 내릴 수 있었다. 양우는 핸드폰을 보았다. 8시 42분. 어쩐다. 정말 어쩐다. 양우는 마음이 급했다. 왜인지 도선은 연락을 받지 않았다. 늦을 것 같다고, 미안하다고 보낸 문자에도 답이 없었다. 양우는 산을 한 번 올려다보았다. 누가 봐도 화재 현장임을 알 수 있는 검은 연기가 산 중턱에서 피어오르고 있었다. 양우는 온갖 상상을 하며 임도 쪽으로 달렸다. 그러나 산으로 들어가는 초입에서 발걸음을 멈추고 말았는데, 이미 거기에 소방차와 경찰차가 진을 치고 있었기 때문이다. 양우는 어떻게 된 일인지 보려고 그들 사이를 기웃거렸지만 경찰관들은 양우를 제지했다. "여기 오시면 안 되고요. 오늘부터 입산 금지입니다." 양우는 그제야 임도 입구에 걸린 현수막을 보았다. 겨울철 입산 금지. 양우는 조금 안도했다. 어쩌면 도선은 저 현수막을 보고 산에 오르지 않았을 수도 있었다. 양우는 불이 언제부터 났느냐고 물었다. 그러나 아무도 대답해주지 않았다. 결국 양우는 발길을 돌려 다시 마을 회관으로 향했다.

마을 회관 가까이에 다다르자 웅성거리는 소리가 들렸다. 꽤 많은 사람이 모여서 산을 바라보고 있었다. 그들 중 누구도 양우를 신경 쓰지 않았다. 그들은 검은 연기, 그리고 마을 회관 앞 평상에 앉은 또 다른 누군가만 힐끗거리고 있었다. "저 여자 저번에도 오지 않았는가? 알고 보니 저그가 그런 거 아녀? …… 아니여. 저 사람은 저번에 저그잖여…… 긍께 전에도 여 있지 않았냐 그말이여……." 양우는 마을 사람들이 힐끔거리는 곳을 쳐다봤다. 마을 회관 앞의 평상에 웬 여자가 앉아 있었다. 잔뜩 헝클어진 머리를 하나로 묶고 넋을 놓은 여자는 딱 봐도 이 동네 사람처럼 보이지 않았는데 그런 그녀를 보자마자 양우는 마음을 완전히 놓을 수 있었다. 이 시간에 불타는 산을 보면서 넋을 놓고 있을 외부인은 양우가 알기로 한 사람밖에 없었기 때문이다. 양우는 여자에게 다가갔다.

"안녕하세요. 늦어서 죄송합니다. 도선 씨 맞으시죠?"

여자는 너무 놀라 거의 공포에 질리다시피 한 눈으로 양우를 쳐다보았다. 그 표정에 당황한 양우는 괜히 주변을 둘러보다가 늦어서 죄송하다고 다시 한번 말했다. 할 말은 많았지만 왠지 말할 기운이 나지 않았다. 양우는 여자 옆에 거리를 두고 앉았다. 여자는 양우를 계속 뚫어져라 쳐다보고 있었다. 양우는 예의상 물었다.

"괜찮으세요?"

이제 여자의 표정은 공포보다는 혼란스러움을 띠고 있었다. 이 상황을 아무것도 납득하지 못하는 표정이었다. 그래서 양우는 그녀가 생각을 정리하길 잠자코 기다렸다. 그러는 사이, 마을 사람들은 대놓고 양우와 여자를 쳐다보기 시작했는데 그때 그것을 단번에 정리할 사람이 나타났다. 붉은 외투를 걸치고 초록색 월계수 모자를 쓴 이장이었다. 그의 등장에 마을 사람들은 수근거리는 걸 멈췄다. 이장은 목을 몇 번 가다듬더니 모두 대피할 필요는 없다고, 저번 같은 규모의 산불은 없을 거라고 말했다. 어제 새벽에 내린 비로 땅이 젖은 데다 탈 만한 것들도 많이 남아 있지 않왔다, 뭣보다 우리 소방관 선생님들이 남은 불씨까지 빠르게 진화해주신 덕에 지금 보이는 저 무시무시한 검은 연기는 진화된 잔불에서 올라오는 연기이고 우리는 안전하다고 고래고래 소리를 질렀다. 그의 말을 듣고 있던 몇몇 사람들이 대체 누구여, 누가 그랬디야, 물었지만 그는 자자, 여러분, 이제 집에 들어가셔서 할 일들 허시고, 날이 춥고 아마 밤에 또 비나 눈이 내릴지도 모릅니다, 쓰레기는 자기 집 마당에서도 결코 태우면 안 되고 뭐 정 죽고 싶으면 그러든가 말든가 나는 모르겠고 다들 얼른 들어가셔서 밥들 잘 드시고 무슨 일이 있으면 또 알려줄 테니 그 전까지는 이렇게 우르르 몰려나오지들 마시라고 말했다. 그러자 사람들이 하나씩 흩어지며 마을 쪽으로 돌아갔는데 그중 몇은 양우를 다시한번 빤히 쳐다보면서 자리를 떴다. 넋을 놓고 있던 여자는 사람들이 다 사라질 때쯤에야 입을 뗐다.

"도선…… 님이 여기에 왔어요?"

양우는 자신을 3인칭으로 칭하는 여자의 당황스런 질문에 "네?" 하고 반문했다. 그때 땅이 꺼져라 한숨을 쉬고 있던 이장이 홱 돌아보며 물었다.

"그건 또 누구여?"

여자는 대답 대신 마른세수를 했다. 그리고 다시 양우에게 물었다.

"도선 님을 저기에서 만나기로 했어요?"

양우는 여자가 가리키는 곳을 바라보며 어떻게 된 일인지 헤아리려고 노력했지만 여전히 그녀의 질문을 이해할 수 없었다. 그래서 양우는 멍청한 표정으로 되물었다.

"……누구세요?"

여자는 힘이 완전히 빠진 목소리로 말했다.

"아. 저는 손부경, 아, 그러니까 탱크의 예약 매니저였던 사람입니다."

양우는 얼이 빠진 채 여자를 쳐다보았다. 손부경? 탱크의 매니저? 그러면 대체 도선은 어디에 있나. 설마……. 양우는 다시 산을 바라보았다. 쉴 새 없이 재잘대던 머릿속의 혼잣말들이 일시에 홉, 숨을 죽였다. 양우가 아무 말도 못하자 손부경이 재차 물었다.

"저기에서 도선 님을 만나기로 한 거예요?"

"네."

"그쪽은 누구신데요?"

"……최양우입니다."

"탱크 회원이세요?"

"아니요. 저는…… 흡, 그날 여기에서 죽은 사람 남자친구인데요."

양우의 대답에 손부경은 아무 표정 없이 얼마간 양우를 더 쳐다보더니 고개를 돌렸다. 이장은 갑자기 자기소개를 하고 앉아 있는 두 사람 곁에 있다가 말없이 경찰차와 소방차가 있는 임도 입구 쪽으로 향했다. 이제 마을 회관 마당에는 양우와 손부경뿐이었다. 양우는 핸드폰을 꺼내보았다. 핸드폰엔 문자도 전화도 와 있지 않았다. 도선에게도, 두수 씨에게도 아무 연락이 없었다. 양우는 도선에게 다시 한번 전화를 걸어보았지만 긴 신호음만 들어야 했다. 옆에서 그것을 빤히 보고 있던 손부경이 힘겹게 자리에서 일어나며 말했다.

"가시죠."

양우는 손부경을 멍청히 올려다보았다. 손부경은 뭐 하냐는 눈빛이었다.

"얼른 가서 말해야죠. 저 안에 사람 있다고."

손부경은 말을 던져놓고 양우를 떠났다. 그리고 방금 전 이장이 향했던 곳으로, 사이렌 없이 화려하게 빛나는 경광등 쪽으로 천천히 걸어갔다.

*

12월 7일 오전 8시경, 김제의 한 야산에서 발생한 산불. 산속 컨테이너에 용접을 하던 중 튄 불똥이 점화의 원인이었는데요. 장치를 설치하던 수리기사가 두 명이나 있었지만 불씨가 어느 정도 커질 때까지 누구도 그 사실을 알아채지 못했다고 합니다. 불똥은 컨테이너 근처의 마른 나무뿌리에 튀었고 나무에 붙은 불씨는 점점 커져갔습니다. 용접 중이던 수리기사들은 어디선가 나는 탄 냄새를 용접 시에 나는 냄새와 구분하지 못했다고 하는데요.

수리기사 1: 전혀, 전혀 몰랐어요. 그게 왜 그리로(나무로) 튀었는지도 모르겠고…….

용접을 마친 수리기사들이 이중 잠금장치 설치를 위해 컨테이너 안에 들어간 사이, 불씨는 더욱 커져서 작은 소나무 하나를 태우기 시작했고 수리기사들은 설치를 마치고 나와서야 나무에 불이 붙은 것을 발견할 수 있었습니다.

수리기사 1: 뭘 어떻게 할 수가 없었어요. 이미 불이…….

수리기사 2: 일단은 도망쳐야겠다 싶었죠. 이게 겨울철이니까는 또 불이 확 붙는다고.

불이 붙은 작은 소나무는 쓰러지면서 바로 옆 다른 소나무에 불을 옮겼는데요. 그런 식으로 불은 나무에 나무를 타고 번지기 시작했습니다. 다행스러운 건 빠르게 번지지는 않았다는 것입니다. 지난밤 내린 비로 인해 땅과 솔잎이 충분히 젖어 있던 데다 이곳이 최근에 한 번 큰불이 났던 곳이라 이미 탈 나무도 많지 않았다고 하는데요. 무엇보다 수리기사들의 빠른 신고 덕분에 진화도 늦지 않게 진행되었습니다. 불과 두 달 전 바로 이 야산의 화재를 진화한 소방관들은 전보다 더 신속하게 출동했고, 산불 전문 진화차도 마련해둔 덕분에 산불은 한 시간도 되지 않아 진화되었습니다.

소방관 1: 여기가 두 달 전에도 화재가 났던 곳이라 (불이) 확 번지지는 않았고요. 도착했을 때 보니, 땅에 붙은 불은 자꾸 꺼지고 나무(에 붙은 불)만

타고 있었습니다.

소방관들은 잔여 불씨를 완전히 진압하기 위해 2차, 3차로 그 근처를 수색했습니다. 그 과정에서 멀지 않은 곳에 쓰러져 있는 삼십 대 여성 정모 씨를 발견했는데요, 정모 씨는 이른 아침 이 산에서 산책을 하던 중 연기 냄새를 맡고 급히 내려오다가 넘어지면서 골반과 허벅지에 골절상을 입고 정신을 잃은 상태였습니다. 마침 마을에 대기하고 있던 경찰이 정모 씨에 대한 신고를 받고 급하게 무전을 쳤고, 산에서 내려오던 소방관이 바로 정모 씨를 발견했습니다.

정길순 씨(가명): 막 달리다가 (갑자기) 몸이 붕 뜨면서 아 이렇게 죽는구나 싶었는데 정신을 차려보니 여기(병원)에 와 있더라고요. 소방관님들께 너무 감사하고 신고를 해주신 분께도 감사하고…… 살아 있는 것만으로도 그냥 다 됐다 싶어요. 네? 아 다시 거기에 갈 수 있겠느냐고요? 글쎄요, 시간이 많이 지나면 지나가다가 한번 들러볼 수 있지 않을까요. 지금은 간다고 해도 제가 보고 싶은 게 남아 있지 않을 것 같아서요.

산불 진화 후, 경찰들은 산불 재발 방지 차원에서 해당 야산의 출입을 엄격하게 통제하기로 했습니다. 마을 주민들 역시 산불로 인한 불안감을 호소하며 특히 이방인들의 출입을 통제해달라고 건의했다고 합니다. 각지에서 일어나는 산불, 점화는 순식간이고 겨울이 깊어질수록 진화도 쉽지 않은데요. 연이은 화재 사고로 인해 정부 및 지자체는 겨울 특별재난위기 경보를 발령하고 산불 단속을 더 강화할 것으로 보입니다.

세계의 바깥

　해가 바뀌어도 거리엔 여전히 연말의 냄새가 풍겼다. 사람들은 잠에서 덜 깬 동물들처럼 걸어 다녔고 공기 중엔 겨울의 무표정한 추위가 서성였다. 그러나 설이 지나고 해가 길어지면서 도시는 조금씩 변했다. 길 위를 채우던 소리들이 어딘가 분주해지기 시작했고 그 소리에 맞춰 사람들은 부지런히 몸을 움직였다. 그즈음부터 양우도 새로운 일을 시작했다.

　오토바이를 타고 바람을 맞으면서 일하는 건 양우와 꽤 잘 맞았다. 특히 낮이건 밤이건 할 것 없이 해가 들지 않는 곳에서 기계적으로 일하지 않아도 된다는 점이 좋았다. 그것보다 더 좋은 것은 늘 어딘가로 향하는 사람들을 볼 수 있다는 거였다. 달려가거나 걸어가거나 급히 움직이는 사람들을 볼 때마다 양우는 덩달아 살아 있다는 감각을 느꼈다. 그래서 가끔은 오토바이를 세워두고 사람들을 구경하기도 했다. 그런 말을 할 때마다 두수 씨는 부러워했다. 나도 공장 때려치우고 배달할까 하는 말을 여러 번이나 했다. 양우는 진심으로 그러라고 대답했지만 두수 씨가 결코 공장을 떠나지 않으리라는 것을 알고 있었다.

두수 씨에게 전화가 온 것은 탱크에서 다시 집으로 올라가는 기차 안이었다. 양우는 지쳐서 곤죽이 된 상태로 가방을 안고 앉아 있었다. 양우 옆엔 아이들이 앉았는데 그 아이들은 양우와는 달리 아주 힘이 넘치는 상태였다. 스케치북에 색칠 놀이를 하면서 동시에 인형 놀이를 했고 인형 놀이를 하면서 비명 같은 웃음소리를 내질렀다. 부모는 기겁을 하며 아이들에게 조용히 하라고 했지만 주의를 줄 때만 잠깐 얌전해질 뿐 아이들은 다시 폭죽처럼 웃어댔다. 나중엔 흘끔흘끔 쳐다보는 사람들의 시선 때문에 아이의 부모가 스케치북을 들고 거의 좌석에 서 있다시피 했다. 그러나 양우는 아이들이 시끄럽게 웃으면 웃을수록 좋았다. 그 웃음소리 덕에 경찰들의 무전과 사이렌이 가라앉는 것 같았고 검은 연기와 응급실의 하얀 조명, 의식을 잃고 파랗게 질린 도선의 얼굴도 희미해지는 것 같았다. 물론 머릿속은 여전히 복잡했다. 불과 몇 시간 전의 기억들 때문에 흥분한 머릿속의 혼잣말들도 가만히 있지를 않았다. 그래서 양우는 아이들의 웃음소리에 기대어 억지로 잠들어보고자 했다.

그리하여 꿈속에서,

양우는 불에 탄 컨테이너를 마주하고 서 있었다. 컨테이너는 아주 엉망진창이었는데 그게 괴기스럽거나 무섭진 않았고 마치 오래전에 잃어버린 장난감처럼 아련해 보였다. 그때 갑자기 탱크의 문이 열렸다. 그리고 안쪽에서 사람 하나가 걸어 나왔는데 그 얼굴이 매우 낯익었다. 검은 반팔 티에 허여멀건한 얼굴의 남자애. 처음 본 양우에게 오랜만에 만난 옛 친구 대하듯 말을 걸던 남자애. 이유는 알 수 없지만 마테라를 좋아하던 남자애였다. 양우는 그를 불렀다. 양우를 보지 못한 남자애는 주위를 쓱 한번 훑더니 컨테이너를 빠져나와 밑으로 걸어 내려갔다. 양우는 마음이 급해서 함께 밑으로 내려가며 계속 불렀다. 둡둡! 둡둡! 그러나 그는 돌아보지 않았다. 양우는 애타게 그를 불렀다. 둡둡! 나 여기 있어! 둡둡! …… 그때 어디선가 아이들의 목소리가 겹쳐 들렸다.

"둡둡! 둡둡!"

양우는 눈을 떴다. 옆을 보자 아이들이 두 손으로 입을 막고 양우를 쳐다보고 있었다. 그 너머로 무표정한 사람들의 표정, 획획 지나가는 바깥의 불빛들, 그리고 덜컹거리는 기차 내부의 모서리가 눈에 들어왔다. 양우는 그 풍경에 실망했다. 그래서 재빨리 눈을 감았다. 꿈을 이어 꾸려는 생각이었다. 가능하다면 둡둡을 한 번이라도 더 보고 싶었다. 그때였다. 바지 주머니에서 진동이 울렸다. 양우는 눈을 번쩍 떴다. 핸드폰을 확인하기도 전에 심장에 펄펄 끓는 물이 끼얹어진 기분이었다. 액정엔 두수 씨의 이름이 떠 있었다. 양우는 손을 떨며 수신 버튼을 눌렀다. 하지만 여보세요, 라고 말할 수 없었다. 두수 씨의 목소리가 아닐까 봐 겁이 났기 때문이다. 양우가 아무 말도 하지 않자 핸드폰 건너편에서도 잠시 침묵이 이어졌다. 그러더니 이내 익숙한 목소리가 들렸다.

"얘는 왜 또 말을 안 해?"

두수 씨는 자세한 설명을 피했다. 그저 큰 굉음이 나더니 순식간에 불이 붙었다, 아주 순식간이었다, 동료 몇 명이 다쳤지만 다행히 큰 변을 당한 사람은 없다고 했다. 두수 씨의 목소리는 덤덤했다. 양우는 다행이라고 말하려다 말았다. 두수 씨가 어떤 표정을 짓고 있을지 알 것 같았기 때문이다. 두수 씨는 말했다.

"그나저나 너 안 오길 천만다행이다. 왔으면 어쩔 뻔했냐."

양우는 아무 말도 하지 않았다. 그렇게는 생각해보지 못했다. 그저 두수 씨가 살아 있어서 다행이었고 그것만으로도 가슴을 옥죄던 무언가가 풀리는 것 같았다. 비로소 조금 살 것 같은 기분이 들었다.

일을 하면서 양우는 종종 그때의 기분을 되새겼다. 그러면 자신이 다시 움직이고 먹고 자고 일을 하게 된 것이 그때의 그 살 것 같은 기분 덕분이라는 생각이 들곤 했다. 다행히 일도 어렵지 않았다. 양우는 금방 적응했고 공장에 다닐 때보다 돈도 많이 벌었다. 문제는 날씨였다. 여름은 이번에도 너무 빨리 왔고 폭염은 당황스러울 정도로 심했다. 양우는 여전히 이 모든 것이 지구가 죽어가고 있다는 신호라고 생각했다. 그러나 태양을 이고 얼음을 챙그랑거리며 유유히 거리를 걸어 다니는 사람들은 이 더위가 자신들과는 아무 상관도 없다는 듯한 표정이었다. 겉보기엔 양우도 마찬가지였다. 폭염이 도로를 달구고 헬멧 사이로 땀이 뚝뚝 떨어져도 양우는 묵묵히 음식과 물건을 실어 날랐다. 그러다 가끔씩 나무 그늘 아래서 쉬기라도 할 때면 온몸의 근육들이 풀어지면서 세계가 망하든 말든 자신과는 무관한 일처럼 느껴지기도 했다. 그러나 그것은 폭염에 한해서 가능한 일이었다. 진짜 문제는 폭우였다. 폭우의 기세는 올해도 어마어마했다. 작년에 겪었던 침수피해를 예방하기 위해 설치해놓은 시설들은 그치지 않고 내리는 비 앞에서 아무런 소용이 없었다. 이곳저곳에서 아수라장이 펼쳐졌고 사람들은 또다시 공포에 질렸다. 양우도 더 이상 일을 할 수 없었다. 비 때문에 도로 상황이 심각해졌기 때문이다. 그래서 갑자기 비가 쏟아진 어느 날, 양우는 콜을 받지 않고 바로 집으로 달리기 시작했다. 양우는 최대한 빨리 집으로 가려고 속도를 냈다. 비 오는 날은 오토바이를 모는 것 자체가 손해였기 때문에 한시라도 빨리 돌아가야 했다. 헬멧에 빗물이 들어 찼지만 양우는 익숙하게 오토바이를 몰았다. 늘 다니던 도로여서 앞이 잘 보이지 않아도 달리는 데엔 문제가 없었다. 양우는 빠르게 동네에 도착했다. 이제 눈앞의 신호등을 건너 우회전만 하면 되었다. 양우는 천천히 속력을 줄였다. 그런데 그 순간 왼쪽 차선에 붙어 나란히 달리던 택시가 갑자기 오른쪽으로 치고 들어왔다. 놀란 양우는 택시를 피해 핸들을 확 꺾었고 그대로 균형을 잃었다. 양우의 오토바이는 보도블록을 들이받았고 양우는 오토바이에서 튕겨져 나가 인도에 고꾸라졌다. 도로에 클랙슨 소리가 세게 울려 퍼졌고 연달아 쾅 하는 소리가 났다. 택시와 오토바이가 부딪친 것인지 양우 뒤를 따라오던 차와 오토바이가 부딪친 것인지 아니면 택시와 뒤차가 부딪친 것인지 알 수 없었지만 무언가가 파열하는 소리가 허공에 메아리쳤고 양우는 인도에 고꾸라진 상태로 굉음이 내는 진동을 느꼈다. 그 순간 양우는 둡둡을 떠올렸다. 아니, 저절로 둡둡이 떠올랐다. 심지어 둡둡이 옆에 있는 것 같았다. 양우는 기분이 좋았다. 뺨은 헬멧에 짓눌리고 머리는 댕댕 울렸지만 이 상태가 조금 더 길어지길 바랐고 둡둡이 떠나지 않으면 좋겠다고 생각했다.

정신을 차려보니 눈앞에 택시 기사가 서 있었다. 아마도 뒤차였을 승용차 한 대가 비상등을 켜고 정차해 있는 게 보였고 그 옆에 차 주인이 안절부절못하는 것이 보였다. 양우는 비척거리며 몸을 일으켰다. 그걸 본 사람들이 순식간에 양우를 에워쌌고 양우가 일어나지 못하게 말렸다. 앰뷸런스를 불렀으니 가만히 있으라는 거였다. 칠십은 훨씬 넘어 보이는 택시 기사는 어쩔 줄 몰라하며 양우 앞에 쭈그려 앉았다. 그는 앞이 보이느냐고 물었다. 양우는 고개를 끄덕였다. 어지러웠지만 앞은 잘 보였고 어딘가 아프긴 했지만 몸을 못 움직일 정도는 아니었다. 양우는 주섬주섬 일어났고 앞머리와 사이드미러가 완전히 파손된 오토바이를 세웠다. 사람들이 기함을 하며 양우를 막아섰지만 양우는 고개를 숙인 채 묵묵히 오토바이를 끌고 집으로 돌아왔다.

다음 날, 양우는 온몸을 얻어맞은 듯한 느낌에 자리에서 일어날 수 없었다. 교통사고 후유증이 분명했다. 그러나 양우는 앰뷸런스를 타지 않은 것을 후회하지 않았다. 병원에 누워 둡둡의 죽음을 곱씹던 시간을 또다시 반복하고 싶지 않았기 때문이다. 양우는 빗발치는 전화를 무시하고 가만히 누워 전날 인도에서 느꼈던 둡둡을 다시 느껴보려고 노력했다. 그러나 둡둡은 더 이상 느껴지지 않았다.

이불을 뒤집어쓰고 며칠을 버티니, 몸이 조금씩 나아졌다. 양우는 음식을 먹으면서 둡둡과 함께 보았던 영화들을 하나씩 틀었다. 둡둡과 가보기로 했던, 아니 이미 갔다 왔던 걸로 하자고 말했던 도시가 나오는 영화였다. 그걸 보니 작은 책이 떠올랐다. 그 책 속의 주인공도 양우처럼 예전에 봤던 영화를 계속 돌려보왔고 영화 속의 어떤 도시를 보며 누군가를 계속 떠올렸다. 양우는 충격적일 정도로 강렬했던 책의 제목을 조용히 되뇌어보았다.

〈매일 마테라로 가는 남자〉.

어떻게 이런 제목을 지을 수 있었을까. 양우는 여전히 그게 궁금했다. 둡둡이 어디서부터 어디까지 얘기를 한 건지, 어쩌다 그런 얘기가 나왔을지 너무 알고 싶었다. 하지만 지금까지도 도선에게선 연락이 없었다.

두 번째로 산불이 난 날, 양우는 산에서 발견된 도선을 따라 병원까지 갔지만 그녀가 의식을 차리는 것까지는 보지 못하고 집에 돌아왔다. 양우는 메시지를 보냈다. 부디 쾌차하시길 바란다, 퇴원하시면 언제든 연락 달라, 우리의 약속은 아직 유효하다……. 그러나 며칠이 지나도 답은 없었다. 혼잣말들은 말했다. 화가 아주 단단히 난 모양이라고. 양우를 기다리다가 거의 죽을 뻔했으니 당연한 일이라고. 같은 곳에서 산불을 두 번이나 겪었으니 오죽하겠느냐고. 맞는 말이었다. 그래서 양우는 자꾸 메시지를 보내며 도선을 귀찮게 하는 대신, 도선이 먼저 연락해오기를 가만히 기다리기로 했다. 기다리는 동안에도 양우는 종종 도선의 안부가 궁금했다. 회복은 잘 했을까. 계속 뭔가를 쓰고 있을까. 혹시 새로운 탱크의 소식들은 알고 있을까.

탱크는 이제 하나가 아니라 여럿이었다. 원래 있던 자리뿐 아니라 지금 양우가 사는 도시 근처에도 생겼고 탱크를 주창한 사람이 사는 도시에도 생겼으며 배를 타고 가야 하는 섬에도 생겼다. 물론 그 과정이 매끄럽진 않았다. 불법건축물로 몇 번이나 신고를 당했고 언론 매체를 통해 또 한 번 입방아에 오르기도 했다.

양우는 어느 날 티브이를 돌리다가 토론 채널에 출연한 손부경을 보았다. 그녀는 온라인 커뮤니티를 통해 퍼진 탱크의 믿음 체계에 대한 허실을 이야기했고 모든 종교와 사회집단의 초석이 되었던 공간의 힘을 강조하며 지금 이곳저곳에 하나둘 생겨나고 있는 새로운 탱크의 출현이 왜 사이비의 시발점이 될 수밖에 없는지를 설명했다. 손부경의 출연은 잠시 화제가 되었다. 사이비 집단에서 빠져나온 피해자와 비슷한 프레임이 형성되며 이목을 끈 것이다. 그러나 탱크의 기세는 줄어들지 않았다. 오히려 방송 덕분에 회원이 늘어난 것 같기도 했다. 양우는 탱크의 번성이 예전처럼 신경 쓰이지는 않았지만 언젠가 우연히 탱크를 믿는 사람을 만난다면 꼭 말해주고 싶었다.

내가 가장 사랑하는 사람이 거기에서 죽었다고. 그렇지만 그게 탱크의 잘못이나 그 사람의 잘못은 아니었다고. 그것은 무언가를 강하게 믿고 희망을 가질 때 따라오는 절망의 문제였고, 세계에 저항하는 사람들이 꼭 한 번은 맞닥뜨리는 재해에 가까웠다고. 그러니 언젠가 당신에게도 재해가 온다면 당황하지 말라고. 대신 잠깐 기다리는 사람이 되어보라고. 그러면 한 번도 기다린 적 없던 미래가 평생을 기다린 모양을 하고 다가오는 날이 올 거라고.

양우는 자리에서 일어나 테이블로 향했다. 그리고 그 위에 반듯하게 놓인 하늘색 책을 집어 들었다. 양우는 너무 많이 봐서 너덜너덜해진 책의 가장 마지막 장을 펼쳤다. 거기에 둡둡이 그토록 기다리던 세계의 바깥이 있었다.

〈매일 마테라로 가는 남자〉 마지막 장

오랜만에 날이 맑았다. 장마 기간 내내 흐렸던 하늘을 가르고 쨍한 여름 해가 비쳤다. 거실까지 치고 들어온 뜨거운 햇볕에 집 안의 공기는 오전 일찍부터 후텁지근해졌고 소파에 앉은 강규산의 등과 허벅지엔 땀이 찼다. 하지만 강규산은 창문을 열거나 선풍기를 켜거나 에어컨을 틀 생각이 없었다. 사우나의 열기를 견디는 사람처럼 소파에 가만히 앉아 땀을 뚝뚝 흘릴 뿐이었다.

강규산은 티브이 소리를 가장 작게 낮추고 뉴스를 보았다. 정치와 경제와 부동산과 주식과 비리와 범죄와 기후에 관한 이야기가 나왔고 심각한 표정으로 같은 이야기를 매번 새로운 것처럼 전하는 앵커가 등장했다. 강규산은 고개를 저으며 메뉴 버튼을 눌렀다. 뉴스는 언제 봐도 불편했다. 마음이 편해지려면 영화를 봐야 했다. 그중에서도 가장 마음이 편한 것은 봤던 영화를 한 번 더 보는 것이다. 강규산이 리모컨을 누르자 사람들이 거대한 천을 두르고 돌무더기로 만든 계단을 오르는 장면이 펼쳐졌다. 정확히 어제 보다 만 곳에서부터 영화가 이어졌다. 강규산은 평생에 걸쳐 이 영화를 보았다. 이 영화뿐 아니라 소장용으로 사 놓은 영화 전부 일평생 반복해서 본 것들이었다. 왜인지는 알 수 없지만 강규산은 봤던 영화를 다시 보는 것이 좋았다. 아는 이야기가 펼쳐지고, 아는 결말이 나오고, 아는 죽음과 아는 삶, 아는 슬픔과 아는 행복이 엔딩 크레디트를 장식하는 것이 이상하게 강규산의 마음을 어루만져주는 것 같았다. 특히 아는 장소가 나올 때 강규산은 가장 위로받았다. 그 아는 장소가 강규산이 가장 행복한 때 가본 곳이라면 그 가치는 두말할 것도 없었다. 그리고 바로 이 영화가 그중 하나였다.

회백색의 도시는 늘 아름다웠다. 아이가 어릴 적, 함께 영화를 보던 강규산은 종종 화면을 가리키며 말했다. "저기가 너희 엄마랑 내가 갔던 데다." 아이는 화면에서 눈을 떼지 못했다. 강규산은 왠지 으쓱해져서 말했다. "너는 허니문 베이비야. 우리는 너를 저기서 가졌어." 아이는 흥분해서 저곳이 나오는 영화를 전부 보고 싶다고 했고 강규산은 그거야 뭐 어렵지 않지, 라고 대답하며 신혼여행지였던 고대도시가 등장하는 영화들의 DVD를 전부 소장하기 시작했다. 영화가 많지는 않았다. 대부분이 종교적인 장르라는 것이 아쉽기도 했다. 하지만 강규산은 아이와 그것들을 모두 보았다. 정확히는 그 영화 안의 도시를 끝없이 보았다. 강규산은 화면을 가리키며 매번 했던 말을 또 했고 아이는 이제 어느 장면에서든지 그 도시를 알아볼 수 있었다. 한 번도 가지 않은 그 도시를 사랑하게 되었다. 그래서 함께 영화를 볼 시간이 거의 없어졌을 때도 그들은 종종 그 도시에 대해 이야기하곤 했다. 강규산은 언젠가 아이와 아내와 함께 그곳에 가는 상상을 했다. 울퉁불퉁한 돌을 밟으면서 짭짤한 공기와 붉은 해를 맞으며 걷는 상상을 했다. 어쩌면 그들이 여행을 간 그 시기에 저 도시에서 영화를 촬영하고 있을지도 모른다. 그러면 강규산은 촬영팀을 보면서 완성된 영화를 죽기 직전까지 몇 번이나 돌려볼지 생각했을 것이다. 그 생각에 행복해졌을 것이다.

강규산은 몇십 분을 더 멍하니 화면을 응시하다가 더위 때문에 어지러워질 쯤에야 주섬주섬 일어났다. 무언가를 좀 먹어야 했다. 강규산은 오늘도 아무 소리가 들리지 않는 조용한 아이-아내의 방을 한 번 쳐다보다가 조용히 집을 나섰다.

처음엔 날이 너무 더워 콩국수나 한 그릇 해야겠다는 생각이었다. 하지만 늘 가던 콩국수 집이 문을 닫아 냉면집으로 발걸음을 돌렸다. 강규산은 굳이 지하철과 버스를 갈아타며 멀리에 있는 단골 냉면집을 찾아갔다. 그날따라 거리는 심하게 북적였다.

걷다가 부딪치는 사람도 많았고 사방에서 울려 퍼지는 소리도 너무 요란스러웠다. 그러다 문득, 강규산은 오늘이 주말이란 사실을 깨달았다. 보통 주말엔 사람이 많지. 게다가 여기는 도심이 아닌가. 어쩌면 강규산도 모르는 시위나 축제나 집회가 열리고 있을 수도 있었다. 강규산은 마주 보고 걸어오는 사람들을 유심히 보기 시작했다. 대부분이 젊은 사람들이었고 그들은 모두 서로를 아는 것처럼 보였다. 팔짱을 끼거나 허리에 팔을 두르거나 어깨동무를 하거나 손을 잡고 있었고 어떤 구호를 외치기도 했으며 한 무리는 노래를 부르기도 했다. 그런 사람들이 하나의 긴 행렬을 이루고 있었는데 자세히 보니 도로까지 통제된 상태였다. 강규산은 이것이 대체 무슨 행렬인지 알아내기 위해 아까보다 더 유심히 사람들을 살폈다. 사람들의 옷과 얼굴과 깃발엔 익숙한 무지개색이 칠해져 있었다. 그들이 든 작은 깃발들과 플래카드에도 마찬가지였다. 강규산은 한참 만에 그것을 알아보았다. 아. 강규산은 '아' 하고 말한 후 잠시 걸음을 멈추었다. 갑자기 다리가 움직이지 않았다. 그때 온 얼굴에 알록달록하게 색칠한 사람이 강규산의 팔을 덥석 붙잡고 물었다. "괜찮으세요?" 강규산은 괜찮지 않았지만 당황스런 마음에 얼른 고개를 끄덕였다. 그러자 알록달록한 사람이 자연스럽게 강규산을 이끌었고 강규산은 얼결에 행렬을 따라 천천히 걷기 시작했다. 강규산은 종종 걸음을 멈추었다. 불현듯 내가 지금 뭘 하는 거지? 어디로 가는 거지? 하는 생각이 들었기 때문이다. 하지만 그럴 때마다 어디선가 또 알록달록한 색깔을 두른 사람들이 나타나 강규산의 손에 작은 깃발을 쥐여주었고 다시 강규산을 이끌었다.

강규산은 계속 걸었고 아이를 생각했고 장례식장을 생각했고 아이의 방을 생각했고 아내를 생각했다. 그러다 문득 지난밤 잠들기 전에 쓴 일기가 떠올랐다. 여느 때처럼 아이가 없는 미래를 계속 견딜 수 있을까 자문하며 아무것도 하지 않은 일과를 늘어놓은 일기였다. 거기에 강규산은 이렇게 적었다. 늘 그랬듯 모든 미래는 빠짐없이 과거가 된다는 사실을 믿으며, 그 희망을 잃지 않기 위해 계속 쓴다. 이것은 강규산 본인이 쓰면서도 정확히 무슨 뜻인지 몰랐던 문장, 뭘 쓰는지도 모르고 그저 계속 쓰기 위해서 쓰게 된 문장이었다. 하지만 지금, 강규산은 자신이 뭣도 모르고 쓴 문장의 의미를 조금 이해할 수 있을 것 같았다. 생각지도 않았던 미래가 눈앞에 불쑥 나타나 강규산과 강규산의 전부를 통과해 과거로 행진하는 것, 이것이 바로 인생이 작동하는 방식이라는 것을 비로소 이해할 수 있을 것 같았다.

행렬을 따라 15분 정도 걷고 나자, 강규산은 너무 허기가 지고 더워서 어지러울 지경이었다. 사람들을 따라 무작정 걷다 보니 어디가 어딘지도 알 수 없었다. 그때 앞쪽에서 행진을 통제하는 경찰들이 보였다. 그 너머로 사람들이 북적이며 다양한 깃발들이 밀집되어 있는 게 보였는데 어쩐지 그곳이 행진의 종착지인

듯했다. 강규산은 슬슬 이곳을 빠져나가야겠다고 생각했다. 때마침, 강규산은 자신의 앞에서 걷고 있는 수상쩍은 사람을 발견했다. 땀에 전 무채색의 옷을 입고 행진을 상징하는 어떤 무지개도 두르지 않고 걷는 남자는 행렬을 빠져나가려는 듯 자연스럽게 길 바깥쪽으로 걸었다. 강규산은 반가운 마음으로 조용히 그의 뒤를 따랐다. 그를 따라가다 보면 행렬에서 완전히 잘 빠져나갈 수 있을 것 같았기 때문이다. 그러나 남자는 빠져나갈 듯 빠져나가지 않고 계속 걸어가더니 횡단보도 앞에서야 머뭇대며 걸음을 멈추고 슬쩍 주위를 둘러보았다. 바로 그 순간, 강규산은 남자의 옆모습을 보았다. 그 옆모습이 매우 낯이 익다는 것을 알아차렸다. 언젠가 주저앉은 그의 팔을 붙들었던 적이 있었으며 힘없이 돌아서서 가는 그의 뒷모습을 바라본 적이 있다는 사실을 깨달았다.

남자는 사람들이 북적이는 곳을 한참 바라보다가 천천히 방향을 틀었다. 횡단보도를 건너고 지하도를 통과한 후 골목길로 들어갔다. 그렇게 한참을 걸어가더니 노상 주차장에 세워놓은 자신의 오토바이를 찾았다. 강규산은 약간 멍한 기분으로 계속 그를 뒤쫓다가 그가 오토바이에 시동을 거는 것을 보고는 멈춰섰다. 그때, 남자가 오토바이의 백미러를 통해 멀거니 서 있는 강규산을 발견했다. 남자는 고개를 돌려 강규산을 바라보았고 강규산이 그랬던 것처럼 그들이 만났던 어느 가을 저녁을 떠올리는 것 같았다.

남자는 한동안 말없이 강규산을 바라보았다. 그러더니 오토바이의 핸들을 잡은 채로 천천히 고개를 숙였다. 강규산은 그가 자신에게 인사를 하는 줄 알고 손을 올려 화답했다. 하지만 남자는 다시 고개를 들지 않았고 한동안 핸들에 머리를 처박은 이상한 자세로 가만히 있었다. 그리고 갑자기 어깨를 들먹이기 시작했다. 어쩐지 바람 소리 같기도 한 소리를 내며 온몸을 들썩였다. 강규산은 그 모습을 보며 가만히 서 있었다. 인사를 하려고 든 오른손 위에서 작은 깃발이 조그맣게 팔락였다.

작가의 말

나는 '작가의 말'을 정말 좋아한다. 가끔은 본문보다 '작가의 말' 부분을 먼저 펼칠 정도다. 어떤 작가의 말은 소설 속 주인공들을 더 이해하게 해주었고 어떤 작가의 말은 소설의 연장선처럼 느껴졌다. 또 어떤 작가의 말을 읽고는 소설의 첫머리로 다시 돌아가기도 했다. 하지만 막상 내가 그걸 쓰려니 한 글자도 생각나지 않는다. 심지어 고심을 거듭할수록 대충 쓴 일기 첫머리 같은 문장(비가 온다, 지금은 밤 10시 등등)만 자꾸 쓰게 되는 까닭에, 결국 진짜 일기장을 펼쳤다. 푸념에 가까운 일기나 쓸 요량으로. 그리고 그 순간, 보물같이 누워 있는 《탱크》의 흔적들을 발견했다. 아래는 그 일부를 발췌한 것이다.

22.10.10.

……어제는 아주 오랜만에 성당에 갔고 여러 가지 이야기가 머릿속에 떠올랐다. 확실하게 형태가 잡히지 않은 단선적인 사건들과 사람들의 이야기. 하지만 오늘 아침까지 마음에 남아 있는 단어는 '탱크'다. 모든 것들이 이 단어를 중심으로 흘러가는 이야기를 만들고 싶다.

23.01.03.

새해를 맞아 새로운 마음가짐과 올해의 기대를 써보려고 했는데 머릿속이 온통 탱크다. ……바라는 것이 있다면 '완성'이 아니라 '발견'. 한 번도 생각해보지 못한 방향을 발견하고 싶다.

23.01.27.

3부를 완전히 새로 쓰고 있다. 이야기가 어디로 가는지 모르겠다. 그래도 쓰는 동안 뭔가 아름다운 일이 일어났으면 좋겠다.

23.02.22.

고요한 성당에 앉아 스테인드글라스를 통과하는 빛을 보면서 탱크의 어둠을 생각한다. 어떤 책에서 '텅 빈 장소'의 우화를 읽은 적이 있다(조르주 디디-위베르만, 《색채 속을 걷는 사람》). 결국 탱크는 사막이 될까? 사막을 끝도 없이 걷고 있는 기분이다. 목적지가 아니라 운명을 향해서. 혹은 제자리를(위의 책 인용, "따라서 도로와 노선이 전적으로 부재하는 가운데 그는 끝없이 걷고 또 걸으며 이를 느낀다. 이 사람은 목적지가 아니라 운명을 향해 걷는다. 무엇보다, 어쩌면, 심지어 아마, 이 사람은 제자리를 맴돌고 있는 것일지도 모른다").

23.03.16.

길을 걷다가 도선과 양우와 둡둡과 손부경과 황영경과 강규산을 우연히 마주치는 상상을 한다. 하지만 우리는 서로를 알아보지 못하고 스쳐 지나갈 것이다.

23.04.02.

친구와 점심을 먹고 산책을 하는데 인왕산 쪽에서 검은 연기가 보였다. 헬기가 주황색 물주머니를 달고 하늘을 가로지르고 있었다. 친구는 뉴스를 검색했다. 나는 탱크를 생각했다. 도시의 중심에 저렇게 큰불이 났는데 소설 생각을 하다니……

23.05.01.

벌써 5월이다. 하루 종일 탱크를 생각한다. 만약 실제 탱크가 있다면 내가 제일 먼저 예약할 듯.

23.05.16.
됐다. 감사합니다.

이 소설이 세계의 바깥에 나올 수 있게 도와주신 분들.

기적 같은 기회를 주신 한겨레문학상 심사위원께 감사합니다.

부족함 많은 소설을 만져주시고 함께 고민해주신 한겨레출판 편집부, 특히 김다인 편집자님께 진심으로 감사를 전합니다.

당선 소식에 나보다 더 기뻐해준 소중한 친구들에게 깊은 고마움을 전합니다. 언제나 응원해준 친구들이 없었더라면 소설을 완성하지 못했을 겁니다.

마지막으로 나의 원천인 가족. 누구와도 비할 수 없을 만큼 자랑스러운 동생과 늘 자식들을 위해 기도하시고 아낌없이 모든 것을 주시는 부모님께 끝없는 사랑과 존경과 감사를 드립니다.

계속 쓰겠습니다.

2023년 7월

김희재

추천의 말

어떤 소설은 마음에 불씨를 지핀다. 내 경우에는 《탱크》가 그
랬다. 인물을 향한 애정 어린 시선, 안정적인 문장과 호흡, 소설을
이끄는 특유의 분위기와 이야기 장악력. 《탱크》는 맹목적인 믿음
에 매달리는 사람들에 관한 이야기인데, 작가는 그 인물들을 결
코 냉소적으로 묘사하지 않는다. 내면을 샅샅이 파헤치거나, 지
나치게 동정 어린 시선으로 내려다보지도 않는다. 이 균형감각 덕
분에 나는 소설의 많은 부분을 더 풍부하게 읽을 수 있었다. 이를
테면 어떤 관계들. 한 사람에게는 믿음이 있고, 다른 한 사람에게
는 없다. 하지만 이들—믿음이 없는 사람들—도 결국 탱크에 합
류한다. 이들은 (여전히) 기도를 허무맹랑한 짓이라고 생각하지

만, 그렇다고 해서 그 믿음을 저지할 만큼의 신념이나 다른 확신을 갖고 있지도 않다. 결국 이들은 상대의 믿음을 파괴하는 대신 지금의 관계를 선택한다. 어쩌면 이들의 선택 역시 어떤 믿음에 기반하고 있는 것은 아닐까. 더 나은 미래가 찾아오리라는 (그래야만 한다는) 기대, 희망, 욕심. 작가는 사람과 사람, 사람과 세상 사이에서 피어나는 이 마음의 모양을 세심하게 세공해냈다. 궁금하다. 모든 것이 불타버린 곳에서는 어떤 세계가 태어날 수 있을까. 이전의 사건과 이후의 사건이 있었듯, 이제는 이후의 소설을 기대할 수 있으리라.　　　　　　　　　　　　　－강화길(소설가)

사회에 대한 믿음이 사실상 불가능에 가까워진 (것처럼 보이는) 우리 시대에 가능한 믿음은 무엇일까. 개인이 살아남을 수 있도록 해주는 (것처럼 보이는) 생존 전략에 대한 절실한 기대뿐일지도 모른다. 많은 인문학 담론은 이 진지한 기대를, 사실은 신자유주의적 이데올로기가 공동체 의식을 대체하는 현상일 뿐이라고 해석한다. 자기를 경영하고 계발해야 한다는 믿음의 심연에 시대적 병폐가 숨어 있음을 읽어내는 것이다. 하지만 이 적확한 진단이야말로 절실한 그 마음을 놓치고 있는 것은 아닐까?

그럴 때 문학은, 특히 소설은 사람의 마음 자체를 보려 한다. 김희재는 시대의 고통이라고 축약하거나 구조 위에서 사태를 굽어보지 않고, 그 속으로 들어가 믿는 사람의 감성 형식을 알려 한

275

다. 텅 빈 탱크에서 텅 빈 마음을 채우려는 사람들을 따라가다 보면, 우리 시대의 절대적 신앙이 된 '자기 성찰을 위한 성찰'에 중독되(지 않을 수 없)는 마음의 흐름을 찾을 수 있다. 실패와 상실에 짓눌렸지만 삶을 놓지 않는 사람들은 탱크에서 다시 자신을 믿는 능력을 회복하려 한다.

표면적으로 이 '자기 내부를 향한 내적 성찰'은 순환적이고 텅빈 형식일지 모르지만, 바로 그렇기에 자신이 원하는 자신을 스스로 만드는 힘을 믿게 해준다. 지리멸렬하고 상투적인 세속의 질서에 흡수되지 않도록, 고유한 자신을 유지할 수 있는 자기 수행의 형식에 대한 믿음. 그런 자기 입법에만 오롯이 몰입하는 '탱크의 마음'은 자기의 세계를 구원하기 위해 모든 것을 던지는 숭고한 열망의 동시대적 형태일지도 모르겠다. 기실 신비 체험이나 개심도 (신이 믿어주는 덕분에) 자기를 믿을 수 있음을 깨닫는 일이지 않던가. 그런 점에서 《탱크》는 신 없는 시대의 종교 소설이다. 한 존재로서 살아 있음을 믿기 위해 끝끝내 순교하는 의지를, 그 순교를 목격하고 증언하는 이들의 의문을 그린다. 그 순교야말로 삶을 버리는 일이라는 아이러니까지. 믿음으로 자신을 태우려는 마음과 타고 남은 잿더미를 헤집는 마음까지. 믿음의 대상을 막론하고, 탱크의 시대를 살아가는 우리의 마음 형식은 대개 그러하다.

－김건형(문학평론가)

신인 작가의 첫 장편이라고는 믿을 수 없을 정도로 빠르고 흡인력 있게 '진격'하는 이 소설은 '탱크'라는 텅 빈 믿음에 관한 작품이다. 그런가 하면 도저히 믿지 않고는 살 수 없는 인간적 안간힘에 대한 소설이기도 하다. 신념의 공간을 만들기 위해 불가해하고 불합리한 연대를 붙드는 이 애틋한 인물들은 외면할 수 없는 오늘의 시대적 물음을 생각지도 못한 방식으로 묻고 있다. 갑작스러운 재난처럼 들이닥치는 죽음과 연속된 상실 속에서 당신은 과연 괜찮은지를, 당신은 정말 놀랍게도 '탱크' 없이 버텨낼 수 있으리라 자신하는지를.　　　　　　　　　　　　　　－김금희(소설가)

　소설을 따라 지금을 '탱크의 시대'라 불러도 좋겠다. 내가 무엇을 바라는지 알기 위해 아주 멀리 있는 곳에 시간을 들여 가야 하고, 암흑과 침묵을 거쳐야만 하는 시대. 그만큼 내가 바라는 것을 알기가, 그것을 이루기가 어려운 시대라는 말이기도 하다. 물과 공기를 담아 가두는 탱크처럼, 우리의 마음과 생각을 머물게 하는 어딘가가 필요하다. 나는 이 소설이 이런 시대를 살고 있는 사람들의 목소리를 아주 공들여 듣고, 쓰고 있다고 생각했다. 기적이나 신을 믿어서가 아니라 사랑의 말을 건네고 듣기 위해서 둡둡과 양우와 도선은 탱크를 찾았고, 먼 곳까지 가서 기도했을 것이다. 그래서 이 소설은 맹목과 광신의 사이비 종교라는 외피를 뚫고 바라는 일을 찾고 이루는 사람들과, 고단한 일상 안에서 인간다워지기 위해 기꺼이 고통을 마주하는 순간에 대해 말하고 있다. 그리하여 죽고 사라지고 후회하는 사람들을 거쳐 마침내 이야기는 완성된다. 기적이나 꿈 같은 것이 아니라 곁에 있는 사람들을 통해, 그들과 조금씩 연결되면서 우리는 내일을 살아가고 있다고 믿게 된다. 타인을 이해하는 일의 어려움을 온전히 겪고 나서야 얻을 수 있는 신중한 낙관. 그 낙관이 주는 위로 때문에 한참 동안 마음이 설렜다. 당신과 나를, 포기하지 않겠다는 의지가 잠깐, 솟구쳤다.　　　　　　　　　　　　－서영인(문학평론가)

　때로 믿음은 믿는다는 사실 자체만이 중요할 뿐 무엇을 왜 믿는지는 결코 중요하지 않은 것처럼 보인다. 어쩌면 그것이 믿음의 효용일 것이다. 내가 지금 이것을 간절히 바라고 있으며 그것을 의탁할 어떤 행위가 필요하다는 것. 이러한 믿음은 맹목적이고 절박하다. 이 행위가 곧 믿음을 존속시키기 때문이고, 이 '믿고 있음'이 현재를 과거로 밀어내고 미래로 향하도록 만들기 때문이다.

　이는 소설 속 탱크를 찾는 많은 이들이, 탱크에 결부된 믿음에 대해서는 각기 다른 희망과 절망을 투영하고 있음에도, 그들 사이에 공유하고 있는 유일한 것이기도 하다. '탱크' 즉 믿음이라는 행위성 자체를 믿어버릴 필요는 없으나, 양우의 말을 빌리자면, 그 앞에서 잠깐 기다리고 있으면 "한 번도 기다린 적 없던 미래가 평생을 기다린 모양을 하고 다가오는 날이 올 거"라는 것 말이다. 고쳐 말하면 어떤 믿음을 신뢰하든 그렇지 못하든, 이 믿음의 행위에 개입해야지만 마치 영원토록 기다려온 모습을 한 미래를 그제야 마주 볼 수 있으리란 뜻이기도 할 테다.

살면서 '믿는 일'이 필요하다는 것, 그런데 그 믿음은 '탱크(믿음의 행위성)' 앞에서 잠시 머뭇거려야 실현되기도 한다는 것. 우리는 이 소설에서 믿음의 역설을 또렷하게 본다.

－선우은실(문학평론가)

어떤 장소는 사람들의 꿈과 믿음과 기억에 의해 전혀 다른 의미의 장소로 탈바꿈하기도 한다. 그 이치에 따라 평범한 바위가 놓인 공터는 '신성한 구역'으로 명명되고, 무덤덤한 직육면체 컨테이너는 기적과 잠재의식이 폭발하는 '탱크'로 변모한다. 문제는 사람들의 꿈과 믿음과 기억은 언제든지 뒤바뀔 수 있고, 순식간에 부정될 수도 있다는 점이다. 이 유한성의 논리 속에서도 몇몇 사람들은 자신들의 꿈과 희망을 회수하지 않고 계속 지켜나가거나 새로운 관계를 통해 공유해 나가는데, 그들이 바로 이 소설의 주인공인 도선과 둡둡과 양우와 손부경이다. 그들의 삶은 특정한 한 장소로 인해 변화하거나 파탄이 나지만, 아이러니하게도 그 고통의 대가로 생의 감각을 되찾기도 한다. 중요한 것은 특정한 한 장소가 아니라, 모든 미래는 빠짐없이 과거가 된다는 사실, 오직 그것을 인식해야 한다는 것. 그때 비로소 우리의 마음은 우리의 꿈을 그곳에 남길 수 있다는 것. 이 명제를 우직하고 사려 깊게 밀고 나간 소설이 바로 이 작품 《탱크》였다. 심사위원들의 만장일치가 괜히 나온 것은 아니었다. 허풍이나 과장에 기댈 것도 없이, 이 작품은 근 몇 년간 내가 만나본 이 땅의 수많은 장편소설 공모전 수상작 중 가장 완성도 높은 작품이었다. 나는 이 작가의 '쓰는 미래'를 믿는다.　　　　　　　　　　　　－이기호(소설가)

　《탱크》는 믿음에 관한 소설이다. 텅 비어 있기 때문에 강화되고 실체가 없으므로 결코 사라지지 않는 믿음. 거대한 컨테이너처럼 삶의 복판에 자리하고, 산불처럼 쉽사리 사그라지지 않으며 탱크처럼 단단하고 견고한 믿음. 작가는 유려한 문체와 입체감 있는 인물로 무엇이 우리를 맹목에 이르게 하는지 성찰한다. 하지만 믿음의 두려움을 전파하는 것이 이 소설의 목적은 아니다. 믿음의 속성에 능숙한 작가는 독자를 기꺼이 사랑 앞에 이르게 한다. 가보지 못한 '마테라'를 계기로 만난 연인의 은유로 미루어보자면, 사랑 역시 끝내 닿지 못할 세계에 대한 그리움으로 인해 생겨나고, 이유도 모르면서 지속되고, 사랑이 끝난 후에도 결코 사라지지 않는다. 사랑에 대한 믿음만이 삶을 지속시키고, 사랑만이 견고한 세계를 조금 달라지게 만들 것이다. 사랑에 헌신하는 이런 이야기에 매혹당하지 않을 수 없다.　　　　－편혜영(소설가)